Dracula
in Istanbul

Serdar Kilic

DRACULA IN ISTANBUL

Schatten des Orients

Engelsdorfer Verlag
Leipzig
2016

Bibliografische Information durch die Deutsche Nationalbibliothek:

Die Deutsche Nationalbibliothek verzeichnet diese Publikation in der Deutschen Nationalbibliografie; detaillierte bibliografische Daten sind im Internet über http://dnb.dnb.de abrufbar.

ISBN 978-3-96008-473-0

DER ANFANG

12. März 1853.

Es regnete kräftig, es donnerte, der Wind peitschte durch die Bäume und wühlte das Meer auf. Istanbul stand unter Wasser, die Einkaufsgassen waren überflutet, der berühmte Kapali Carsi, der große Basar, mussten schließen und jeder verbarrikadierte sich zu Hause. Mehmet schaute aus dem Fenster seines bescheidenen Zimmers im zweiten Stock des Turms direkt auf das Meer und auf das Schloss Kiz Kulesi. Er träumte wieder von der schönen Tochter des Sultans, die vor langer Zeit mit einem Fluch belegt worden war. Eine Wahrsagerin sagte dem Sultan voraus, dass seine Tochter von einem Schlangenbiss getötet würde. Daraufhin ließ der Sultan für seine Tochter eine Burg mitten auf dem Meer erbauen, damit sie weit entfernt von Schlangen lebte. Mit einem kompletten Heer und Dienern zog die Prinzessin auf die Burg, doch nach nur wenigen Wochen verstarb sie an den Folgen eines Schlangenbisses. Als Gemüse und Obst vom Land ins Schloss gebracht worden waren, lauerte eine Schlange in einem Korb und diese schlich sich eines Abends unbemerkt aus der Küche durch die Korridore der Burg hinauf in das Gemach der Prinzessin. Die nichtsahnende Prinzessin, die gerade dabei war sich bettfertig zu machen und ihre Haare vor dem großen Spiegel kämmte, wurde von der sich von hinten anschleichenden giftigen Schlange in den Fuß gebissen, sodass sie binnen Sekunden eines qualvollen Todes starb. Die Schönheit der Sultanstochter, die mit nur achtzehn Jahren starb, war weltweit bekannt: schneeweiße Haut, pechschwarze Haare so dunkel wie die Nacht, saphirgrüne Augen. Sah man ihr lang und tief in die Augen, schaute man in das Paradies, so sagte man. Seitdem, so erzählte man weiter, könne man des Nachts ihre Schreie und ihren Gesang vernehmen, wenn man sich auf dem Meer befand und sich der Burg näherte.

Mehmet war einundzwanzig Jahre alt und ein sehr gut aussehender, junger, lediger Mann mit dunkelbraunen Augen. Er trug schulterlanges schwarzes Haar, war von normaler Statur und kleidete sich im westlichen Stil, was zu jener Zeit als modern galt. Er studierte Architektur an der Universität in Istanbul, wo sein Onkel Sahin Hodscha Medizin, Theologie und Geschichte lehrte. Sahin Hodscha war Ende fünfzig, knochendürr, fast zerbrechlich. Seine grauen Haare versteckte er unter einem Fez – eine osmanische Kopfbedeckung –, und er trug immer ein grünes Seidentuch um den Hals, egal, ob es Winter oder Sommer war. Er galt als weiser Mann, der viel von der Welt gesehen hatte. In den Kriegen des Osmanischen Reiches diente er als Berater und Wissenschaftler dem Sultan Mehmed. Dazu sprach er fließend fünf Fremdsprachen – Arabisch, Englisch, Deutsch, Französisch und Spanisch. Die Leute sagten, er habe nicht alle Tassen im Schrank. Er verschwand einst spurlos für ein Jahr in Rumänien, und die Mehrheit der Leute erklärte ihn damals für tot. Er gelangte jedoch wieder nach Istanbul und erzählte mysteriöse Dinge von blutsaugenden Menschen, die fliegen können, sowie von Untoten. Der Sultan wusste über alles Bescheid und unterstützte ihn, stellte Sahin Hodscha sogar eine Einheit zur Verfügung, doch von den sieben Männern kehrten lediglich drei zurück. Das Unternehmen blieb ein Geheimnis des Sultans, der jedem, selbst Mehmets Onkel, verbot, je darüber zu sprechen; er verhängte sogar die Todesstrafe darauf. Von den Dreien, die zurückkamen, nahmen sich im Laufe der Jahre zwei das Leben und Sahin Hodscha war auch nicht mehr derselbe.

Als Mehmets Eltern bei einem Schiffsunglück ums Leben kamen, gab es nur diesen Onkel, der sich fortan um Mehmet kümmern musste. Die beiden lebten in einem Turm, gemütlich ausgestattet mit einem Kamin im ersten Stock des Wohnbereiches neben einer kleinen Sitzecke. Daneben eine provisorische, offene Küche mit einem Waschbecken und drei Regalen, die an der Wand befestigt waren, wo sich wenige Teller und Gläser stapelten. Frisches Trinkwasser holten sie aus dem Brunnen, der direkt an den Turm angrenzte. Im zweiten Stock befanden sich das stille Örtchen und das Badezimmer mit einer großen Wanne. Im dritten Stock fand man zudem zwei Gästezimmer vor. In Sahin Hodschas Schlafgemach standen ein schlichter, zweitüriger Kleiderschrank aus massivem Kiefernholz, ein Bett und ein Stuhl. Sein Schreibtisch war mit Büchern übersät. Mehmets Zimmer war ähnlich spartanisch eingerichtet. Seine architektonischen Zeichnungen von Gebäuden und Brücken, die ihrer Zeit voraus waren, hingen überall an der Wand. Vor dem Bett stand eine Truhe aus Kiefernholz, in der er die Sachen seiner verstorbenen Eltern aufbewahrte, die sein Onkel hineingelegt hatte: eine Schreibfeder, ein Anzug, eine goldene Taschenuhr seines Vaters, die nicht mehr funktionierte, ein Diamantring und ein Block voller Gedichte der Mutter. Im obersten Stock des Turms gab es eine bescheidene Bibliothek. Im Hintergrund hörten sie die Stimmen der Wellen, die unermüdlich gegen die alten Mauern prallten.

In jener Nacht 1853 wachte Sahin Hodscha schreiend und schweißgebadet auf. Mehmet der noch wach war, lief direkt in dessen Zimmer.

»Hattest du wieder einen Albtraum von diesem Dracula?«, fragte er seinen Onkel.

»Diesmal war es mehr als das! So real, so echt! Ich konnte fühlen, dass er immer näher kommt.«

»Schlaf wieder ein! Wir müssen im Morgengrauen aufstehen.«

Mehmet deckte den verschreckten Sahin zu.

»Er wird bald hier sein!«, flüsterte Sahin verwirrt.

Mehmet ging schmunzelnd zur Tür hinaus.

13. März, der Regen ließ nach, aber die Straßen blieben überflutet. Man konnte nicht vor die Tür treten. Mehmet entzündete das Feuer im Kamin, setzte Wasser für Tee auf und er und sein Onkel begannen zu frühstücken. Nur selten verbrachten sie solche innigen und gesprächigen Tage miteinander. Später am Abend dann bat Sahin Hodscha Mehmet zu sich in die Bibliothek und zeigte ihm Aufzeichnungen und Fotos aus den alten Zeiten. Er erzählte seinem Neffen, wieso er beinahe ein Jahr als spurlos verschwunden galt.

»Damals, 1821, geschahen in Transsylvanien unheimliche Morde an jungen Frauen. Die rumänische Polizei stand dem machtlos gegenüber. Der Tod kam in der tiefsten Dunkelheit und hinterließ Spuren der Verwüstung und Trauer. Die Mädchen verschwanden nachts, manche fand man, viele nicht. Diejenigen, die man gefunden hatte, wirkten meist verstört und verwirrt. Sie schienen nicht mehr von dieser Welt zu sein, sondern fern der Realität. Sie alle wiesen die gleichen Verletzungen auf: zwei Bisse am Hals oder am Handgelenk. Jemand hatte ihnen offenkundig das Blut ausgesaugt und nur so viel übrig gelassen, dass die Frauen überlebten. Die rumänischen Ärzte waren ratlos und brachten die Opfer in den städtischen Irrenanstalten unter. Der König Rumäniens bat kurzerhand türkische und englische Wissenschaftler und Mediziner um Hilfe. Und so geschah es, dass ich eingeladen wurde. Ich war zweiunddreißig jener Zeit und bereits ein erfolgreicher Wissenschaftler, einer der besten im Osmanischen Reich und ein enger Freund des Sultans. Eines Tages bestellte er mich zu sich in den Topkapi Palast und erteilte mir den Befehl, den Fall der aufgefundenen, verstörten Mädchen, die allesamt die gleichen Bisswunden am Hals trugen, aufzuklären. Neben mir trafen am 14. Dezember drei weitere Wissenschaftler, zwei Ärzte sowie eine spezielle Leibgarde des Sultans mit dem Schiff über das Kaspische Meer in Bukarest ein. Die Angelegenheit sollte kein Aufsehen erregen, weshalb wir uns mit den Engländern im BukarVilk – einem Bauernhotel, das außerhalb der Stadt lag – trafen. Wir diskutierten die ganze Nacht und kamen zu keinem Ergebnis. Wir stellten uns vor, welchen Kummer dieses Land zu erwarten hätte.

Einer der Engländer namens Van Helsing sprang plötzlich auf und schlug mit geballter Faust auf den Tisch.

›Ich kenne das Grauen! Ich war vor sechs Jahren schon einmal hier wegen der gleichen Geschichte. Allerdings in Gerogan im Süden Rumäniens‹, rief er sichtlich aufgebracht. Seine Hand und seine Stimme zitterten gleichermaßen und die Angst blitzte in seinen Augen auf. ›Er ist halb Mensch, halb Tier. Er kann fliegen, hat scharfe Zähne und bewegt sich flinker als der Schatten. Mit bloßer Hand hat er all meine Leute umgebracht, indem er ihre Körper mit seinen scharfen Zähnen durchbohrte. Er schien überall gleichzeitig zu sein, und nachdem er den Tod gebracht hatte, flog er davon. Er ließ mich am Leben, damit ich der Nachwelt von ihm, dessen Angesicht ich niemals gewahr wurde, berichte.‹

Ich und die anderen belächelten Van Helsing, der in unseren Augen Schwachsinn erzählte.

›Ihr werdet noch sehen, wartet ab!‹, schnaufte er wütend.

Van Helsing, damals ein vierzigjähriger, ernsthafter, stämmiger Wissenschaftler, Arzt und Theologe mit grimmigen Gesichtszügen und schulterlangen weißen Haaren, entstammte einer wohlhabenden Familie aus Yorkshire, England und ursprünglich war er ein angesiedelter Holländer. Er sprach sechs Sprachen fließend, darunter auch türkisch. Er lehrte an der Universität in Oxford, einer der renommiertesten Bildungseinrichtungen weltweit. Er war weit gereist, hatte viel gesehen und galt als einer der führenden Okkultisten in Europa.

Im Morgengrauen begaben wir uns mit zwei Kutschen auf den Weg nach Transsylvanien, wo sich die Geschehnisse am meisten häuften. Die anstrengende Fahrt zwischen Hügeln, Gebirgen und unheimlichen, geisterhaften Landschaften dauerte mehrere Tagesritte. Kommissar Igor, der verantwortliche Polizist, und seine Männer würden uns erwarten. Wir sollten uns im Gasthof Lukar in der Gemeinde Bucau treffen, einem kleinen Ort in Transsylvanien mit gerade einmal fünfzig Einwohnern. Im Ort lebten nur alte Menschen – weder Kinder noch junge Erwachsene. Doch als wir kurz vor Morgengrauen dort ankamen, sahen wir schon von weitem die Leichen von Männern und Frauen. Ihre Gliedmaßen lagen überall verteilt im Schnee, den das Blut tränkte, zerfleischt wie von Wölfen – darunter auch Kommissar Igor und seine Leute. Das komplette Dorf wurde ausgelöscht, kein Einziger überlebte. In der Luft hing der Geruch des Todes und eine beängstigende Stille sorgte für Unruhe.

›Dafür sind Dracula und seine Wölfe verantwortlich! Er weiß, dass wir kommen. Er hat sich an den Menschen in diesem Dorf gerächt, weil sie uns hierher bestellt haben. Auch wir werden sterben‹, sagte Van Helsing leise mit zittriger Stimme.

Die Leibgarden zogen plötzlich die Schwerter und Gewehre heraus, es herrschte Panik. Etwas Schwarzes flog durch die Luft, das aussah wie eine monströse Fledermaus. Wir konnten nichts erkennen, hörten nur die Wölfe heulen. Mir stehen heute noch die Haare zu Berge. Die Wolken schoben sich rasch zusammen und verdeckten das wenige Sonnenlicht, das über die Wipfel schien. Es wurde immer dunkler, fing an leicht zu schneien und mit den Flocken kehrte das Wesen zurück. Wir rannten zu den Kutschen und die Kreatur schnappte sich einen Mann nach dem anderen aus der Leibgarde. Wir ritten los, und als ich nach hinten schaute, sah ich, wie die Männer nacheinander aus der zweiten Kutsche herausgezerrt und zehn Meter weit in die Luft geschleudert wurden. Ihre Schreie werde ich nie vergessen. In der vorderen Droschke saßen außer mir zwei Kollegen und Van Helsing. Ich merkte, dass sich die Fahrt verlangsamte. Ich wollte herausfinden, warum, und sah nach. Der Kutscher saß nicht an seinem Platz, sondern war offensichtlich auch hingeschlachtet worden von dem grauenvollen Wesen. Ich musste unbedingt den Kutschersitz erreichen, um den Wagen zu lenken. Während ich mich unter höchster Anstrengung nach vorne begab, wären wir beinahe einen Abhang hinuntergestürzt, aber wir prallten gegen einen Baum und steckten im Schnee fest, was unser Leben rettete. Wir lagen alle zerstreut auf dem Boden, und als ich nach oben blickte, sah ich diese scheinbar menschliche Gestalt auf mich zufliegen. Die

Kreatur wollte mich schnappen. Doch auf einmal schrie sie auf und hielt sich die Hände vor das Gesicht. Die Wolken verzogen sich allmählich und das Sonnenlicht brach wieder hervor. Da ahnten wir, dass sich das Wesen vor der Helligkeit fürchtete. Wir liefen durch den Wald und gelangten in das nächste Dorf. Professor Yusuf, Doktor Yahya, Van Helsing und ich versteckten uns sechs Monate in einem rumänischen Kloster. Dies war der längste Winter meines Lebens. Es schneite ununterbrochen. Hätten wir uns auf den Weg gemacht, wären wir alle grausam erfroren oder den Wölfen zum Opfer gefallen. Wir vertrieben uns die Zeit im Kloster, indem wir den Mönchen beim Holzhacken und sonstigen Arbeiten halfen. Der oberste Geistliche hieß Mönch Radu, ein sehr frommer Katholik. Wir beobachteten das Zusammenleben der Ordensbrüder hinter den Mauern in ihren bescheidenen Räumlichkeiten, wie sie gemeinsam beteten, arbeiteten und aßen. Unsere beiden Religionen, der Islam und das Christentum, unterschieden sich kaum voneinander. Wir glaubten an den gleichen Gott, glaubten an das Gute wie an das Böse. Sechs Monate lang nahmen wir nur Bohnen, Wasser Reis und Brot zu uns. So auch die Mönche – trotzdem konnte man keine Unzufriedenheit in ihren Gesichtern erkennen. Sie waren ungemein nett zu uns und hilfsbereit, und ohne sie wären wir längst tot. Wir durften ihre mannigfaltige Bibliothek benutzen und machten uns mit den Familien und der Geschichte des Landes vertraut. Ich weiß nicht, wie viele Bücher ich gelesen habe und wie viele Nächte ich in der Bibliothek verbracht habe.

Eines Nachts hörte ich ein Schreien und Stöhnen einer Frau. Ich folgte der Stimme, die mich zum Ende des Verlieses der alten Gemäuer führte. Vor der Tür stand ein Mönch, der mir sagte, ich dürfe nicht hineingehen. Plötzlich öffnete sich die Tür, und ich sah eine junge besessene Frau ans Bett gefesselt. Ihr Gesicht war gezeichnet von Narben und Verletzungen und sie kam einem verfaulten Leichnam gleich. Ihre Augen waren blutrot, die Zähne spitz und ich sah vereiterte, dunkle Flecken auf der linken Halspartie. Sie sagte etwas mit tiefer, veränderter Tonlage in einer mir unbekannten Sprache. Radu bat mich, hineinzukommen. Verängstigt und vorsichtig betrat ich das Zimmer. Die Mönche redeten auf sie mit Gebeten ein: ›Verlass ihren Körper, du Dämon! Geh fort!‹ Aber es brachte nichts, das Geschöpf lachte nur laut und verschmähte die Mönche. Sie sah mir tief in die Augen. Ich konnte den Blick nicht abwenden und war wie in Hypnose erstarrt.

›Du wirst auch sterben, Sahin! Du und deine Gefolgsleute, ihr werdet alle sterben!‹, sagte sie.

Ich war erstaunt und fragte sie, woher sie meinen Namen kenne, doch sie lachte nur hämisch.

›Ich weiß alles über dich.‹ Dabei verdrehte sie die Augen und schlug den Kopf schnell, kaum sichtbar, nach links und rechts. Sie versuchte, einen Mönch zu beißen, der sich anschickte, ihre Fesseln wieder strammer zu ziehen. So etwas Dämonisches hatte ich nie zuvor in meinem Leben gesehen, es war äußerst angsteinflößend. Radu bemerkte, dass ich mich nicht wohlfühlte, und brachte mich vor die Tür. Er erzählte mir, dass sie das letzte überlebende Bauernmädchen in dieser Gegend sei. Man habe sie vor zwei Tagen kraftlos und verstört vor dem Kloster vorgefunden. Ich fragte, wieso man sie nicht in ein Krankenhaus bringe. Radu sagte daraufhin, es seien andere Mächte am Werk. Kein Arzt der Welt könne diesem seelenlosen Geschöpf helfen.

›Wenn Gott es nicht kann, kann es keiner, nicht einmal ihr Wissenschaftler, auch wenn ihr diesem Land helfen wollt, wofür ich euch dankbar bin. Die Mädchen, die in Krankenhäusern und Irrenanstalten untergebracht wurden, sind längst tot, weil sie frisches, warmes Blut brauchen. Bekommen sie es nicht binnen drei bis fünf Tagen, sterben sie.‹

Ich fragte wieder, was mit diesem Mädchen passieren werde. Radu erwiderte daraufhin: ›Wenn wir den Dämon aus ihr nicht rauskriegen, wird sie heute oder morgen sterben. Danach verbrennen wir ihren Körper, bis er zu Asche wird.‹

So geschah es auch, sie starb noch am gleichen Abend und ihre Leiche wurde vor dem Klosterfriedhof eingeäschert. Sie war nicht die erste Leiche, die hier verbrannt wurde. Wir lernten noch viel voneinander. Die Mönche hassten diese Gestalt ebenso wie wir. Sie nannten ihn Drac, Teufel, den Fürsten der Finsternis. Keiner von ihnen hatte je das Gesicht dieses Unheils gesehen, und wer es doch tat, der war schon gewiss im Jenseits. Mitte Mai besserte sich das Wetter, die Straßen konnten wieder befahren werden. Die Eistäler waren geschmolzen. Das Wasser, das über die Flüsse übergeschwappt war und die Straßen unter sich begraben hatte, ging wieder zurück. Danach kam jeden ersten Tag des Monats ein Kutscher aus dem nahegelegenen Dorf mit Fleisch, Käse und Tinte fürs Kloster. Er nahm uns schließlich mit in die Stadt. Wir verabschiedeten uns und bedankten uns bei den Mönchen für ihre Hilfsbereitschaft und Gastfreundlichkeit. Wir brachen im Morgengrauen auf. In den sechs Monaten, die wir in der Abtei verbracht hatten, sahen wir Drac nicht ein einziges Mal. Er mied das Kloster und seine Umgebung, weil der Ort gesegnetes Land war, so die Mönche. Lediglich die Wölfe umkreisten das Gelände Nacht für Nacht und heulten bis zum Morgengrauen. Es war zum Verrücktwerden und wir alle bekamen Albträume, die so real waren, dass sie mich jetzt noch ab und zu verfolgen. Dieses Land war verflucht, es machte andere Menschen aus uns, wir alle ließen einen Teil unseres Lebens zurück. Ein paar Tage später erreichten wir Bucaresti. Ich blieb mit meinen türkischen Kollegen ein paar weitere Wochen dort in der osmanischen Botschaft. Schließlich bestiegen wir in der Hafenstadt Varna ein Schiff, um nach Hause zu fahren. Van Helsing und ich versprachen uns, zurückzukommen, um das Ding zu töten. Ich machte mich dann auf den Weg zu deinem zweitältesten Onkel Yusuf nach Giresun am Schwarzen Meer, um in meinem Heimatdorf darüber nachzudenken, was ich aus meinem Leben machen sollte. Wollte ich weiterhin als Wissenschaftler arbeiten und nach Istanbul zurückkehren? Nach reiflicher Überlegung reiste ich doch wieder nach Istanbul, wo deine Eltern vier Jahre später verstarben, als du gerade mal acht Monate alt warst. Als Folge bist du in mein Leben getreten«, sagte Sahin Hodscha voller Stolz und beendete seine Ausführungen.

»Es ist spät geworden«, sagte Mehmet, den die Worte seines Onkels zwar berührten, dennoch stand er dessen Erzählung skeptisch gegenüber. Für ihn kam das Gehörte einer Gutenachtgeschichte gleich.

»Du wirst noch sehen, kleiner Neffe, du wirst noch sehen«, sagte Sahin Hodscha. Mehmet ging hoch in sein Zimmer, sah auf die Kiz Kulesi und schlief ein. Er wachte erschrocken auf, als er einen Wolf heulen hörte. So laut, dass die Leute vor Schreck in jedem Haus die Kerzen anzündeten. Die Stadt erhellte sich förmlich im Schein des Kerzenlichts. Mehmet lief panisch in das Zimmer seines Onkels.

»Hast du das gehört?«

»Natürlich!«, antwortete der Professor aufgeregt. »Er ist hier! Dracula ist hier! Hier in Istanbul!«

Mehmet schüttelte ungläubig den Kopf und ging wieder in sein Zimmer. Die Wölfe heulten erneut und ängstlich zog er sich die Decke bis zum Mund, schaute nach links und rechts und schlief nach einer Weile ein.

14. März, das Wasser zog sich zurück. Sahin Hodscha und Mehmet machten sich auf den Weg zur Universität. Sie gingen nach Beyazit und durchschritten den großen Basar, Kapali Carsi, der sich über einunddreißigtausend Quadratmeter erstreckte und rund zweitausend Geschäfte mit den verschiedensten Angeboten beherbergte. Hier konnte man frische Fische aus dem Bosporus, Gemüse und Obst aus dem eigenen Land, Gewürze aus dem Orient sowie exotische Früchte aus aller Welt erwerben, da die Osmanen noch einige wichtige Seelinien kontrollierten. Jeder musste Steuern an sie entrichten – eine finanzstarke Zeit für die Türken. Mitunter erhielten sie auch Waren wie Ledergewänder Seide oder Gewürze als Steuerersatz.

Als die beiden an der Universität ankamen, war die Stimmung vor Ort aufgebracht. Die Universität in Istanbul war im 19. Jahrhundert die meistgefragte in Europa und Asien; junge Männer aus aller Welt studierten dort. Gegenwärtig standen Polizisten und Mitarbeiter des Geheimdienstes des Sultans vor dem Gebäude und befragten die Studenten. Der Polizeichef und der Direktor eilten zu Professor Sahin Hodscha und baten ihn, mitzukommen zu den Schlafsälen der Studenten, welche sich im dritten Stock der Universität befanden, um eine Leiche zu inspizieren. Ein indischer Schüler namens Amar hatte einem Zimmergenossen die Kehle aufgeschlitzt. Auf dem Körper des Opfers waren okkulte, satanische Zeichen zu erkennen, überall war Blut. Sämtliche Spuren wiesen auf ein Opferritual hin. Amar saß auf seinem Bett und starrte kalt und leer in eine Richtung. Als die Polizisten und der Professor ihn befragten, antwortete er: »Die Ankunft des Meisters naht. Es ist bald so weit, es ist bald so weit.«

Der Polizeichef fragte stirnrunzelnd: »Wovon redest du? Was für ein Meister?« Aber Amar wiederholte immer wieder dieselben Worte. Daraufhin wurde er verhaftet und vorläufig in die Irrenanstalt gebracht, bis vom Gericht entschieden würde, was mit ihm geschehen sollte.

Sahin Hodscha wusste genau, was mit den verwirrten Worten des Studenten gemeint war. Ihm stockte der Atem, er wurde blass im Gesicht und stand kurz vor einer Ohnmacht. Die Beamten hielten ihn am Arm fest und setzten ihn auf einen Stuhl. Der Direktor Osman Bey fragte ihn, ob alles in Ordnung sei.

»Mein Kreislauf ist wohl zu niedrig und ich bin nicht mehr der Jüngste. Mein Alter macht sich bemerkbar. Ich kann heute nicht lehren und bleibe lieber zu Hause«, antwortete Sahin Hodscha.

»Selbstverständlich«, meinte der Direktor.

»Komm mit, wir müssen gehen«, flüsterte Sahin Hodscha zu Mehmet. Seine Stimme klang angstvoll und versagte ihm fast.

»Aber wohin Onkel?«, wollte Mehmet wissen.

»Komm einfach!«

Es regnete kräftig und donnerte. Sie liefen zum großen Hafen. Sahin Hodscha stolperte vorwärts und schien nervös zu sein. Als Mehmet ihn fragte, was los sei und ihn aufforderte, endlich zu sprechen, sagte dieser nur: »Beeil dich!«

An der Anlegestelle wandte sich Sahin Hodscha an einen Gemicibasi, Schiffsaufseher, eine Person, die alle Schiffe kontrollierte und die Ankunftspläne koordinierte. Sahin Hodscha fragte den Schiffsaufseher, ob ein Schiff aus Europa hierher unterwegs sei, und gab ihm zwei Silbermünzen.

»Ja, gleich morgen Früh erwarten wir ein Schiff aus Venedig in Italien und eins aus Frankreich.«

»Nicht Rumänien?«

»Nein, denn das wüsste ich als Erster«, antwortete der Hafenmitarbeiter.

Sie bedankten sich und gingen. Sahin Hodscha blieb trotz erkennbarer Erleichterung skeptisch. Das alles ergab für ihn keinen Sinn.

»Was soll das Ganze? Erzählst du mir endlich, was los ist? Was für ein Schiff aus Rumänien? Dachtest du etwa, Dracula kommt, nur weil der Schüler irgendeinen Unfug erzählt hat? Das war ein verwirrter, vom Teufel besessener, kranker Mensch! Morde passieren überall auf der Welt«, sagte Mehmet.

»Diesen Unfug habe ich damals oft vernommen, und zwar von den Leuten, die Bisswunden aufwiesen, und die wir als geistesgestört ansahen, exakt die gleichen Worte! Wir müssen wachsam bleiben, Augen und Ohren offen halten.«

Mehmet schüttelte den Kopf und schmunzelte.

»Wir müssen unverzüglich ein paar Vorkehrungen treffen«, sagte Sahin Hodscha mit besorgniserregender Stimme.

Sie begaben sich auf den Heimweg, kehrten unterwegs kurz in der Botschaft ein. Sahin Hodscha schickte ein Telegramm nach London zu Van

Helsing mit der Nachricht: Er ist hier in Istanbul, komm bitte so schnell du kannst.

Mehmet war verwirrt, langsam wusste er nicht mehr, was er glauben sollte, und tat nur noch das, was ihm gesagt wurde. So kauften er und sein Onkel bei einem bekannten Schreiner Mengen an Holz, woraus sie unermüdlich die ganze Nacht spitze Pfähle schnitzten. Sahin Hodscha erklärte Mehmet, dass man Dracula nur mit einem Pfahl, den man ihm in das Herz rammen musste – am besten mit Silber – töten konnte, sowie durch das Sonnenlicht. Dracula hasse zudem Knoblauch, weil er in der türkischen Gefangenschaft dazu gezwungen wurde, ihn als Strafe für seine Aufmüpfigkeit zu essen.

VLAD DRACULAS KINDHEIT UND JUGEND

Vlad III. wurde im Jahr 1431 als zweiter Sohn des Königs Vlad II. und der Prinzessin Angelica aus dem Fürstentum Moldau geboren. Er hatte einen älteren Bruder namens Mircea und einen jüngeren, Radu, der Schöne, der Liebling der Eltern. Der junge Vlad war eher zurückhaltend und in sich gekehrt, entpuppte sich als ein Sadist, der Tiere quälte und gerne dabei zusah, wie das Leben erlosch. Er wirkte bereits als Kind unheimlich, verfügte aber auch über hohe Intelligenz und Mut. Er war Gleichaltrigen um Jahre voraus. Eines Tages ließ König Vlad II. einen Verurteilten hinrichten. Nach der Vollstreckung betrachtete der junge Vlad stundenlang die Leiche und war fasziniert von dem Tod.

Die Lage in Rumänien änderte sich dramatisch. Sowohl das Königreich Ungarn als auch der osmanische Sultan Murad II. übten beträchtlichen Druck auf Vlad II. aus. Seit den 1430er Jahren waren die Grenzregionen Ungarns und der halbautonomen Walachei von türkischer Invasion bedroht. Der junge Vlad unterwarf sich schließlich dem Sultan als Vasall und überließ ihm seine beiden jüngeren Söhne Vlad und Radu als Faustpfand, die unter anderem im Palast und in der Festung Egrigöz festgehalten wurden. Hier begegneten sie der osmanischen Kultur und dem Islam.

Die Jahre als türkische Geisel formte die Persönlichkeit des jungen Vlads. So soll er während der Geiselhaft des Öfteren wegen seines dickköpfigen und störrischen Verhaltens ausgepeitscht worden sein und eine extreme Abneigung gegen seinen Halbbruder Radu und den späteren Sultan Mehmed II. entwickelt haben. Das Verhältnis zu seinem Vater blieb gestört, da dieser ihn als Faustpfand benutzt hatte. Durch sein Handeln hatte der Vater außerdem den Eid auf den Drachenorden gebrochen, der ihn verpflichtete, Widerstand gegen die Türken zu leisten.

Nach sechs Jahren Gefangenschaft kehrten sie 1445 nach Hause zurück. Der junge Vlad war mittlerweile vierzehn und stand voller Hass seiner Familie gegenüber; außer seiner Mutter, die er über alles liebte, förmlich vergötterte. Nur drei Monate nach der Heimkehr verstarben die Mutter und der ältere Bruder Mirecia an der Pest. Der junge Vlad wurde immer zorniger und rachsüchtiger, widmete sich der schwarzen Magie. Er experimentierte im obersten Turm der Burg gemeinsam mit dem Hexenmeister Xaviardu, ein Heiler und Schamane, der sich ebenfalls der Schwarzen Kunst verschrieben hatte. Der König setzte ihn ein, damit er die Türken und ihre Armee verfluchte. Der junge Vlad ließ sich unterdessen von dem Magier anlernen. Den Vater kümmerte es wenig, was sein ältester Sohn machte, er sorgte sich mehr um Radu, der die beste Ausbildung sowohl militärisch als auch schulisch genoss, und der recht bald als Nachfolger des Königs feststand. Der junge Vlad lernte auch inzwischen die Kampfkunst kennen und man sagte ihm nach, dass er ein äußerst talentierter Schwertkämpfer war. Im gleichen Maße, wie Vlad immer mehr zu einem Mann heran reifte, wuchs seine Faszination für die schwarze Magie und den Tod. Der Hass, den er seinem Vater und seinem Bruder entgegenbrachte, blieb unverändert. Im Winter 1451 starb der König plötzlich eines scheinbar natürlichen Todes. Die Ärzte diagnostizierten einen Herztod, aber jedermann wusste, dass der König von seinem ältesten Sohn Vlad vergiftet worden war. Man konnte es allerdings nicht beweisen oder aussprechen. Einen Tag später stürzte Radu von den Klippen und verunglückte tödlich. Man vermutete wieder, dass Vlad dahinter steckte.

Vlad wurde somit der alleinige Herrscher über Rumänien. Zur Überraschung seiner Zweifler erwies er sich als guter König und als erfolgreicher, wenn auch brutaler, blutrünstiger Anführer der den Namen Vlad Tepes, der Schlächter, bekam. Er kämpfte immer an vorderster Front, aber das Glück, das ihm auf dem Schlachtfeld zuteilwurde, blieb ihm in der Liebe versagt. Seine erste Liebe und erste Frau war Bredica, die Tochter eines

Adeligen aus Ungarn. Sie war das Gegenteil von Vlad. Bredica hatte Vlad durch ihre Liebe und ihre Gutherzigkeit von allem Bösen ferngehalten, doch nach nur zwei Jahren Ehe verstarb sie wie zuvor seine Mutter an der Pest. Seine zweite Frau Aurika konnte ihm keine Kinder gebären. Eines Tages hielt sie der Verachtung und der Boshaftigkeit Vlads nicht länger stand und sprang nach sieben Ehejahren von der Burgmauer in die Tiefe, um ihrem kinderlosen Dasein ein Ende zu setzen. Vlad war bereits fünfundvierzig. Er geriet außer sich, war launisch und zerstörte alles, was er in die Finger bekam. Fest davon überzeugt, dass er verflucht sei, schwor er sich, ab jetzt nur noch dem Bösen zu dienen. Das Gute in ihm existierte nicht mehr. Fortan wollte er das Blut der Guten trinken, um ewig zu leben. Dieses Blut erkor er zu seinem Lebenselixier. Darüber, woran und wann er verstarb, gibt es keine Aufzeichnungen. Man sagte ihm nach, er habe einen Pakt mit dem Teufel geschlossen, um auf ewig dem Bösen zu dienen. Dann verschwand er spurlos.

15. März. Sahin Hodscha lehrte und Mehmet besuchte die Lesungen an der Universität. Eine seltsame kalte Atmosphäre haftete den Mauern an. Jeder dachte an den kaltblütigen Mord des Schulkameraden. Lehrer, Professoren und Schüler – keiner schien recht bei der Sache zu sein. Sahin Hodscha schaute immer wieder zum Fenster, weil ein Ast wegen des heftigen Windes an die Scheiben schlug. Er erinnerte sich an das Massaker in dem rumänischen Dorf Burvalki. Daran, wie eine Haustür auf- und zuschlug und dazwischen eine verstümmelte Hand steckte.

»Ist alles in Ordnung mit Ihnen, Professor?«, fragte einer der Schüler besorgt.

»Ja, ja, mir geht es gut! Schlagt die Seite vier auf.« Er fuhr mit seinem Unterricht fort.

Mehmet saß in Gedanken versunken in der Vorlesung, bis die Küchenchefin zum Mittagessen läutete. Selbst hier in der Kantine spürte man die kalte seltsame Atmosphäre. Man hörte nur das leise Tuscheln der Schüler. Sahin Hodscha erschien gar nicht zum Essen, sondern hielt sich in der Bibliothek auf, um weitere Nachforschungen anzustellen. Mehmet traf sich nach der Stärkung mit seinem besten Freund Ali auf dem Pausenhof. Die beiden waren zusammen aufgewachsen. Ali stammte aus gutem Hause, der Vater war ein Abgeordneter des Osmanischen Reiches.

»Die Schüler behaupten, dass dein Onkel vor Jahren in Rumänien verschwunden war, und dass er das Böse nach Istanbul gebracht hat.« Mehmet sprang erbost auf und schrie Ali an: »Wer erzählt so einen Blödsinn? Ihr wisst doch, dass ihr mit dem Tod bestraft werdet, wenn ihr darüber sprecht.« Ali erwiderte: »Ich habe das nicht gesagt. Ich sage dir nur, was die Leute erzählen. Du weißt, ich bin dein bester Freund und stehe immer zu dir, aber irgendetwas ist seit Tagen mit dir los. Was hältst du davon, wenn wir heute Abend mal wieder ausgehen und ein bisschen Tavla spielen und Shisha rauchen in der alten Taverne?« Ein wenig verzögert willigte Mehmet ein: »Wieso nicht?«

Mehmet gab seinem Onkel Bescheid, dass er sich mit Ali treffen wolle und er nicht warten solle, da es spät werden könnte.

»Gute Idee«, meinte Sahin Hodscha, »aber pass auf dich auf, sei immer auf der Hut und erzähle niemandem etwas!«

Gegen Abend trafen sich Mehmet und Ali in ihrer Lieblingstaverne Ali Babas Haus, die hauptsächlich von Veteranen und mittelständischen Kaufleuten besucht wurde. Dort trat auch Beysade Hanim auf, eine bekannte Sängerin jener Zeit. Sie sang von den Kriegszügen der Osmanen und von verliebten Soldaten. Eine willkommene Ablenkung für Mehmet. Er dachte nicht mehr an die Geschehnisse der letzten Tage. Nach einer ausgiebig durchgefeierten Nacht verließen sie zufrieden die Taverne und liefen am Ufer des Bosporus entlang. Mehmet schaute auf das Meer hinüber zur Kiz Kulesi. Egal, wo man sich in Istanbul befand, man sah den Mädchenturm. Er hatte eine magische Anziehungskraft.

»Träumst du wieder von der Prinzessin? Wann heiratest du endlich?«, fragte Ali seinen Freund.

Mehmet lachte und erwiderte: »Du hast gut reden, du hast ja schon die richtige Frau gefunden und bist verheiratet. Ich muss der Richtigen erst begegnen.«

»Es kann doch nicht so schwer sein, in dieser großen Stadt ein Mädchen kennenzulernen.«

Mehmet war dieses Thema sichtlich unangenehm. Es war bereits nach Mitternacht, der Himmel zeigte sich sternenklar. Die beiden Freunde redeten noch eine Weile über die alten Zeiten, als sie Kinder waren und unerlaubt Kirschen pflückten aus dem Garten von dem alten Bauern Baran, der sie gejagt, aber nie erwischt hatte und über den alten Physiklehrer Kadir Hodscha, der bei jeder Frage der Schüler die Augen ganz groß aufriss. Ali machte ihn nach, indem auch er die Augen ganz weit aufriss. Mehmet konnte sich nicht mehr einkriegen vor lauter Lachen. Sie verabschiedeten sich langsam. Trotz der späten Stunde pulsierte in den Straßen noch das volle Leben. Mehmet entschied sich, nach Hause zu laufen, und schob sich durch die Menschenmenge. Als er ankam, sah er Sahin Hodscha wie so oft in der Bibliothek in seinem Sessel schlafen, umringt von Büchern. Er ging zu ihm, deckte ihn zu und löschte die Kerzen in den Zimmern.

LIEBESGESCHICHTE AUF DEM MARKT TAKSIM

Sahin Hodscha und Mehmet fuhren mit der Kutsche nach Taksim, um eine der ältesten Bibliotheken der Welt aufzusuchen. Während der Fahrt auf einer sehr belebten Straße entdeckten sie nicht nur mannigfaltige Lebensmittel, die feilgeboten wurden, sondern auch äußerst elegant gekleidete Menschen. Wenn die Frauen außer Haus gingen, so trugen sie – ebenso wie die Männer – anstelle eines Mantels ein Bekleidungsstück, dessen Ärmel so lang waren, dass nur die Fingerspitzen hervorguckten. Auf der Straße wird eine Seite dieses Kleidungsstückes gehalten und – über das Vorderteil greifend – die andere Seite gehalten. Die Haare steckten unter einem weißen Tuch, das den Kopf und die Stirn verdecken sollte. Darüber lag ein weiterer Stoff, der die Nase bedeckte. Als Zeichen von Wohlstand trugen manche Damen einen Schirm als Schmuck. Die vornehmen Damen waren berühmt für ihre prachtvolle Erscheinung und ihren exquisiten Schmuck. An Gürteln, Kopfschmuck, Halsketten, Ohrgehängen, Armbändern und Fußreifen aus Gold und Silber glänzten Juwelen und Perlen. Der Gebrauch von Schminke war allgemein üblich. Ihren Teint hellten die Osmaninnen mit weißer Mandel- und Jasminpaste auf. Mit schwarzem Kohl betonten die Frauen Augen, Brauen und Wimpern, auch die Lippen schminkten sie mit roter Farbe. Außerdem parfümierten sie sich mit Duftessenzen aus Moschus, Aloe, Ambra, Sandelholz, Rose und Zimt. Älteren Frauen stand es frei, die Nase offen zu zeigen. Ganz so streng sah man dies allerdings nicht, solange man es nicht übertrieb und man sich nach den islamischen

Regeln richtete. Istanbul galt als eine moderne und tolerante muslimische Stadt.

Sahin Hodscha und Mehmet suchten bereits zwei Stunden in der Bibliothek nach irgendwelchen alten Dokumenten der Familie Vlad II über die Gefangenschaft Draculas Vlad Tepes als Faustpfand beim Sultan. Sowie nach Aufzeichnungen aus dem Sultanat. Mehmet langweilte sich, deshalb schickte Sahin Hodscha ihn hinaus, um eine Kleinigkeit zu essen zu holen. Mehmet lief erleichtert auf die von Menschenmassen überfüllte Straße. An jeder Ecke gab es etwas zu entdecken: Schlangenbeschwörer und Gurus aus Indien, Artisten aus China, Bären und Jongleure aus Bulgarien, Hellseherinnen aus Rumänien, Menschen mit blonden Haaren und blauen Augen aus dem Westen, Amerikaner mit Cowboyhüten. Mehmet staunte, wie rasant sich Istanbul veränderte. Er freute sich darüber, alles war so aufregend und neu. Inmitten der vielen Gestalten sah Mehmet plötzlich in die schönsten rehbraunen Augen, die er je gesehen hatte. Sie gehörten einer adligen Tochter eines Kalifen, die mit einigem Gefolge und Wachen durch die Stadt flanierte. Auch sie erblickte Mehmet, ging in seine Richtung und ließ ihr Tuch vor seine Füße fallen. Die Geste bedeutete, dass sie ihn treffen wollte, um ihr Gesicht zu zeigen – für Mehmet ein bedeutsamer Fingerzeig. Sie schritt in den Gülbahcesi, den Rosenpark, und Mehmet lief aufgeregt hinterher. Begegnungen solcher Art waren zwar gestattet, durften aber nicht zu offensichtlich ausfallen. Man unterhielt sich leise und benahm sich unauffällig. Die junge Dame wartete hinter einem ausladenden Baum auf einer Sitzbank. Sie schickte ihr Gefolge weg mit den Worten, dass sie gleich wiederkommen sollten.

»Mmmein Nammme ist Mmmmehmet«, stotterte er.

»Ich heiße Lale«, erwiderte das Mädchen lächelnd und nahm ihren Schleier ab, was eigentlich auf die Schnelle so nicht üblich war. Mehmet erstarrte vor ihrer Schönheit, für ihn war es Liebe auf den ersten Blick. Er war sprachlos, dementsprechend zurückhaltend.

Sie fand seine Schüchternheit liebenswert und fing ein Gespräch mit ihm an. Sie erzählte, dass sie die jüngste Tochter des Kalifen Murad aus Konya und die Nichte der Gemahlin des Sultans sei. Ihre älteste Schwester stehe vor der Heirat mit dem Prinzen und sie selbst werde fortan in Istanbul leben im Palast des Sultans. Mehmet beobachtete sie und hörte nur zu, so sehr war er angetan von ihrem Liebreiz. Sie bemerkte dies und lächelte ihn herzlich an. Als Mehmet etwas sagen wollte, riefen ihre Gefolgsleute Lale zu sich. Sie verabschiedete sich.

»Wann sehe ich dich wieder?«, fragte der frisch Verliebte.

»Nach der Hochzeit in fünf Tagen. Genau hier um die gleiche Zeit.«

»Ich werde da sein.« Mehmet war überglücklich vor Freude, und als er ihr das in Rosenöl getauchte Tuch zurückgeben wollte, sagte Lale: »Nein, behalte es, es ist ein Geschenk an dich, damit du mich nicht vergisst und immer an mich denkst.«

Mehmet stand noch verträumt eine Weile vor dem ausladenden Baum und nahm ein Zug des Duftes, der dem Tuch anhaftete. Er dachte in dem Moment, dass er mit Lale im Paradies sei.

Als Mehmet endlich mit dem Essen in der Bibliothek ankam, war Sahin Hodscha aufgebracht und sprach mit lauter Stimme: »Wo warst du so lange und warum grinst du so dämlich? Ich verhungere und wir haben keine Zeit mehr zu verlieren, du Dummkopf! Was soll ich bloß mit dir machen?«

Mehmet erreichten die Worte seines Onkels nicht, er dachte nur an Lale. Es dämmerte bereits und er blickte in die Nacht zu den ersten Sternen, die sich zeigten. Nur war es diesmal anders, er empfand die Schönheit der Natur intensiver, die Sterne funkelten viel klarer, der Mond schien viel größer zu sein und die Meeresluft roch frischer als sonst. Vor allem aber spürte er ein seltsames, wohliges Kribbeln im Bauch. Sahin Hodscha grübelte währenddessen ununterbrochen. Nervosität und Angst standen ihm ins Gesicht geschrieben. Die beiden Männer verarbeiteten noch weiter bis zum Morgengrauen die Hölzer zu spitzen Pfählen.

Am nächsten Morgen klopfte es an der Tür und Sahin Hodscha öffnete. Vor ihm stand Kamil Pascha, sein jüngerer Bruder. Dieser bekleidete das Amt des Obergenerals der osmanischen Marine. Er war Anfang Fünfzig, hatte ernste Gesichtszüge und trug einen dicken Schnurrbart. Er hatte für die damalige Zeit eine durchschnittliche Größe, war sehr stämmig und kräftig gebaut. Er war ein frommer, nationalistisch geprägter und mutiger Mann. Für ihn zählte zuerst der Glaube, dann kam die Armee und erst an dritter Stelle folgte die Familie, weswegen er nie eine eigene Familie gründen konnte. Es gab nur kurzweilige Beziehungen, aber nie etwas Ernstes. Er hatte in vielen Kriegen gekämpft, war in Izmir stationiert und galt als Respektsperson durch und durch. Weilte er in Istanbul, besuchte er so oft er konnte seinen Bruder und seinen Neffen. Als Familienmensch trat er komplett anders auf, dann gab er sich als Lebemann, der gerne lachte. Er hatte ein markantes sehr auffälliges, tiefes lautes Lachen. Mehmet liebte und bewunderte ihn und fühlte sich wohl in seiner Nähe. Kamil Pascha ging hoch in das Zimmer, öffnete langsam die Tür, rief seinen Neffen mit einem Weckschrei aus der Marine wach: »Steh auf und mach dich bereit, auf Deck zu gehen, Soldat!« Mehmet schreckte hoch mit aufgerissenen Augen und wusste nicht, wie ihm geschah. Langsam begriff er, dass sein Onkel vor ihm stand. Es kam ihm gelegen, einen dermaßen tapferen Mann an seiner Seite zu wissen, nach all dem, was in den letzten Tagen geschehen war. Mehmet umarmte seinen Onkel fest, wollte diesen wie ein kleiner verängstigter Junge nicht mehr loslassen. Kamil Pascha lachte und war überrascht, auf diese Art empfangen zu werden.

»Was ist los? Wie kommt es, dass du mich so umarmst, kleiner Neffe?«, fragte er Mehmet.

»Nichts Onkel, ich bin nur froh, dass du da bist.«

Gemeinsam gingen sie nach unten, wo Sahin Hodscha sie am gedeckten Frühstückstisch erwartete. Es gab gekochte Eier, frisch geschnittene Tomaten, Gurken aus der Region mit Schafskäse und türkischem Tee – ein landestypisches Frühstück. Mehmet holte noch etwas Holz vom Hof und Wasser aus dem Brunnen. Kamil Pascha setzte sich zu seinem Bruder und erklärte, dass er nur einen Tag bleiben könne. Er müsse am nächsten Morgen nach Ankara reisen, um an einer Sitzung der Kommandeure und Paschas teilzunehmen. Während des Frühstücks erzählte er von seinen Abenteuern zu Land und auf dem Wasser, auf welche Menschen mit unterschiedlichen Hautfarben er traf aus verschiedenen Kulturen und Religionen. Er reiste um die ganze Welt, kannte ferne Länder und hatte den Indischen Ozean, den Pazifik und den Atlantik befahren. Sie verbrachten den Tag mit Erzählungen aus der Vergangenheit und stellten fest, wie schön und einfach es früher doch alles war. Mehmet klebte an den Lippen seiner Onkel und vergaß für eine Weile die Aufregungen der letzten Zeit, bis Kamil seinen Bruder abends fragte, ob er immer noch an diesen Dracula und an fliegende Menschen glaube und er Mehmet auch angesteckt habe. Sahin Hodscha blickte seinen Neffen beschwörend an, damit dieser unter keinen Umständen etwas preisgab. Der Junge ließ sich nichts anmerken, wünschte den beiden eine Gute Nacht und begab sich in sein Zimmer. Er legte sich hin, fand aber lange keinen Schlaf und grübelte, bis er schließlich einschlummerte. Die beiden Brüder unterhielten sich noch eine Weile, bevor sie auch zu Bett gingen.

Am nächsten Morgen stand eine Kutsche für Kamil Pascha bereit. Dieser verabschiedete sich von seinem Bruder und seinem Neffen mit den Worten, dass er in ein paar Wochen zurückkomme und für eine Weile bei ihnen wohnen werde. Der General, der nie geheiratet, sondern sein komplettes Leben dem Land, der Armee und dem Meer gewidmet hatte, stand kurz vor der Pensionierung und verfügte über genügend Zeit für einen weiteren Besuch. Der Abschied fiel sehr herzlich aus. Nachdem Sahin Hodscha und Mehmet in das Haus zurückgekehrt waren, klopfte es an der Tür. Der Postbote des Sultans brachte eine Einladung zur Vermählung des Prinzen Mustafa mit Aysenur, der ältesten Tochter des Kalifen aus Konya. Die Hochzeit sollte in zwei Tagen stattfinden. Solche Anlässe wurden im Land erst kurz zuvor bekannt gegeben, denn wenn man feierte und abgelenkt war, bot man Feinden ein Ziel, dann war man verwundbar. Im Inneren des Landes hatte der Sultan die meisten und gefährlichsten Feinde, die ihm gegenüber feindlich gesinnt waren. Aus aller Herren Länder waren bedeutsame Persönlichkeiten in den Palast des Sultans eingeladen worden. Natürlich wurden sie vor Wochen benachrichtigt mit Telegrammen oder auf die altbewährte Art – mit der Taubenpost: Scheichs aus dem arabischen Raum, Saudi-Arabien, Iran, Irak, Ägypten, Kaiser und Könige aus Deutschland, Ungarn, Österreich, Russland, Frankreich, Stammesführer aus Afrika, sogar der Präsident der Vereinigten Staaten von Amerika und die First Lady reisten an.

DIE VERMÄHLUNG DES PRINZEN MUSTAFA MIT AYSENUR, DER TOCHTER DES GROSSKALIFEN

24. März 1853. Inzwischen wusste jeder Bescheid, und alles, was Rang und Namen hatte, war selbstverständlich zur Hochzeit, die im großen Saal des Palastes gefeiert werden sollte, eingeladen worden. Der anderthalb Kilometer lange Weg zum Schlosstor war mit einem roten Teppich, auf dem sich Rosenblätter befanden, ausgelegt. Alle zwei Meter erhellten Feuerfackeln den Pfad und an den Seiten erfreuten Feuerspucker, Elefanten, Affen und

Löwen die auflaufende Prominenz. Soldaten, die das Geschehen überwachten, waren ebenfalls postiert worden, da man Angst vor Anschlägen hatte. Die Gäste aus dem Ausland wurden mit Kutschen vom Hafen abgeholt und zum Palast gebracht. Der Sultan gab auch den ärmeren Bürgern etwas zu essen und zu trinken. Es herrschte Feierstimmung und überall winkten glückliche Menschen. Mehmet und Sahin Hodscha fuhren ebenfalls mit der Kutsche vor und zeigten ihre Einladung, denn ohne diese kam niemand hinein. Gleich, ob Kaiser oder König, jeder benötigte ein Einladungsschreiben. Als sie durch das Tor traten, kam Mehmet aus dem Staunen nicht mehr heraus. So etwas hatte er noch nie gesehen.

»Mach deinen Mund zu!«, flüsterte Sahin Hodscha ihm beschämt zu, aber Mehmet achtete nicht darauf, schließlich weilte er, ein junger Mann aus bescheidenen Verhältnissen, zwischen all diesen Blaublütigen. Als sie den Palast erreichten, erwartete sie ein Meer von Kronleuchtern in einem riesigen Tanzsaal. Überall standen Diener in grünen, einheitlichen Uniformen mit Tabletts, die die Gäste mit Getränken und Früchten bedienten. Mehmet hielt Ausschau nach Lale. Er wusste ja, dass sie auch auf der Hochzeit verweilte. Viele alte Freunde und Weggefährten von früher begrüßten Sahin Hodscha herzlich. Mehmet entfernte sich, um Lale zu suchen, da packte sein Onkel ihn am Arm.

»Bau bloß keinen Mist und erzähl niemandem etwas!«

»Klar, werde schon nichts machen«, sagte Mehmet genervt.

In diesem Moment läutete der Wesir die Glocke und kündigte die Ankunft des Sultans an. Alle Augen waren auf den machtvollsten Mann des Landes gerichtet. Der Sultan trug den Staatspelz, genannt Kapaniça, ein weiter Mantel aus Gold- und Silberbrokat (Seraser). Er war mit einem schwarzen Fuchspelz ausgeschlagen, welcher entlang des Saumes und am Kragen eine breite Bordüre bildete. Edelsteinbesatz zierte die Verschlüsse des Staatsgewandes. Prinz Mustafa war in Weiß gekleidet und trug einen mit Edelsteinen geschmückten Gürtel. Seine Braut war in Rot gekleidet, das Kleid verziert mit Gold und Juwelen. Der Sultan setzte sich auf seinen Thron, direkt neben ihm das Paar. Die Familienangehörigen nahmen an einem riesengroßen Tisch Platz, darunter auch Lale, die jüngste Schwester der Braut. Die übrigen Gäste saßen unterteilt nach Rang und Höhe: Könige links vom Sultan, die Politiker rechts von ihm, es folgten vermögende Geschäftsleute, und auch Sahin Hodscha saß in unmittelbarer Nähe.

»Lasst die Feier beginnen!«, rief der Sultan erfreut und alle klatschten.

Nach dem Festmahl erblickte Lale Mehmet und war erstaunt, ihn hier anzutreffen. Mehmet nickte mit dem Kopf und gab ihr ein Zeichen Richtung Park, woraufhin sie bei ihren Eltern und dem Sultan um Entschuldigung bat, denn sie wolle ein wenig frische Luft schnappen. Der Palast verfügte über einen Garten, wie es ihn kein zweites Mal auf der Welt gab. Er beherbergte etwa zweitausendfünfhundert verschiedene natürlich vorkommende Pflanzenarten und stellte zusammen mit der Provinz und der Stadt Istanbul, deren Gesamtfläche nur rund fünftausend Quadratkilometer betrug, ganze europäische Länder, wie das Vereinigte Königreich, in den Schatten. Istanbul alleine beherbergte etwa ein Viertel von mehr als zehntausend dokumentierten Pflanzenarten, die in der Türkei vorkamen. Einige dieser Pflanzen waren endemisch, kamen also nur an diesem Ort vor. Die Hälfte dieser Blumenarten wuchsen in der Anlage dieses Palastes, den man das kleine Paradies, oder auch den Garten Eden nannte.

»Was machst du denn hier? Verfolgst du mich etwa?«, fragte Lale überrascht.

»Nein«, erwiderte Mehmet, »wir sind eingeladen. Wir arbeiten für den Sultan, eher gesagt mein Onkel.«

»Wieso hast du mir das nicht schon bei unserem ersten Treffen erzählt?«, fragte Lala. »Du steckst ja voller Überraschungen!«

»Wir hatten ja nicht viel Zeit zum Reden. Deine Aufpasserin saß mir im Nacken, und ich dachte, sie dreht mir gleich den Hals um. Sie ist zum Fürchten.« Mehmet witzelte und Lale lachte herzlich.

»Sie guckt jeden so streng an, der mir zu nahe kommt, sie will mich doch nur beschützen. Sie ist zugleich meine Ziehmutter, und ich liebe sie auch deswegen wie eine leibliche Mutter. Meine eigenen Eltern hatten kaum Zeit für mich. Mein Vater ist ein wichtiger Mann und ständig auf Reisen. Uns hat er nie mitgenommen, weil wir Mädchen waren, es gehörte sich nicht. Ich weiß, dass er sich immer einen Sohn gewünscht hat. Du weißt doch, wie das ist, der Familienname muss erhalten werden.«

Sie liefen eine Weile durch den nach Rosen und Lavendel duftenden Garten und sprachen noch über alles Mögliche. Plötzlich blieb Mehmet stehen, beugte sich vor und pflückte vorsichtig eine Blüte.

»Das ist eine Lale. Diese Blume trägt deinen Namen und sie ist wunderschön, genau wie du.«

Lale errötete nahm die Blume und bedankte sich schüchtern.

»Mir gefällt es hier. Es ist nicht so langweilig wie in Konya und erst die vielen Menschen aus unterschiedlichen Ländern! Es ist alles so aufregend! Du musst mir unbedingt ganz Istanbul zeigen«, sagte sie.

»Klar, das mache ich liebend gern. Ich werde dir die Schönheit und Pracht dieser Stadt zeigen.«

»Ich muss jetzt wieder hineingehen. Treffen wir uns übermorgen wie verabredet?«

»Natürlich!«, antwortete Mehmet voller Glückseligkeit.

Die Feier war auf dem Höhepunkt, die Leute tanzten, tranken und aßen. Der Sultan rief Mehmet und Sahin Hodscha zu sich an den Tisch und bestellte die beiden für den kommenden Tag gegen Mittag in die Sommerresidenz auf der Prinzeninsel. Mehmet und Lale konnten unterdessen die Augen nicht voneinander lassen. Sahin Hodscha und dem Sultan blieben deren verliebte Blicke nicht unverborgen. Der Sultan schmunzelte und Sahin Hodscha zwickte seinen Neffen am Arm.

»Bist du wahnsinnig? Willst du, dass unsere Köpfe rollen?«, flüsterte er und zog ihn beiseite, um ihm eine Standpauke zu halten. »Du darfst mit so einer Frau nichts anfangen, geschweige denn daran Denken. Wir sind nur kleine Leute und so eine Beziehung kommt nicht infrage!«

Mehmet war sichtlich verletzt und Sahin Hodscha bemerkte, dass er zu streng gewesen war. Doch auch wenn es ihm leidtat, musste er auf seinem Standpunkt beharren. Niemand ahnte, dass Sahin Hodscha selbst in jungen Jahren in eine Adelstochter namens Zeynep verliebt gewesen war, die Tochter des Sultans Mahmut II. Natürlich kam es nicht infrage, dass eine Adelige einen Normalsterblichen heiratete, obwohl sie sich ebenfalls in den Wissenschaftler verliebt hatte und sich heimlich mit ihm traf. Der Sultan hatte zwar Wind davon bekommen, mochte und schätzte Sahin Hodscha allerdings und verschonte ihn, obgleich jener ein Tabu gebrochen hatte. Man erzählte sich, er habe Sahin Hodscha wegen dieser Angelegenheit bewusst nach Rumänien geschickt. Der Sultan hatte wissentlich in Kauf genommen, dass Sahin womöglich nicht von der gefährlichen Reise zurückkehrte. In der Zwischenzeit war Zeynep mit dem Sohn eines Kalifen aus Gaziantep in Süd-Anatolien verheiratet worden und sie musste gegen ihren Willen dorthin ziehen. Sahin Hodscha litt damals sehr und schwor sich, keine andere Frau zu heiraten. Und nun wollte er Mehmet vor dem gleichen Schicksalsschlag bewahren. Die Prinzessin Zeynep hielt sich auch auf der Hochzeit auf. Sie liebte Sahin Hodscha immer noch und für den Professor blieb sie die erste und einzige Liebe und die schönste Frau der Welt. Dennoch blickte er nur einmal zu ihr hin, für ihn war das Kapitel beendet.

BESUCH BEIM SULTAN AUF DEN PRINZENINSELN.

25. März, ein herrlicher, sonniger Samstag. Mehmet und Sahin Hodscha fuhren mit der Fähre zu den Prinzeninseln, einer Inselgruppe im Marmarameer südöstlich des Bosporus. Der Sultan und seine Brüder besaßen hier prächtige Häuser mit Dienern und einer Leibgarde. Ohne einen Grund oder eine Einladung war Normalsterblichen der Zutritt zu der Insel verwehrt, und als Onkel und Neffe am Hafen anlangten, wurden sie von der Leibwache des Sultans gründlich nach Waffen durchsucht. Anschließend fuhren sie mit einer Kutsche weiter. Sahin Hodscha wirkte sichtlich nervös, da er nicht wusste, wieso sie dorthin bestellt worden waren – so mancher war lebend hingegangen und tot wieder hinausgekommen. Sie hielten an einem riesigen Tor, vor dem bewaffnete Janitscharen, eine osmanische Eliteeinheit, postiert waren. Einer der Wachen öffnete schließlich den Durchlass und sie konnten passieren. Von weitem sahen sie den Sultan mit seiner Gefolgschaft, der auf einem exorbitanten Anwesen Polo spielte. Der Sultan begrüßte Sahin Hodscha und Mehmet herzlich und fragte, wie es ihnen ginge und wie die Fahrt gewesen sei. Sahin Hodscha wirkte immer noch nervös. Mehmet hingegen schien alles gelassener zu nehmen, er betrachtete das, was während der letzten Tage passiert war, als ein Abenteuer. Der Sultan bat die beiden, zum Abendessen zu bleiben.

Nach dem Essen folgten sie dem Sultan in dessen Arbeitszimmer, das in westlichem Stil eingerichtet war. Möbelstücke aus Eichenholz nach viktorianischem Vorbild trafen hier auf orientalisches Flair.

»Setzt euch«, sagte der Sultan. »Mir wurde von meinem Geheimdienst von einem Ritualmord an der Universität, an der Sie lehren, berichtet. Ein Schüler aus Indien soll gesagt haben, der Meister komme. Ich habe danach zwei Geheimdienstleute auf euch angesetzt, die euch verfolgten. Ihr habt eine Menge Holz gekauft. Ich schätze, um spitze Pfähle daraus zu schnitzen, nicht wahr? Diese Dinge sind mir seit meiner Kindheit bekannt. Ich bekam damals mit, wie mein Vater mit seinem Berater über Dracula sprach. Ich habe hier alte Aufzeichnungen, in denen auch Ihr Name steht. Mein Vater schätzte und mochte Sie und Ihre Familie, Sie haben immer für dieses Land gedient, weshalb ich Sie ebenfalls schätze. Wie Sie wissen, habe ich kein Interesse an schwarzer Magie und ich glaube auch nicht daran, sondern möchte, dass Sie der Sache, ohne viel Aufsehen zu erregen, nachgehen und diesen Schwachsinn beenden. Ich will damit nichts zu tun haben! Wenn mir nochmals Derartiges zu Ohren kommt, werden Köpfe rollen. Sie, Sahin Hodscha, werden Ihren Pflichten an der Universität nachgehen und das Land nicht verlassen. Ich werde Ihnen dieses Mal allerdings keine Soldaten oder finanziellen Mittel zur Verfügung stellen, für so einen Humbug, wie es mein Vater damals tat.« Der Sultan rieb sich die Augen. »Ihr seid heute Nacht meine Gäste«, beendete er das Gespräch.

»Natürlich, Euer Sultan«, willigten die beiden ein. Auf dem Weg zu den Gästezimmern betrachtete Mehmet die Gemälde, die an den Wänden hingen. Es waren Porträts der Vorfahren des Sultans. Er stand schließlich fasziniert in seinem Zimmer. Die Gästezimmer waren venezianisch eingerichtet, wieder mit orientalischem Flair gemischt. Die Zimmer waren sehr geräumig, alle mit Kamin und einem einladenden Bett. Der Boden war ausgelegt mit feinen persischen Teppichen, die Wände waren tapeziert im venezianischen Stil in brauner Farbe mit goldenem Blumenmuster. Das Bett war im viktorianischen Stil aus massivem Eichenholz gebaut, mit dicken daunengefüllten Kissen und Decken. Etwas Vergleichbares hatte er vorher noch nie gesehen, außer auf Zeichnungen und Gemälden aus dem Westen. Mehmet kam aus dem Staunen nicht mehr heraus. Danach starrte er wie immer auf die Kiz Kulesi, die er auch von hier aus gut sehen konnte. Nach einer Weile legte er sich schlafen. Am nächsten Morgen weckte Sahin Hodscha, der erleichtert darüber war, dass der Sultan ihm freie Hand gab, seinen Neffen, der das Bett regelrecht umklammerte.

»Steh auf, wir sind zum Frühstück eingeladen.«

Der Sultan war bereits früh abgereist in den Palast nach Istanbul zum Topkapipalast. Seine rechte Hand Sayid, der Obergeneral der Janitscharen, empfing Sahin Hodscha und Mehmet und entschuldigte die Abwesenheit des Sultans. Sayid war ein Waisenkind, das der Sultan in den Trümmern des

Krieges des osmanischen Feldzugs im Orient gefunden hatte. Sayid zog seinerzeit ein Messer und wollte die Soldaten angreifen, was den Sultan amüsierte. Dieser war angetan von dem Mut des damals Zehnjährigen und nahm ihn zu sich. Er wuchs mit dem Prinzen im Palast auf, wurde in der Kriegskunst ausgebildet und sein Anblick war einschüchternd. Sayid war ein Mann von großer kräftiger Statur mit sehr ernsthaften Gesichtszügen und einer tiefen dunklen Stimme. Ein Mann der wenigen Worte. Die Janitscharen gehörten der Armee an und wurden so erzogen, dass sie das Korps als ihre Heimat und Familie und den Sultan als ihren Vater anerkannten. Nur diejenigen, die sich als stark genug herausstellten, verdienten sich im Alter von vierundzwanzig Jahren den Rang eines echten Janitscharen. Sie wurden unter strikter Disziplin und harter Arbeit in speziellen Schulen ausgebildet, wo sie dem Zölibat unterworfen waren und dem Islam beitraten. Im Gegensatz zu den freien Moslems durften sie nur einen Schnurrbart und keinen Vollbart tragen. Die Janitscharen lebten ausschließlich für den Krieg, heirateten nicht, besaßen keinen Besitz und bezogen kaum Sold. Sie dienten dem Sultan loyal bis zum Tod. Sayid jedoch war viel mehr als das, der Sultan vertraute ihm und schätzte ihn mehr als seine leiblichen Brüdern oder Verwandten.

Sayid führte Sahin Hodscha und Mehmet an den Strand, wo einhundert Mann einer Armee, die nur aus Janitscharen bestand, trainierten. Mit den Schwertern und Bogen in der Hand erweckten sie den Eindruck von lebenden Tötungsmaschinen. Mehmet und Sahin Hodscha stockte der Atem.

»Ich bin dabei, wenn ihr mich braucht. Ihr könnt auf mich zählen, denn ich glaube an das Böse und ich werde es bis zum Tod bekämpfen. Auch wenn mein Herr nicht daran glaubt, ich tue es. Ich habe es zu oft gesehen, das Böse. Es hat mir alles genommen, meine Familie, meine Heimat, alles, was ich geliebt habe! Überall herrscht das Schlimme«, sagte Sayid mit tiefer Stimme.

Die beiden waren erstaunt über diese Worte, sie stellten auch keine weiteren Fragen und bedankten sich. Sayid begleitete sie bis zur Kutsche und verabschiedete sich. Für Sahin Hodscha war dieses Wochenende auf der Prinzeninsel überraschend und verwirrend. Er fragte sich, wieso ausgerechnet der Obergeneral der Janitscharen sich anbot. Wusste er vielleicht mehr, als er sagen wollte?

VAN HELSINGS ANKUNFT UND DIE FAHRT NACH ERLANGEN, BAYERN

27. März. Nach Erhalt des Telegrafs von Van Helsing warteten Sahin Hodscha und Mehmet sehnlichst am Hafen auf ihn, der mit dem Schiff aus London ankommen sollte. Sahin Hodscha und Van Helsing, der lediglich einen Koffer bei sich trug, umarmten sich und freuten sich über das Wiedersehen. Auch Mehmet war erfreut. Sie stiegen in die Kutsche und bereits während der Fahrt erzählte Van Helsing, dass Dracula die letzten Jahrhunderte Jahrzehnte Jahre immer wieder in England, Schottland, Irland und Wales, meist in kleineren Ortschaften unter dem Namen Graf Darwin gelebt habe.

»Ich habe in der vergangenen Zeit Einiges erfahren. So hat Dracula sich schlau angestellt und alles genauestens überdacht. Er hat weitaus mehr Gefolgsleute als angenommen. Die Mächtigsten der Länder, in denen er verweilte, hat er sich gefügig gemacht, sodass er ohne Aufmerksamkeit zu erregen über die Jahrhunderte viele Menschen töten und unbeschwert leben konnte. Er hypnotisiert die Leute, was allerdings nur bei jenen funktioniert, die nicht an so etwas glauben. Bei uns, Hodscha, würde es nie klappen«, sagte Van Helsing stolz und fuhr fort: »Dieser Mistkerl kam mit einer Leiche drei Tage aus. Mitunter sperrte er junge Mädchen in seinem Verlies ein, trank immer nur ein bisschen Blut und ließ sie am Leben, indem er sie mit reichhaltiger Nahrung versorgte. Das reichte manchmal Jahre. Was diese bedauernswerten Wesen wohl durchgemacht haben in den Fängen dieser Kreatur! Dracula ist weniger verschwenderisch, sondern vorsichtiger geworden, damit niemand Verdacht schöpfen kann.«

Unterdessen kamen sie im Turm an. Van Helsing hatte die lange Fahrt ermüdet und nach dem Abendessen ging er rasch in das von Sahin Hodscha vorbereitete Gästezimmer ins Bett. Sahin Hodscha und Mehmet unterhielten sich noch eine Weile, bevor auch sie sich schlafen legten. Mehmet blickte wie jeden Abend von seinem Fenster aus auf die Burg Kiz Kulesi und träumte später von der Prinzessin. Er befand sich in der Burg und lief der Prinzessin nach. Sie trug ein knallrotes Kleid und sang die ganze Zeit. Mehmet rannte ihr hinterher, vermochte sie jedoch nicht einzuholen. Immer und immer wieder versuchte er es und am Ende schlug die Tür mit einem gewaltigen Knall auf. Es donnerte und krachte und Dracula stand im Raum. Mehmet konnte dessen Gesicht nicht erkennen, aber das Wesen kam näher. Mehmet wachte schreiend und verschwitzt auf, hörte seinen rasenden Herzschlag, so real und beängstigend war dieser Traum.

Am nächsten Morgen frühstückten sie zusammen. Mehmet, der in der Nacht kaum geschlafen hatte, saß träge und müde am Tisch. Sahin Hodscha fragte Van Helsing: »Was machen wir jetzt? Wo beginnen wir mit der Suche?«

»Nirgends – fürs Erste, er ist noch nicht hier. Wir wissen auch noch nicht, welche Anzeichen sein Kommen andeuten. Es dauert bestimmt noch Wochen oder Monate, wenn er von England aus, oder wo immer er auch steckt, in See gestochen ist. Du weißt, er verfügt über dunkle Kräfte und kann Menschen über Kilometer hinweg beeinflussen und hypnotisieren, einfach nur teuflisch. Ich würde zu gerne mit dem indischen Jungen sprechen, der diese Worte gesagt hat, doch dafür haben wir jetzt keine Zeit. Wir müssen umgehend nach Deutschland reisen zu meinem guten Freund Adelmut nach Erlangen, noch bevor Dracula hier in Istanbul ankommt. Er ist der beste Silberschmied Europas und wir brauchen reines Silber, das nur er uns beschaffen und verarbeiten kann. Das Holz, das du zu spitzen Pfählen verarbeitet hast, wird uns nicht viel nutzen, alter Freund, auch wenn du es gut gemeint hast. Wir besteigen heute Abend noch die Fähre nach Venedig. In zwei Tagen sind wir da. Von dort aus ist Erlangen mit der Kutsche viele Tagesritte entfernt. Ich weiß nicht, wie schnell wir vorankommen und wie die Wege jetzt befahrbar sind.«

»Ich kann nicht einfach einige Wochen wegbleiben!«, sagte Sahin Hodscha aufgeregt. »Was soll ich der Universität sagen? Ich muss schließlich unterrichten, da die Prüfungen unmittelbar bevorstehen. Und wie soll ich das dem Sultan erklären? Ich darf das Land nicht verlassen. Wenn er davon erfährt, sind wir alle tot. Er will von Dracula nichts wissen und das aus gutem Grund. Wir besitzen heute wie damals keine handfesten Beweise, dass es Dracula wirklich gibt. Nur wir und die einheimischen Rumänen wissen von seiner Existenz. Wir haben ihn gesehen, auch wenn es nur sein Schatten war, aber sein Gesicht haben wir nicht zu sehen bekommen. Ich weiß nicht mal, ob ich ihn erkennen würde, wenn er vor mir stünde. Der Sultan glaubt, dass wir Nachahmern oder okkulten Sekten aufsitzen. Aber mein mutiger Neffe Mehmet wird mit dir reisen und er wird dir eine große Hilfe sein.«

Mehmet schaute verwundert und schien nicht erfreut zu sein.

»So machen wir das dann, mein alter Freund Sahin«, sagte Van Helsing.

Mehmet eilte im Anschluss an die Unterredung in den Park, wo Lale bereits auf ihn wartete. Er hatte ihr auf die Schnelle noch einen Blumenstrauß gekauft und kam außer Atem an.

»Was ist los?«, fragte sie besorgt, »wirst du vom Teufel gejagt oder freust du dich so, mich zu sehen?«

»Das auch«, sagte Mehmet, der außer Atem war, und reichte ihr schüchtern die Blumen. »Ich muss heute Abend nach Deutschland reisen wegen einer wissenschaftlichen Arbeit.« Den wahren Grund der Exkursion verschwieg er ihr. Lale war überrascht.

»Ist es in Deutschland nicht gefährlich? Allein die Reise dahin zwischen all diesen Wilden, die einen ausrauben, sogar töten, habe ich gehört! Und was ist mit deinem Onkel?«, fragte sie.

»Mein Onkel muss weiter unterrichten. Ich fahre mit einem befreundeten Wissenschaftler. Mach dir keine Sorgen! In zehn Tagen bin ich zurück.«

»So ein Leben wie du würde ich auch gerne führen, sich einfach in ungewisse Abenteuer hineinstürzen, Neues entdecken, frei sein. Ich bin noch nie aus der Türkei rausgekommen und fühle mich gefangen in einem goldenen Käfig.«

Mehmet hielt Lales Hand, schaute ihr tief in die Augen und sagte zu ihr, dass sie auch zusammen Abenteuer erleben werden. Sie war sehr erfreut, gab ihm einen Kuss auf die Wange und reichte ihm ein neues, nach Nelken und Zimt duftendes Tuch.

»In zehn Tagen werde ich hier auf dich warten. Pass auf dich auf, Mehmet!«

»Ich werde da sein!«

Sie verabschiedeten sich voneinander. Mehmet eilte nach Hause – glücklich verliebt und aufgeregt wegen der bevorstehenden Reise. Er packte seinen Koffer, roch an Lales Tuch und steckte es gefaltet in die Innentasche seiner Jacke. Die Reisenden begaben sich jeder mit einem Koffer zum Schiff. Sahin Hodscha nahm Mehmet zur Seite.

»Ich bin stolz auf dich, weißt du das? Dein Vater wäre es auch, denn du tust der Menschheit einen Gefallen, du kämpfst gegen das Böse, gegen das

Schlechte auf dieser Welt. Ich wollte dich eigentlich nie mit hineinziehen, mein Neffe. Pass auf dich auf und hör genau hin, was Van Helsing dir sagt!«

Sahin Hodscha umarmte seinen Neffen mit einer Träne im Auge. Mehmet rührten die Worte seines Onkels, noch nie hatte er ihn so sentimental erlebt.

Endlich stachen sie in See, in die einsame, unendliche Weite des Meeres, bereit für ihr Unternehmen. Das Schiff gehörte einem italienischen Seefahrer namens Luigi Maldini und an Bord hielten sich deutsche, holländische und italienische Kaufleute und Architekten auf, die geschäftlich zwischen Istanbul und Venedig hin- und herpendelten. Mehmet und Van Helsing hausten in einer kleinen Koje, die mit zwei Steppbetten, einem kleinen Tisch und einer Gaslampe ausgestattet war. Gegen Abend war das Meer extrem aufgewühlt, sie gerieten in einen Sturm. Durchnässt stand Mehmet auf dem Deck und beobachtete die Seeleute, die versuchten, Kurs zu halten. Riesenwellen brachen sich am Schiff, es donnerte und regnete heftig. Mehmet beeindruckte die Kraft der Natur, er befand sich zum ersten Mal auf einer langen Reise in einem Schiff auf dem Meer. Der Kapitän schrie ihn an, er solle unter Deck gehen, alles andere sei gefährlich. Aber Mehmet hörte den Kapitän nicht durch das Peitschen des Regens und das Heulen des Windes, Van Helsing wachte aus seinem tiefen Schlaf auf durch das heftige hin und her wanken des Schiffes, wobei er sogar beinahe aus dem Steppbett rausfiel, dabei entging ihm nicht das Mehmet nicht in seinem Bett lag. In Panik und voller Mühe lief Van Helsing hoch über die wankenden Treppen zum Deck wobei er fast heruntergefallen wäre. Er sah wie Mehmet sich in der Mitten des Schiffes am Mast festhielt, er schien noch immer amüsiert zu sein über die ganze Lage. Van Helsing schrie durch die hektische Menge »Mehmet! Mehmet!« und hielt sich dabei an den Schiffsreling fest, denn der Wellengang wurde immer schlimmer, so als würde er das ganze Schiff verschlingen und wieder ausspucken. Van Helsing ging mit aller Kraft zu Mehmet, der sich immer noch grinsend das Naturspiel anschaute. In dem Augenblick traf ein greller großer Blitz auf einen der vorderen Mäste ein. Der Mast fiel auf gradem Wege auf Mehmet zu. Jeder sprang bei Seite. Van Helsing konnte mit letzter Kraft den erstarrten Mehmet auf Seite schubsen, wobei er beinahe selbst um Haaresbreite ein Kopf kleiner gewesen wäre. Zum Glück wurde niemand verletzt. Zwei der Matrosen halfen den beiden hoch und brachten sie unter Deck zu ihren Kojen. Van Helsing bedankte sich bei den Seeleuten und fragte nach Mehmets wohlergehen. Er entschuldigte sich bei Van Helsing das er ihn so einer Gefahr ausgesetzt habe. Van Helsing sagte zu dem noch unter Schock stehenden Mehment, dass alles gut sei, das er besser aufpassen müsse. Sie wechselten ihre durchnässten Kleider und legten sich in ihre Betten, aber an Schlaf war nicht zu denken, dafür schwankte das Schiff zu stark. Oben ging es immer stressiger und panischer zu, einer der Seemänner fiel vom Schiff der von einer Riesenwelle erfasst wurde, man konnte nichts mehr für ihn tun. Der Sturm dauerte noch sechs Stunden an. Der Morgen graute bereits, als auf einmal die Sonne herauskam und das Meer so ruhig lag, als hätte es kein Unwetter gegeben. Van Helsing, gut ausgeschlafen und Mehmet, ziemlich ermüdet, betraten das Deck.

»Welch herrlicher Tag«, sagte Van Helsing schmunzelnd. Mehmet schaute ihn erstaunt an. Mehmet vertrieb sich die Zeit, spielte mit den Kindern der Geschäftsleute, indem er seine kleine Zaubertrickse vorführte, die sich auf dem Schiff befanden, und dachte dabei ununterbrochen an Lale. Am nächsten Tag erreichten sie ohne Vorkommnisse den Hafen von Venedig. Sie mussten einen halben Tag dort verweilen, weil die Kutschen nachts nicht fuhren. Die beiden verließen das Schiff, liefen durch die Straßen der Lagunenstadt, und Mehmet kam aus dem Staunen nicht mehr heraus. Er gewann mannigfaltige Eindrücke von alten Kathedralbauten und von Gondolieri mit ihren bunten Uniformen und Hüten, die in sogenannten Wasserkutschen die Menschen beförderten, die Lieder sangen und dabei fröhlich aussahen. Van Helsing hatte hier auch einige Bekannte gewonnen auf seinen vielen Reisen, und so betraten sie nach einem kurzen Fußmarsch eine Taverne, wo man in den oberen Zimmern übernachten konnte. Der Gasthof gehörte einem Freund Van Helsings. Der Mann hieß Roberto, ein typischer italienischer korpulenter Gastwirt mit einem auffälligen spitz nach oben zulaufendem Oberlippenbart, der die beiden herzlich begrüßte. Sie aßen zu Abend, die vielen Gäste tanzten und tranken. Mehmet schickte sich an, hinauszugehen, um sich die Stadt genauer anzugucken. Van Helsing mahnte ihn, in der Nähe zu bleiben, es herrsche Trubel wegen des venezianischen Karnevals, die Menschen auf den Straßen seien maskiert. Mehmet fand das skurril und befremdlich, er verstand nicht, wieso sich die Leute kostümierten und tranken. Er befand sich inmitten der bunten maskierten Menschenmenge, die er wieder beängstigt verließ. Er bevorzugte es, von der Ferne aus zu beobachten. Auf der gegenüberstehenden Straße sah er kurz danach eine Gruppe junger Damen, die alle Perücken mit weißen, langen Haaren trugen. Im Gesicht waren sie stark in Weiß geschminkt mit einer schwarzen Augenmaske, geschmückt mit einer Rabenfeder, und eine von ihnen gab ihm ein Zeichen, mitzukommen. Mehmet schaute nach hinten um sich zu vergewissern ob die Zeichen der jungen Dame ihm galten. Auf die nochmalige Aufforderung ihnen zu folgen, wollte Mehemt wissen, wo sie hingingen und drängelte sich durch die Menschenmenge um ihnen zu folgen, doch er vernahm nur noch ihre Stimmen und ihr Gelächter, als sie in einer dunklen, engen Seitengasse verschwanden. Als er sie fast eingeholt hatte, sah er, wie die jungen Frauen schwebten und die Mauern hochliefen, als gingen sie eine Straße entlang. Sie drehten sich kreischend zu Mehmet hin, ihre Augen waren leuchtend rot, aus den Mundwinkeln lief Blut herunter. Er wurde kreideweiß. Gepackt von der Angst lief er so schnell er konnte erneut durch die Menschenmenge zurück in die Taverne. Es wurde ein langer Weg. In den Straßen sah er leblose Körper auf dem Boden liegen und Leute, die vor den Häusern verbluteten mit einer Bisswunde am Hals, die versuchten, nach Luft zu schnappen, aber dies interessierte niemanden. Mehmet packten Panik und Angst immer mehr, sodass ihm die Luft wegblieb. Der kurze Weg wurde zu einem langen, surrealen Ausflug. Als er die Taverne erreichte, sagte er kein Wort. Sie bezogen ihr Zimmer und Van Helsing erklärte Mehmet, was der Karneval bedeutete und wieso sich die Leute maskierten. Mehmet war noch erstarrt vor Angst, wollte es Van Helsing aber nicht erzählen, weil er es selbst nicht glauben konnte, was er vorhin gesehen hatte.

»Ich versteh es trotzdem nicht«, sagte er desinteressiert mit einer leisen verstörten Stimme bezogen auf den Karneval. Nach diesem Tag wollte er nie mehr etwas davon wissen. Van Helsing lachte: »Das musst du auch nicht verstehen – andere Länder, andere Sitten und nun schlaf gut! Wir haben noch eine anstrengende Fahrt vor uns.«

Am nächsten Morgen bestiegen sie die Kutsche, die sie nach Deutschland bringen sollte. Sie fuhren über Verona, Bozen über die Alpen nach Innsbruck und München. Die ungemütliche Fahrt Richtung Erlangen dauerte mehrere Tage. Sie hielten nur an, um das stille Örtchen aufzusuchen oder die Pferde ausruhen zu lassen. Zwei Fahrer wechselten sich ab, Proviant hatten sie genug dabei in mehreren Körben. Es beinhaltete Brot, Käse, Gemüse, Obst und Wasser. Während der Reise erzählte Van Helsing Mehmet alles über Dracula und sein Gefolge, wie man die Dämonen jagt, findet und tötet. Für Mehmet war es lehrreich und beängstigend zugleich. Nach anstrengender Fahrt erreichten sie endlich ihr Ziel Erlangen, ein großes Dorf, in dem die Zeit scheinbar im Mittelalter stehen geblieben war, anders als in den fortschrittlichen Großstädten München, Berlin oder Köln. Der Alltag hier war beschwerlich, aber auch unkompliziert. Man arbeitete mit alten Werkzeugen der Vorfahren, jeder wusste, was zu tun war, jeder war für seine Nahrung und sein Leben selbst verantwortlich. Die Häuser bestanden aus Lehm und Stroh und mitten im Dorf stand eine Kapelle. Für die Bewohner waren Van Helsing und Mehmet Exoten. Sie verschlangen sie förmlich mit ihren Augen, denn es war nicht üblich, dass sich fremde Menschen aus anderen Kulturenkreisen hierher verirrten. Die beiden machten sich mit ihren Koffern durch den Matsch auf den beschwerlichen Weg, um den Schmied Adelmut zu suchen. Van Helsing sprach gebrochenes Deutsch und er befragte einen Dorfbewohner nach der Schmiede, aber dieser antwortete nicht. Das ging bei vier Leuten so, und der Fünfte, den er fragte, war ein kleiner Junge, der ihnen den Weg zur Schmiede wies und dafür eine Silbermünze erhielt.

Adelmut war ein groß gewachsener, stämmiger Mann mit blauen Augen und langen hellblonden Haaren. Sein Anblick auf dem Schlachtfeld würde jeden Gegner vor Angst einschüchtern. Er hämmerte so hart auf das Eisen, dass die Schmiede bebte. Als er Van Helsing erblickte, legte er sofort die Arbeit nieder.

»Oh, mein alter englischer Freund! Professor, wie geht es Ihnen? Sie erweisen mir eine große Ehre mit Ihrem Besuch. Wie kann ich Ihnen helfen?«

Van Helsing erzählte Adelmut, was sie brauchten, und dieser nahm den Auftrag an, ohne irgendwelche Fragen zu stellen, wieso oder wofür. Drei Tage würde er dafür brauchen und bis dahin blieben die beiden seine Gäste. Adelmut und Van Helsing trafen sich vor über dreißig Jahren in München. Van Helsing war zu einer Tagung da und suchte in der Stadt nach einem Silberschmied. So lernte er Adelmut kennen, der in die Lehre ging beim damals bekanntesten und besten Silberschmied Europas, genannt der dicke Karl, weil er so übergewichtig war und gerne viel aß. Van Helsing ließ sich bei Karl einen Dolch mit Silberknauf anfertigen, den er immer noch in seinem Besitz hat und immer bei sich trägt. Der damals achtzehnjährige Lehrling Adelmut übernahm die Arbeit und Van Helsing war begeistert von dessen handwerklichem Geschick. Sie gingen zusammen ein Bier trinken, und der Lehrjunge erzählte Van Helsing, dass noch ein Jahr verbleibe bis zum Ende der Lehre und dass er danach nach Erlangen zurückkehre, um seine eigene Silberschmiede zu eröffnen. Zwei Jahre später hatte Van Helsing ihn nach dem ersten Treffen der beiden in Erlangen besucht, bevor er das zweite Mal nach Rumänien reiste, wo das erste Treffen mit Sahin Hodscha stattfand. Damals gab er Adelmut mehrere Silbermesser, Silberkugeln und ein Silberschwert in Auftrag. Seither standen sie in Kontakt.

Adelmuts Hütte stand direkt neben der Schmiede. Es war ein kleines, dennoch geräumiges Haus mit einem kleinen Stall dahinter mit zwei Kühen, drei Ziegen und sieben Hühnern. Van Helsing und Mehmet bezogen einen Raum in der Scheune, der aus zwei Steppbetten bestand, die mit Stroh gefüllt waren, aber das machte ihnen nichts aus, Hauptsache es war warm und trocken. Adelmut war verheiratet mit Elsa und hatte zwei kleine Töchter. Gretel war vierzehn und Berta neun, die ebenfalls blondes Haar trugen und blaue Augen hatten. Sie aßen gemeinsam zu Abend Kartoffelklößchen mit Ente, dazu floss reichlich Honigmet. Es war ein vergnügter Abend. Adelmut und Van Helsing erzählten Elsa von alten Zeiten, wie sie sich wann und wo das erste Mal trafen. Van Helsing lernte Elsa und die Kinder erst dieses Mal kennen. Als er das letzte Mal in Erlangen war, lebte Adelmut noch alleine der davor schon lange Zeit kinderlos verheiratet war. Die Frau verstarb an der Seitenkrankheit.

»Sie ist ein gutes Weib und eine gute Mutter«, sagte Adelmut stolz und setzte Elsa auf seinen Schoß und gab ihr einen Kuss auf den Mund und lachte laut. Mehmet verstand kein Wort, er hielt sich zurück, war beinahe unsichtbar. Für ihn war alles ein Kulturschock, und das, was geschehen war, kam ihm surreal vor. In der osmanischen Gesellschaft war es unmöglich, seine Frau vor anderen Leuten zu küssen, sowohl aus religiösen als auch aus kulturellen Gründen. Er flüchtete sich in Gedanken zu Lale, fragte sich, wie es ihr ergehe, was sie mache, ob sie auch an ihn denke.

Zur selben Zeit traf Dracula mit dem Schiff in Venedig ein. Er wusste, dass er in Istanbul erwartet wurde, deshalb vermied er den direkten Weg aus England. Sahin Hodscha suchte in der Zwischenzeit jeden Tag nach dem Unterricht den schon genervten Schiffswart auf, um Informationen zu bekommen, ob ein Schiff aus England eingetroffen war oder wann eines ankommt.

Adelmut fing früh mit der Arbeit an. Durch sein wuchtiges Hämmern und Schlagen auf das Eisen weckte er das komplette Dorf auf. Seine Frau setzte Wasser für Tee auf, reichte Brot und selbst gemachte Marmelade. Mehmet spielte mit den Mädchen, zeigte ihnen kleine Zaubertricks und Van Helsing las in seinen Büchern. Elsa fütterte die Tiere im Stall und melkte die Kühe. Gegen Mittag streiften Van Helsing und Mehmet durch das Dorf und beobachteten das Leben der Bauern in der Gemeinde. Der Tagesablauf war strukturiert, alles hatte seine Ordnung. Die Ansässigen konnten einfach nicht die Blicke von den beiden lassen. Kinder liefen zu ihnen, um sie anzufassen, da deren Kleidung und Schuhe für sie fremd waren, ebenso der Anzug und der Hut Van Helsings. Die beiden störte das nicht, sie genossen sogar die Aufmerksamkeit, die sie bekamen. Mehmet bemerkte auch die ihm schmeichelnden Blicke der jungen Frauen im Dorf, die auf ihn gerichtet waren – besonders von einer rothaarigen, achtzehnjährigen Schönheit namens Freya. Sie hatte feuerrote, gelockte Haare, stechend blaue Augen, und Mehmet war zwar geschmeichelt, aber für ihn gab es nur Lale. Freya näherte sich ihm, sagte ihren Namen und zeigte auf sich. Mehmet antwortete auch mit seinem Namen, indem er mit dem Finger auf sich wies. Freya gab ihm ein aus schwarzem Leder gefertigtes Armband, wie es die Vorfahren vor jedem Krieg getragen hatten. Er bedankte sich mit einer Geste auf die osmanische Art, indem er mit der rechten Hand auf die Linke Brust klopfte, die Innenhand küsste und danach seine Stirn berührte. Das bedeutete Dankbarkeit von Herzen und die Erweisung des tiefsten Respekts. Freya lachte und lief glücklich zu ihren Freundinnen hinüber, die kicherten. Erst kurz vor Sonnenuntergang kehrten sie zurück zur Schmiede. Adelmut war bereits mit der Hälfte der Arbeit fertig. Er wies sie an, nach Hause zu gehen und sich zurechtzumachen, da heute ein Begräbnis eines Oberhauptes stattfinden sollte. Obwohl sie Christen waren, lebten sie immer noch die Tradition heidnischer Begräbnisse. Natürlich gemäß dem Wunsch des Verstorbenen und der Angehörigen, denn man konnte auch nach der normalen christlichen Art begraben werden. In diesem Fall stand ein traditionell heidnisches Begräbnis an. Die Bestattung der Toten geschah ohne Gepränge, lediglich bestimmte Holzarten wurden bei der Einäscherung der Leichen herausragender Männer verwendet. Den Scheiterhaufen zierte man nicht mit Teppichen und wohlriechendem Räucherwerk, nur seine Waffen, manchmal auch sein Ross, wurden dem Toten ins Feuer mitgegeben. Sämtliche Einwohner standen mitten im Dorf versammelt, wo das Begräbnis stattfand. Für Mehmet war es beängstigend und faszinierend zugleich. Van Helsing kannte dieses Ritual zwar, dennoch empfand er es immer wieder als aufregend. Der Sohn des Toten hielt eine Fackel, bestieg den zwei Meter hohen Scheiterhaufen und schrie die Worte:»Grüße unsere Ahnen, sie warten auf dich, sie werden dich mit offenen Armen empfangen, vergiss uns nicht, wenn wir kommen.« Er entzündete das Stroh, das binnen Sekunden brannte. Es war ein gewaltiges Feuerspektakel. Die Dorfbewohner sangen ein altes germanisches Lebewohllied für den Verstorbenen. Danach wurde getrunken, getanzt und gefeiert bis in die Morgenstunden, so ehrten sie ihre Toten. Van Helsing betrank sich, bis er nicht mehr stehen konnte, tanzte mit den Frauen und hatte reichlich Vergnügen. Mehmet dagegen trank keinen Alkohol, weil es ihm seine Religion nicht erlaubte. Er beobachtete alles aus der Ferne. Freya kam auf ihn zu und sie verständigten sich mit Handzeichen. Sie nahm Mehmet bei der Hand und zeigte auf einen hohen Baum, der unmittelbar in Sichtweite stand. Mehmet folgte ihr neugierig. Als sie vor dem Baum anlangten, machte Freya mit der Hand Zeichen, sie wollte hinaufklettern. Sie ging vor und Mehmet hinterher. Für ihn war das kein Problem, denn in seiner Kindheit war er auf viele Bäume geklettert. Freya stieg flink nach oben und als Mehmet den Gipfel langsam und sicher erreichte, stockte ihm der Atem. Die Schönheit der Natur zeigte wieder einmal ihre magische Seite. Man sah nur Bäume und es schien, als wären ihre Schatten gezeichnet, sowie glitzernde Berge, die durch die Strahlen des Mondes und der Sterne leuchteten. Es war so still, dass man sein Herz klopfen hören konnte, als könne man nach allem greifen. Sie verweilten noch eine Weile dort, bevor sie sich wieder unter das feiernde Volk mischten. Van Helsing konnte nicht mehr auf den Beinen stehen. Mehmet stützte ihn und brachte ihn nach Hause. Freya wartete draußen, um sich zu verabschieden. Sie verabredeten sich für den nächsten Morgen, und auch Mehmet legte sich schlafen.

Die Sonne ging auf, der Hahn krähte, und Elsa bereitete das Frühstück vor. Van Helsing lag noch mit einem Kater im Bett. Adelmut arbeitete bereits fleißig in der Schmiede, ohne vorher etwas zu essen. Mehmet entschuldigte sich bei Elsa mit Handzeichen dafür, dass er nicht frühstücken wollte, da klopfte es schon an der Tür. Gerta öffnete. Es war Freya mit einem kleinen Holzkorb in der Hand. Mehmet war erfreut, sie wiederzusehen.

Mehmet zeigte auf seine Kleidung um Freya verstehen zu geben, dass er sich umziehen wolle und ging in die Scheune. Van Helsing fragte nuschelnd und noch sichtlich mitgenommen von der letzten Nacht, wo er hingehe. Mehmet erklärte, dass er mit dem rothaarigen Mädchen von gestern aus dem Dorf verabredet sei. Van Helsing legte sich stöhnend wieder schlafen. Elsa mahnte Freya, dass sie aufpassen sollen wegen des Bären, der Unheil und Schrecken verbreite.

»Machen Sie sich keine Sorgen Frau Elsa! Wir wollen nur ein paar Erdbeeren pflücken auf dem Berg des Thor. Bevor es dunkel wird, werden wir zurück sein.«

Elsa nickte mit dem Kopf und Mehmet war auch soweit. Sie verabschiedeten sich von Elsa und den Kindern.

»Wofür ist der Korb?«, fragte er, mit den Fingern darauf zeigend.

»Zum Sammeln von Erdbeeren«, sagte sie und Mehmet verstand sie. Sie liefen durch den Wald, um auf den Berg zu kommen. Hier war es so still, dass man jedes kleine Insekt hören konnte. Sogar das Summen ihrer Flügel, das Knattern der Äste, über die die Tiere huschten, den Wind, der über die Bäume hinweg fegte. Auf einmal hörten sie ein lautes Grollen. Mehmet war verängstigt und erschrak.

Freya lachte und gab ihm zu verstehen, dass alles in Ordnung sei. Sie behielt das mit dem gefährlichen Bären für sich. Sie ergriff Mehmets Hand, um zügig auf den Berg zu kommen. Auf dem Weg sah Mehmet zwei überstürzt verlassene Häuser, aber er dachte sich nichts dabei. Als sie am Berg des Thor ankamen, war Mehmet wieder fasziniert von der Landschaft. Die grüne Wiese schmückten Gänseblümchen und Maiglöckchen, und mitten durch den Berg floss eine schmale Wasserstraße. Das Wasser lief von dem schneebedeckten Berg herunter. Nach ein paar beschwerlichen, steilen hundert Metern erreichten sie eine ebene Fläche, die so aussah wie der Garten Eden, als hätte Gott persönlich Hand angelegt. Es war das Paradies auf Erden und überall wuchsen Erdbeeren, Himbeeren und Brombeeren. Freya zeigte Mehmet, wie man die Früchte am besten pflückt, ohne dass die Beeren zerquetscht werden. Freya verletzte sich dabei an den Dornen, ihr Finger blutete und Mehmet eilte zu ihr. Er holte das Tuch heraus, das Lale ihm geschenkt hatte und verband die Wunde. Dann lachten sie, legten sich für eine Weile auf die weiche Wiese auf den Rücken und schauten hoch zum strahlendblauen Himmel. Unvermittelt drehte sich Freya um, um Mehmet zu küssen, aber er erwiderte den Kuss nicht.

Mehmet gab ihr anhand der Initialen auf dem Tuch zu verstehen, dass er eine Freundin in Istanbul habe, die auf ihn wartet.

Freya schien wenig begeistert, dennoch akzeptierte sie es. In dieser für beide unangenehmen Situation vernahmen sie plötzlich Schüsse aus dem Wald. Sie nahmen den Korb und liefen verängstigt hinunter, um nach Hause zu gelangen. Als sie den Wald betraten, hörten sie Männerstimmen. Es waren bewaffnete Leute aus dem Dorf, die den Bären erlegt hatten. Darunter war auch Freyas Vater, Hans.

»Was ist los ?«, fragte sie ihren Vater.

»Wir haben endlich das Monster getötet!«, antwortete er stolz und verwirrt. »Und was machst du hier mit diesem Fremden? Habe ich dir nicht gesagt, du sollst nicht alleine in den Wald gehen? Was wäre, wenn der Bär euch getötet hätte? Er lungerte ja schon hier rum.«

»Wir waren Erdbeeren pflücken«, sagte sie verängstigt.

Als Mehmet näher kam, sah er den erlegten riesigen Bären blutend auf dem Boden liegen und er ahnte, dass das Grollen von eben von diesem Tier gekommen war. Ihm wurde mulmig. Freyas Vater schrie die beiden an, dass sie so schnell wie möglich nach Hause gehen sollen, was sie auch taten. Als sie vor Adelsmut Tür standen, bedankte sich Mehmet bei Freya für den schönen Tag und gab ihr einen freundschaftlichen Kuss auf die Wange. Freya war sehr angetan von dem Kuss, sie wusste aber auch, dass Mehmets Herz einer anderen Frau gehörte. Sie entschuldigte sich noch dafür, dass sie ihn nicht vor dem Bären gewarnt hatte, indem sie mit dem Finger auf den Wald zeigte und den Bären nachahmte. Dies amüsierte Mehmet und beide lachten. Mehmet fand das nicht weiter schlimm und witzelte, dass sie gerade noch davon gekommen seien. Es dunkelte langsam, als Mehmet ins Haus hineinging. Van Helsing war wach und Elsa deckte den Abendtisch, als Adelmut hineinkam und voller Freude schrie, dass sie den Bären soeben erlegt hätten im Wald vor den Bergen Thors. Elsa schaute zu Mehmet hin und schüttelte den Kopf, dabei blinzelte sie. Mehmet sagte nichts.

»Was für ein Bär?«, fragte Van Helsing. Adelmut erzählte, dass zwei Jahre lang ein riesiger Schwarzbär sein Unwesen getrieben und zwei Familien im Wald getötet habe, sie ihn aber nie erwischen konnten. Van Helsing fragte Mehmet, ob er heute im Wald gewesen sei. Mehmet bejahte.

»Du weißt, dass da auch ein gefährlicher, menschenfressender Bär herumlief, der zwei Familien ausgelöscht hat?«

Mehmet nickte. »Es ist ja zum Glück nichts passiert.«

Van Helsing war außer sich, sagte aber nichts weiter. Er war froh, dass Mehmet unversehrt war. Sie aßen zu Abend.

Mehmet stand danach auf, ging in die Scheune, holte seinen Block hervor, den er bisher nicht unterwegs benutzt hatte und zeichnete für Freya den Turm, in dem er wohnte. Er hatte ein schlechtes Gewissen, weil sie mehr wollte als er. Adelmut kam hinein und fragte Van Helsing ob Mehmet Lust hätte mitzukommen, es gebe wieder ein Fest, weil sie den Bären erlegt hatten.

»Klar!«, meinte Mehmet. Van Helsing blieb aufgrund des gestrigen Katers mit Elsa und den Kindern zu Hause und lachte darüber, dass sie ziemlich viel feierten in diesem Dorf. Mehmet wollte unbedingt Freya sehen, um ihr die Zeichnung zu schenken. Als sie die Straßen zur Dorfmitte entlang gingen, wo die Feste immer stattfanden, zeigte Mehmet plötzlich mit dem Finger auf eines der Häuser und fragte: »Freya?« Adelmut antwortete lachend »Ahh Freya! Du willst wissen wo sie wohnt!« Dieser wies mit den Fingern auf ein Haus; sie standen quasi davor. Mehmet sah durch das Fenster, wie Freya mit ihrem Vater tanzte. Sie bemerkte Mehmet und kam direkt zu ihm hinaus. Mehmet zeigte auf den Baum, auf den sie gestern geklettert waren. Freya war sehr erfreut über diese Geste. Es war ein sternenklarer Himmel mit milder Luft, durchzogen von kleinen Windböen. Als sie oben angelangt waren, genossen sie die himmlische Aussicht. Der Wind wehte leicht, eine Sternschnuppe fiel vom Himmel und Mehmet hielt Freya an der Hand. Er sah tief in ihre hellblauen Augen und sagte auf Türkisch »Auch wenn du mich nicht verstehst, möchte ich dir sagen, wie schön du bist, wie rein dein Herz ist und dass du sehr glücklich werden wirst. Der Mann, der dich heiratet, ist der größte Glückspilz.«

Freya verstand zwar die Worte nicht, aber sie verstand deren Bedeutung. Dann zückte Mehmet aus seiner Innentasche die Zeichnung, die als Geschenk eingerollt war. Freya war gerührt und glücklich über die Geste. Sie gab ihm daraufhin das Tuch zurück.

»Ich habe es gewaschen. Sogar das Blut konnte ich herauswaschen. Nach Omas Rezept, aber das verrate ich dir nicht, das ist ein Familiengeheimnis. Ich bin auch in der Lage, zu erkennen, dass es das Tuch einer Frau ist, auch wenn ich nur ein einfaches Bauermädchen bin. Denn welcher Mann trägt sonst freiwillig ein Tuch mit Blumenmustern? Machs gut, kleiner Prinz aus dem Orient.«

Dann kletterte sie hinunter und ging zu der Feier. Mehmet blieb noch eine Weile oben, bis seine Beine müde wurden. Er dachte wieder an Lale. Als er zu den Sternen sah, vermisste er auch sein Zuhause und sein vertrautes Umfeld.

Adelmut benötigte nur noch einen Tag und alles war fertiggestellt. Am nächsten Tag belud Mehmet die Kutschen mit ihrem Gepäck und den von Adelmut gefertigten Waffen, die aus zahlreichen Silberspeeren, Silberdolchen und einen kleinen Sack Silberkugeln bestand. Van Helsing verabschiedete sich von Adelmut und seiner Familie und gab ihm zwanzig Goldmünzen für seine Dienste. Adelmut warnte die beiden vor Banditen und Räubern auf dem Weg.

»Mach dir keine Sorgen, mein alter Freund! Auf der Hinfahrt ist nichts passiert, also wird auch bei der Rückfahrt nichts passieren, es wird schon gut gehen«, sagte Van Helsing. Mehmet hoffte, Freya noch einmal zu sehen, um sich zu verabschieden, aber sie kam nicht. Ihr fiel der Abschied schwer, deshalb beließ sie es dabei, indem sie zu Hause blieb. Und so machten sie sich auf den langen, holprigen Weg nach Hause. Die Reise bis zum Hafen von Venedig verlief ohne Vorkommnisse. Die Wetterbedingungen waren optimal; es hatte Tage nicht mehr geregnet, was die beiden erleichterte. Sie kamen dieses Mal recht früh an, sodass sie mit dem nächsten Schiff nach Istanbul aufbrechen konnten. Das Meer war wieder unruhig, und diesmal musste sich Mehmet während der Überfahrt übergeben und verbrachte den Tag unter Deck in der Koje. Van Helsing hielt sich oben auf, kümmerte sich aber auch um Mehmet. Er war nachdenklich gestimmt, und auch, wenn er es nicht wahrhaben wollte, hinterließen die Strapazen der vergangenen Tage bei ihm seelische und körperliche Spuren. Er ahnte, dass dies sein letztes Abenteuer sein könnte, und er fühlte sich alt.

Die Wellen peitschten hoch und es wurde immer ungemütlicher und stürmischer, es regnete ununterbrochen wie so oft in diesem Jahr. Der Kapitän meldete, dass sie am Hafen von Alexandroupoli in Bulgarien anlegen müssen, da die Meeresenge des Bosporus durch den andauernden Regen Hochwasser trage, sodass keine Schiffe sie befahren dürfen. Alexandroupoli lag dreihundert Kilometer von Istanbul entfernt und damit zwei Tagesritte. Als sie an Land gingen, organisierte Van Helsing eine Kutsche und Helfer, um das Gepäck zu verstauen.

»Nicht schon wieder mit der Kutsche fahren, ich kann diese Dinger nicht mehr sehen. Zu Hause werde ich erst mal einen Bogen darum machen«, meinte Mehmet, dem es mittlerweile ein bisschen besser ging.

Sie machten sich auf den Weg durch die Wälder auf holprigen Straßen, doch an der türkisch-bulgarischen Grenze überfiel sie ein Heer von Banditen. Es waren Hunnen und ihr Anführer hieß Attila. Man sagte, er sei der Nachfahre des berühmten Hunnenkönigs. Attila lauerte mit seinem einhundert Mann starken Heer an der Grenze zur Türkei und plünderte Reisende, um zu überleben. Die Kämpfer gingen hervorragend mit dem Schwert um und auf dem Pferd mit Pfeil und Bogen. Osmanische Spezialeinheiten suchten und jagten sie im ganzen Land – mit mäßigem Erfolg. Attila war von kleiner, dünner Statur mit schwarzen langen Haaren und erst zwanzig Jahre alt. Aber was seinen Mut anging, war er so riesig wie ein Fünfzig-Mann-Heer. Die Hunnen hatten sich über die Jahrhunderte immer tiefer in die Mongolei zurückgezogen und die Kraft vergangener Tage verloren. Deswegen plünderten sie Reisende an den Grenzgebieten aus und verschanzten sich in den Wäldern. Attila und seine Männer umkreisten die Droschke inzwischen und schauten hinein. Einer der Kutscher zog ein Gewehr, schoss einen der Hunnen nieder, der sich jedoch nur leicht verletzte. Die Schusswaffe hatte nur einen Schuss und man musste mit Schießpulver nachfüllen, dementsprechend hatten sie keine Chance. Daraufhin köpften die Hunnen die beiden Kutscher. Mehmet sah aus der Kutsche die abgeschlagenen Köpfe auf dem Boden liegen. Er wurde kreidebleich, seine Knie schlotterten und er zitterte verängstigt am ganzen

Körper mit der Angst, dass ihnen das gleiche Schicksal widerfahren könnte. Doch Van Helsing beruhigte ihn.

»Steigt aus!«, schrie Attila. »Woher kommt ihr und wohin fahrt ihr?«

»Wir waren beruflich in Deutschland. Wir sind Wissenschaftler.«

»Was für Wissenschaftler? Was soll das für ein Beruf sein?«, fragte Attila ungläubig und unwissend.

»Wir sind Ärzte, so was wie Heiler. Wir kundschaften andere Länder aus, um Medizin zu gewinnen«, antwortete Van Helsing.

»Ah, wie Zauberer«, sagte Attila lachend.

»Ja, so was in der Art«, sagte van Helsing und nickte. Attila bat die beiden, seine Gäste zu sein für eine Nacht. Dabei sollten sie auch nach seinem kleinen Sohn sehen, der erkrankt war. Attila hatte Respekt und auch Angst vor Zauberern, weil er glaubte, verflucht werden zu können, wenn man sie tötete oder beleidigte. Van Helsing und Mehmet sagten natürlich ohne Widerworte zu, denn sie hatten selbst Angst vor den Hunnen und waren froh, nicht ausgeraubt und getötet zu werden. Zwei mongolische Krieger führten die Kutsche, Mehmet und Van Helsing ritten auf Pferden. Das Lager der Hunnen lag im tiefsten Wald versteckt. Hier lebten sie mit ihren Frauen und Kindern in großen Zelten. Die Männer gingen morgens hinaus, kamen abends wieder und brachten Beute mit. Die Frauen waren den ganzen Tag mit dem Vorbereiten des Essens und den Kindern beschäftigt. Sie waren alle sehr gastfreundlich. Van Helsing wurde in Attilas Zelt gebracht, um nach dessen dreijährigem Sohn Batuhan zu sehen. Van Helsing fasste dem Kleinen an die Stirn, er hatte hohes Fieber und hustete stark. Die Diagnose war klar: Grippe und Bronchitis. Er fragte, welche Medikamente sie dem Kind verabreicht hatten. Attila sagte, dass sie das vom Schamanen aus Pflanzen hergestellte Mittel gegeben hatten, dies jedoch nichts genützt habe. Van Helsing fragte, ob er den Arzt sprechen könne, aber Attila antwortete, dass jener gestern verstorben sei, als er ihm den Kopf abgeschlagen habe. Van Helsing schluckte schwer. Ihn überkam die Angst, dass er es hier mit einem geistesgestörten Psychopathen zu tun habe, der jederzeit sein scharf geschliffenes Schwert ziehen und einem den Kopf abtrennen könnte.

»Und Doktor, können Sie was machen? Ist es was Schlimmes und wird mein Prinz durchkommen?«

»Nichts Schlimmes.« Van Helsing stotterte. »Ich muss in die Kutsche, um ein Medikament zu holen.«

»Ja klar, gehen Sie schnell!«

Van Helsing rannte rasch aus dem Zelt zur Kutsche. Mehmet, der draußen gewartet hatte, lief hinterher.

»Was ist los, Van Helsing?«, schrie er.

»Ich muss zur Kutsche an meinen Medizinkoffer. Zum Glück habe ich ihn immer mit, wenn ich auf Reisen bin. Darin habe ich etwas gegen Husten, Fieber und Magen-Darm-Infektionen. Wenn der Junge nicht bis morgen ein wenig gesünder wird, kannst du dich von deinem schönen Kopf verabschieden, denn dieser Wahnsinnige wird uns die Köpfe abschlagen. Für ihn ist ein Menschenleben nichts wert!«

Mehmet gefiel das gar nicht. »Ich dachte, ich soll mir keine Sorgen machen und jetzt sagst du, dass der Wahnsinnige uns die Köpfe abschlagen wird! Wieso?«, schrie er.

Van Helsing versuchte, ihn zu beruhigen. »Es wird schon gut gehen. Lass uns beten bis morgen Früh.« Van Helsing holte zwei Flaschen Medizin gegen Husten aus seinem Koffer und etwas, um das Fieber zu senken. Er eilte ins Zelt zurück, beugte sich zum Jungen und verabreichte ihm die Arznei. Innerlich betete er zu Gott, dass der Kleine geheilt wird. Mehmet ging vor dem Zelt nervös hin und her. Attila klopfte auf die Schultern des verängstigten Van Helsing und lachte laut. »Gut gemacht, lass uns gehen, unsere Bäuche füllen!«

Die Männer saßen nach dem Essen um das Feuer und bildeten einen Kreis, darunter auch Mehmet und Van Helsing. Mehrere Rauchpfeifen machten die Runde, doch die beiden wussten nicht, dass sie halluzinogene Pflanzen rauchten. Für die Krieger eine Art, sich zu beruhigen und sie waren seit dem Kindesalter daran gewohnt. Dann wurde Mehmet die Pfeife überreicht. Er zog zwei Mal sehr stark daran und halluzinierte, sah, wie die Pferde schwebten und die Zelte liefen. Er fasste sich immer wieder ins Gesicht. Van Helsing schaute in die Antlitze der Hunnen, die sich verschoben. Er vernahm deren Lachen doppelt und in einer merkwürdigen Stimmlage, als wären sie fremdartige Wesen. Die Hunnen amüsierten sich über den Zustand der beiden. Nach drei Stunden normalisierte sich ihr Zustand.

»Alles in Ordnung?«, fragte Attila lachend.

»Ja, ja.« Van Helsing nickte verwirrt, immer mit dem Blick auf das Zelt, ob es dem kleinen Prinzen Batuhan auch besser gehe. Mehmet schlief tief und fest. Attila betrat das Zelt, um nachzuschauen, wie es seinem Sohn ging. Zwei Stunden später rief er Van Helsing hinein. Dieser stand kurz vor einem Herzstillstand, seine Beine wurden immer schwerer, sein Atem kam stoßweise, die Schweißperlen auf seiner Stirn flossen hinunter, was auch sein großer schwarzer Hut nicht verbergen konnte. Der Weg erschien ihm länger als sonst. Als er hineinging, sah er Batuhan fröhlich mit seiner Mutter im Bett spielen. Ihm fiel eine Last vom Herzen, er atmete tief durch – dem Jungen ging es deutlich besser. Attila packte Van Helsing, legte seine Arme um dessen Körper, hob ihn hoch und küsste ihn auf den Mund, Van Helsing war angewidert, schockiert zugleich, wischte unauffällig seinen Mund ab mit seiner Hand ab, aber er musste es ertragen, weil er Angst um seinen Kopf hatte.

»Ich wusste, dass du es schaffst, Zauberer, ich wusste es! Danke dir von ganzem Herzen. Du bist ein großer Mann!«

»Nichts zu danken, mein Herr. Ich lasse die Medizin hier. Geben Sie sie dem Kleinen zweimal am Tag, einmal morgens und einmal abends vorm Schlafengehen. In ein paar Tagen ist Ihr kleiner Prinz wieder wohlauf. Er wird nichts mehr haben, seid unbesorgt!«

Attila und seine Frau nickten erfreut. »Geht jetzt schlafen, Van Helsing. Morgen Früh begleite ich euch bis kurz vor Istanbul. Das mit den zwei Kutschern tut mir übrigens leid, schlechte Angewohnheit«, scherzte er. Er hielt, was er versprach. Er begleitete die beiden mit sechs seiner besten Männer. Sie verabschiedeten sich in Topkapi an der Grenze zur Türkei.

»Ihr seid schwer in Ordnung. Wenn Ihr mal meine Hilfe braucht, dann findet ihr mich an der gleichen Stelle. Das bin ich Euch schuldig, besonders dir, großer Zauberer Van Helsing, und natürlich auch wegen eurer Männer. Wir werden noch vier Monate hier kampieren, bis wir für immer in unsere Heimat zurückkehren, in die Mongolei.«

Van Helsing übernahm die Zügel der Kutsche, Mehmet saß als Beifahrer daneben. Nach 12 Stunden erfrischender Fahrt kamen sie zu Hause am Galaturm an. Van Helsing erblickte auf dem Rückweg zwei graue Wölfe, die in den Wäldern herumschlichen. Entweder war Dracula bereits angekommen oder er war hierher unterwegs. Mehmet war sichtlich mitgenommen, er war schwer erkältet und bettlägerig. Sahin Hodscha war noch in der Universität und so brachte Van Helsing den kranken Mehmet nach Hause und gab den Leuten vor der Tür Silbermünzen, damit sie die Sachen nach oben schafften. Van Helsing eilte zur Universität und holte Sahin Hodscha mitten aus der Lesung und erkundigte sich aufgebracht, ob etwas Auffälliges geschehen sei.

»Nein, nichts. Wo steckt denn Mehmet? Und wieso willst du das wissen? Hast du was gesehen? Ist was passiert?«

»Nein, nein«, antwortete Van Helsing. »Mehmet geht es gut, nur die Strapazen waren für ihn zu viel. Ich frage, weil ich seine grauen Wölfe in den Wäldern habe rumschleichen sehen. Entweder er kommt, mein alter Freund, oder er ist schon hier. Du hattest Recht mit deiner Vermutung. Jetzt sind wir bereit, jetzt werden wir ihn endlich erwischen! Er läuft uns direkt in die Arme. Ich will diesem Schwein in seine seelenlosen Augen blicken, wenn ich ihm den Silberdolch durch sein schwarzes Herz bohre.« Van Helsings Hände zitterten, sein Blutdruck war erhöht. Er fasste sich an die linke Brust und stand kurz vor einem Herzinfarkt. Daraufhin sackte er zusammen, konnte sich aber noch gerade an der Wand abstützen, sodass er nicht hinfiel. Zwei Studenten aus der Lesung eilten zur Hilfe. Sahin Hodscha war sichtlich besorgt und brachte seinen Freund in das Universitätskrankenhaus. Der Arzt bestätigte einen kleinen Infarkt.

»Ihr Freund darf sich nicht mehr so erhitzen in dem Alter, ansonsten könnte die nächste Aufregung die letzte sein.« Er verordnete Van Helsing absolute Bettruhe und behielt ihn für zwei Tage unter Kontrolle im Krankenhaus. Dieser wehrte sich dagegen.

»Ich möchte nicht hier bleiben«, sagte er, aber Sahin Hodscha bestand darauf. Widerwillig, nach langer Diskussion, gab Van Helsing nach. Nachdem Sahin Hodscha in die Universität zurückgekehrt war, bestellte der Direktor ihn zu sich ins Arbeitszimmer, um ihn auszuhorchen.

»Was geht hier eigentlich vor? Erst passiert ausgerechnet hier, an dieser renommierten Universität, an der es in ihrer zweihundertjährigen Geschichte noch kein einziges Verbrechen dieser Art gab, ein Mord, dann bleiben Sie unentschuldigt den Vorlesungen fern. Und Ihr Neffe fehlt fast zwei Wochen im Unterricht. Und was hat dieser englische Wissenschaftler hier zu suchen? Darf hier jetzt jeder einfach so hereinspazieren? Soll ich am Eingang vielleicht einen roten Teppich ausrollen? Ich kann Sie nicht länger dulden und werde sie Ihres Amtes entbinden, wenn Sie mir nicht sofort alles erzählen. Ich weiß über Sie Bescheid, alle wissen über Sie Bescheid, Professor, über Ihr Verschwinden für ein Jahr und dass Sie seitdem nicht immer alle Tassen im Schrank haben. Aber an meiner Universität wird es so etwas nicht geben! Sie können sich bei mir nicht alles erlauben und mir ist es auch egal, wie gut Sie mit dem Sultan stehen.« Der Direktor schäumte vor Wut. Sahin Hodscha wurde ebenfalls wütend. Er schlug mit beiden Fäusten auf das Pult des Direktors und seine Antwort fiel entsprechend aus: »Ich lasse jetzt mal die Förmlichkeiten weg. Wenn ich dir alles sage, bist du deinen Kopf los, du alter Narr! Geh ruhig zum Sultan und berichte! Ich schätze dich als Person und auch als Menschen, aber es gibt Dinge, die du nie verstehen wirst, auch wenn ich es dir erzählen könnte. Du kennst mich kein bisschen, also urteile nie wieder über mich! Und mach dir keine Sorgen, es ist bald vorbei – hoffe ich zumindest.«

Der Direktor war eingeschüchtert, wusste nicht, was er sagen sollte. Er war zwar nicht glücklich mit der Antwort, aber er sah ein, dass er sich nicht mehr so weit aus dem Fenster lehnen durfte und keine weiteren Fragen stellen sollte.

»Also gut, wenn das so ist, drücke ich nochmals ein Auge zu, aber sorgen Sie dafür, dass die Universität außen vor bleibt. Und jetzt verlassen Sie bitte das Zimmer!«, schloss der Direktor die Unterredung mit kleinlauter Stimme ab. Sahin Hodscha nickte und verließ das Arbeitszimmer Richtung Hörsaal. Er beendete die Vorlesungen und vor der Universität traf er auf Mehmets Professor Yunus Hodscha, der ihn nach dessen Gesundheitszustand befragte. Sahin Hodscha versicherte, dass sein Neffe am Montag wiederkommen werde, und eilte zum wiederholten Mal zum Hafen.

»Gibt es etwas Neues?«, fragte er den Gemicibasi schon von Weitem.

»Morgen kurz vor Sonnenuntergang legt ein Schiff aus England an«, antwortete er.

Erfreut über diese Nachricht eilte Sahin Hodscha ins Krankenhaus, um Van Helsing von seinem Plan zu berichten, das Schiff von Soldaten durchsuchen zu lassen unter dem Vorwand, dass sich blinde Passagiere dort aufhielten. Van Helsing wollte dabei sein, aber nur unter der Bedingung, dass er selbst das Schiff mit der Razzia betritt.

»Wie du willst! Ich möchte schließlich nicht meinen guten Kameraden verlieren«, sagte Sahin Hodscha.

»Du sagst es, mein Freund«, sagte Van Helsing lachend.

Als Sahin Hodscha zu Hause ankam, fand er Mehmet immer noch blass und mit Fieber im Bett. Er fasste an seine Stirn, stellte fest, dass er lediglich eine kleine Erkältung hatte.

»Ich bin sehr stolz auf dich, Neffe. Du bist tapfer und mutig und du erinnerst mich an meine Jugend. Ich war wie du: unerschrocken, abenteuerlustig und wissensdurstig«, flüsterte Sahin Hodscha. Mehmet hatte keine Kraft zum Reden. Er zwinkerte seinem Onkel zu, als wollte er ihm sagen, dass auch er stolz auf seinen Onkel sei. Er drückte dessen Hand und schlief ein. Sahin Hodscha kümmerte sich die ganze Nacht um ihn und bereitete sich schließlich auf den morgigen Tag vor.

DRACULAS ANKUNFT IN DER TÜRKEI

Dracula reiste mit sechs Mann, die er allesamt unter seine Kontrolle gebracht hatte. Nach außen erschienen sie wie normale Menschen, sie wurden weder gebissen noch waren sie verflucht. Doch standen sie unter Hypnose und dienten nur Dracula, der sie wie Werkzeuge, wie Schachfiguren benutzte, um keine Aufmerksamkeit zu erregen. Es waren angesehene Geschäftsleute, die für Dracula, der jetzt den Namen Lord Michael Williams angenommen hatte, ein Anwesen in der Nähe von Istanbul gekauft hatten, und zwar in einem kleinen Villendorf namens Sille, das fünfzig Kilometer östlich von der Großstadt entfernt lag. Dort lebten die reichen Generäle und Wesire. Dracula hatte über die Jahrhunderte hinweg einen unermesslichen Reichtum angehäuft, für ihn spielte Geld also keine Rolle. Sein Diener Sir Adam Geoffrey hatte den Kauf der Villa im viktorianischen Baustil, die dem vorherigen englischen Botschafter gehört hatte, bereits ein halbes Jahr zuvor in die Wege geleitet.

Das Schiff erreichte am späten Abend den kleinen Hafen von Sille. Das Gefolge und die Schiffsleute transportierten Draculas Hab und Gut. Er selbst stieg als Letzter aus und wirkte wie ein normaler Mensch: ein elegant gekleideter, charismatischer Mann mit schwarzen, schulterlangen Haaren. Er sah gut aus, auch wenn er nie schlief – wie alle Untoten. Er ernährte sich nur von Blut, notfalls trank er das der Tiere. Er warf keinen Schatten, weil er keine Seele besaß, nur seine Kleider taten dies. Er war flinker als das zwinkernde Auge eines Menschen und so stark wie ein Bär. Zwar hasste er das Licht, aber es brachte ihn nicht um, wie Sahin Hodscha in seinen Erzählungen berichtete. Die Sonne verursachte lediglich schmerzhafte Wunden, deshalb benutzte er einen eigens angefertigten Schirm aus Eichenholz mit einem Totenkopfgriff. Im Sommer betrat er die Straße meist nur in der Dämmerung, im Winter konnte er sich von morgens bis abends ohne Probleme draußen bewegen. Der Vollmond zeigte sein wahres Aussehen, er gab preis, dass er über vierhundert Jahre alt war – abstoßend, ekelerregend. Er verabscheute den Vollmond, wie er den Sommer hasste und seine Wölfe heulten für ihn und mit ihm in jeder Vollmondnacht. Seine Wölfe waren schon auf dem Anwesen, sie kamen aus allen Ecken des Waldes. Dracula begrüßte sie in einer anderen Sprache, die nicht von dieser Welt war. Jede Silbe, jeder Vokal war von Hass erfüllt. Plötzlich schoben sich die Wolken am Himmel auseinander und der Vollmond trat hervor. Die Strahlen schienen erbarmungslos auf ihn nieder und man sah das grässliche, alte, im Gesicht vermoderte Wesen. Die Wölfe heulten und er sprach zu ihnen: »Maen Drakusas da Nobusan maen Gobintan Kayeles dumsala laminkar vadur.« Meine Kinder der Dunkelheit, meine tapferen Krieger, unsere Zeit naht!

Das Schiff fuhr unterdessen weiter nach Istanbul – ohne Dracula und sein Gefolge. Sahin Hodscha, Van Helsing und die Soldaten warteten schon sehnlichst, als das Schiff aus England am Hafen ankam. Sie stürmten es, aber alles, was sie vorfanden, waren verstörte Seeleute. Nach der Passagierliste fehlten zwei Mitarbeiter und die Matrosen konnten sich nicht an die Fahrt von Yorkshire nach Istanbul erinnern. Was oder wen sie transportiert hatten, vermochten sie nicht zu sagen. Van Helsing entdeckte Matsch unter den Füßen der Seeleute.

»Woher kommt das?«, fragte er einen der Männer.

»Ich habe keine Ahnung, Sir! Ich weiß nur, dass ich am nächsten Tag eine Ladung nach Istanbul transportieren sollte, und jetzt bin ich hier und zwei meiner besten Männer fehlen«, flüsterte er verwirrt.

»Was soll das hier, Herr Professor? Wo sind die verbotenen Waren oder die blinden Passagiere, von denen sie sprachen? Ich sehe nur ein leeres Schiff aus England mit verstörten Seeleuten«, sagte Oberkommissar Mustafa Gazi erbost.

Sahin Hodscha entschuldigte sich mehrmals, beteuerte, dass dies ein Missverständnis sei, und er selbst einen Tipp bekommen habe. Mustafa Gazi drohte dem Professor mit dem Gefängnis, sollte so etwas noch einmal vorkommen. Daraufhin ritt er genervt mit seinen Männern weg. Van Helsing fing herzlich an zu lachen.

»Wieso lachst du?«, fragte Sahin Hodscha überrascht.

»Dracula ist eben nicht so töricht und läuft uns so einfach in die Arme, wie wir es uns erhofft hatten. Er ist im Land, ich weiß es und du weißt es! Aber wo?«, fragte Van Helsing grübelnd. Sahin Hodscha war gleichermaßen nachdenklich und ratlos. Die beiden untersuchten das Schiff selbst nach irgendwelchen Spuren, die Dracula vielleicht hinterlassen hatte. In einer der Kojen fand Van Helsing Blutspuren. Er rief Sahin Hodscha, damit dieser den Fund überprüfen konnte. Dieser war davon nicht überzeugt; es war für ihn kein gravierender Beweis, dass es Dracula war, geschweige denn, dass er auf diesem Schiff war. Die beiden brachten dann die verstörten Seeleute ins Universitätskrankenhaus zur Beobachtung.

Zur selben Zeit begutachtete Dracula sein neues Domizil und die Umgebung. Er betrat den Wald, hörte das Herzklopfen, das Pulsieren der Ader eines Rehs. Blitzschnell jagte er es hinterher und saugte binnen Sekunden den Lebenssaft aus dem unschuldigen Wesen, bis sein Gesicht voller Blut war und seine Augen rot glänzten. Dracula hatte vor, in ein paar Monaten auch in Istanbul ein Anwesen zu erwerben. Aus diesem Grund plante er, sich langsam an die Oberschicht heranzutasten, was er stets tat, wenn er woanders lebte. Dracula wollte Rache nehmen an den Türken, den Sultan und seine Familie vernichten, für immer auslöschen. Dafür hatte er Jahrhunderte gelebt, und es schien noch nie so leicht wie dieser Tage. Er besaß Vermögen, die Osmanen waren geschwächt und galten nicht länger als größte Streitmacht. Dracula machte sich mit einer Kutsche auf den zweistündigen Weg nach Instanbul. Dort wollte er sich in der Umgebung des Palastes umschauen, um sich einen besseren Blick zu verschaffen. Als Dracula am Palast des Sultans ankam, öffnete sich das Tor. Eine Kutsche, in der Lale saß, fuhr hinaus. Dracula erblickte das junge Mädchen, welches er von diesem Tage an erobern wollte.

Unterdessen klopfte Lale, die sich um Mehmet sorgte, an die Tür zum Galaturm. Mehmet erwachte und rief nach seinem Onkel, dass dieser öffnen solle, aber es klopfte ununterbrochen weiter. Geschwächt von der

Reise stieg er nur mit seiner Decke bekleidet hinunter, um die Tür zu öffnen. Überrascht und erfreut erblickte er Lale. Sie schaute ihn besorgt an.

»Was ist los mit dir? Du warst länger weg als gedacht. Wie siehst du überhaupt aus? Ich habe mir Sorgen gemacht.«

»Komm erst einmal herein, Lale. Möchtest du etwas trinken?«

»Nein, danke. Und du legst dich sofort wieder ins Bett und ich bereite dir einen heißen Tee mit Zitrone zu.«

Mehmet legte sich hin. Als Lale in der Küche Wasser aufsetzte, betraten Sahin Hodscha und Van Helsing den Raum.

»Was machst du hier, mein Kind? Du darfst nicht an diesem Ort sein! Wenn der Sultan das erfährt, sind wir des Todes«, entfuhr es Sahin, der bleich geworden war.

»Der Sultan ist nicht mein Vater und hat nicht über mich zu bestimmen, nur weil meine Schwester seinen Sohn geheiratet hat. Ich mache das, was mir passt!«, sagte Lale selbstbewusst und vorlaut. Sie ließ den sprachlosen Sahin Hodscha stehen, brachte Mehmet den Tee und leistete ihm Gesellschaft. Sie liebte den Galaturm und die Art, wie die beiden hier lebten. Sie betrachtete Mehmets Zeichnungen von Brücken, Häusern und Straßen, die sie als sehr modern ansah. Sie schaute aus dem Fenster auf den Kiz Kulesi.

»Kennst du die traurige Geschichte der schönen Prinzessin?«, fragte sie. Mehmet nickte.

Als Lale noch einmal hinausblickte, sah sie am Himmel eine grässliche Kreatur. Es war Dracula! Sie erschrak zutiefst, ließ sich jedoch nichts anmerken, weil sie nicht glauben wollte, was sie gesehen hat. Dann betrachtete sie die Zeichnung von Mehmet an der Wand.

»Die sind sehr schön, so anders und modern. Du hast ein großes Talent, Mehmet. Ich sag ja, du steckst voller Überraschungen. Irgendwann wirst du ein großartiger Architekt sein wie Mimar Sinan. Du wirst das Gesicht dieser Stadt verändern. Ich bin stolz auf dich.«

Mehmet erfreute sich an Lales Anwesenheit und der Komplimente.

Sahin Hodscha lief währenddessen hektisch hin und her im unteren Wohnbereich.

»Entspann dich, alter Mann! Du wirst schon nicht geköpft werden. Du wirst deinen hässlichen Kopf dort behalten, wo er ist«, amüsierte sich Van Helsing. Sahin Hodscha stimmte in das Lachen ein.

»Vielleicht hast du Recht. Zwei junge Liebende sollte man in Ruhe lassen. Und wer braucht schon einen Kopf in meinem Alter?«

Es klopfte an der Tür und davor stand Lales Begleiterin Fatma Hanim. Sahin Hodscha bat sie verängstigt herein, was sie ablehnte.

»Holen Sie bitte Lale, wir müssen aufbrechen.«

»Ja, natürlich. Ich schicke sie nach unten.«

Er ging hoch in das Zimmer, gab Lale Bescheid, sie verabschiedete sich von Mehmet und versprach, am folgenden Tag wiederzukommen. Sahin Hodscha blieb noch im Zimmer und redete auf seinen Neffen ein. Er spiele mit seinem Leben, wenn er sich weiter mit Lale treffe. Doch er redete, gegen eine Wand, das wusste er.

Als Lale im Abendlicht mit der Kutsche zum Palast fuhr, erblickte sie an jeder Ecke einen eleganten, westlich gekleideten, gut aussehenden Mann. Lale schob die Wahrnehmung auf ihre Müdigkeit, dabei war es Dracula, der sie manipulierte, sich Zugang zu ihrem Gehirn verschafft hatte. Das Spiel hatte begonnen, er wollte Lales Herz um jeden Preis gewinnen. Er hat sich in die Schönheit Lales verliebt. Als diese ihr Gemach betrat, musste sie ununterbrochen an diesen mysteriösen Mann denken. Sie ging hinaus auf den Balkon und sah zwei Wölfe Draculas, die im Garten umherliefen. Dracula beobachtete, wie der Wind durch ihr schwarzes, langes Haar strich, und er flüsterte: »Du wirst Mein sein und mit mir fortgehen. Ich werde dich zu meiner Braut machen.« Der Lufthauch trieb die Worte in Lales Ohren, sie verstand alles, jede Silbe, jedes einzelne Wort, aber sie dachte immer noch an einen surrealen Traum. Ihre ältere Schwester, die Prinzessin, kam herein und wollte alles über Mehmet wissen.

»Ist das nicht der gut aussehende Junge von der Hochzeit, der Neffe von dem verrückten Professor?«

»Woher weißt du das?«, fragte Lale verwundert.

»Ich bin die Prinzessin, ich weiß alles«, sagte sie.

Mitte April hatte der Frühling Einzug gehalten in Istanbul. Blumen brachten erste Blüten hervor, die Sonne schien häufiger, der Himmel war meist blau und das Wetter wurde milder. Mehmet ging es besser. Er hatte sich erholt, wenngleich er sich nicht daran erinnerte, was in den letzten Tagen passiert war. Als er die alten, knarrenden Holztreppen hinunterstieg, hörte er Van Helsing und Sahin Hodscha lautstark diskutierten. Van Helsing konnte es nicht fassen, dass Dracula ihnen entwischt war.

»Habe ich das alles umsonst gemacht? Die Strapazen vergeblich auf mich genommen und alles stehen und liegen lassen? Wie du weißt, führe ich noch ein Leben in England und lehre an einer Universität und nun fragst du *mich*, wo wir weiter suchen sollen? Ist dies mein Land oder dein Land? Du kennst dich hier am besten aus, du musst mir sagen, wo wir ihm nachspüren sollen«, sagte er mit knallrotem Gesicht. Er schäumte vor Wut. Sahin Hodscha redete seinem Freund ins Gewissen, er müsse sich beruhigen, um einen weiteren Herzinfarkt zu vermeiden. »Ich werde Nachforschungen anstellen, wer wo und wann Land erworben hat.«

Genau dies hatte Sahin Hodscha bereits eine geraume Zeit getan – ohne Erfolg. Das reichte Van Helsing nicht. Er hatte das Gefühl, dass sein alter Weggefährte nicht mehr richtig bei der Sache war, und in seinen Augen wirkte er desinteressiert. Er blieb drei weitere Tage bei seinen Gastgebern im Galaturm, bevor er zurück nach England reiste.

In dieser Zeit besuchten sie erneut das Istanbuler Universitätskrankenhaus und befragten vergebens die englischen Seeleute, die noch unter Beobachtung standen. Die Matrosen konnten sich immer noch nicht erinnern, was mit ihnen geschehen war. Allerdings hatte sich ihr geistiger Zustand normalisiert, weshalb der verantwortliche Arzt sie aus dem Krankenhaus entließ. Gemeinsam mit Van Helsing traten sie die Rückreise nach England an. Dessen Befindlichkeit verschlechterte sich unterdessen, dennoch sträubte er sich gegen eine Behandlung in Istanbul. Er wollte sich in seiner Heimat in vertrauter Umgebung von Ärzten, die er kannte, untersuchen lassen. Er und Sahin Hodscha wechselten nicht mehr allzu viele Worte miteinander in den letzten Tagen. Sie verhielten sich wie ein zerstrittenes altes Ehepaar. Die Stimmung zwischen den beiden blieb frostig. Van Helsing rief Mehmet zu sich und nannte ihm eine Adresse, zu der er ihm jederzeit ein Telegramm schicken konnte. Er beschwor Mehmet, sich bei dem geringsten Verdacht bei ihm zu melden.

»Ich werde bald wiederkehren. Ich weiß, dass diese verdammte, bösartige Kreatur in der Gegend ist, wenn auch nicht in Istanbul. Doch er wird herkommen, um sich an dem Sultan zu rächen. Nur kann ich leider nicht sagen, wann und wo, er ist uns immer drei Schritte voraus.« Van Helsing legte eine Pause ein. »Und pass auf deinen nörglerischen Onkel auf! Kann ich mich auf dich verlassen, Mehmet?«

»Natürlich«, antwortete Mehmet geknickt. Er wusste nicht mehr, was hier geschah, und fragte sich, wieso Van Helsing plötzlich wieder abreiste, ohne dieses Monster überhaupt gefunden und getötet zu haben. Wozu all der Aufwand?

Sie begleiteten Van Helsing zum Schiff. Sahin Hodscha und er wechselten immer noch nicht viele Worte miteinander, und ihr Abschied fiel entsprechend kühl aus. Van Helsing reiste besorgt ab, schien dennoch trotz allem erleichtert zu sein.

Sahin Hodscha und Mehmet gingen vom Hafen aus zu Fuß zum Galaturm. Mehmet fragte seinen Onkel verärgert, was das alles solle, wieso er die Suche auf einmal aufgegeben habe. »Warum jetzt, Onkel? Ich verstehe es nicht. Du schickst mich um die halbe Welt, um irgendwelche Dinge zu besorgen, erzählst mir von Mut und Ehre, dass du stolz auf mich bist und wir gegen das Böse kämpfen müssen. Du selbst hast den ganzen Zirkus veranstaltet. Dabei wären wir beinahe draufgegangen, getötet von hunnischen Banditen!«

Sahin Hodscha hielt an und sagte grinsend: »Denkst du wirklich, ich gebe die Suche so einfach auf? Lasse diese Kreatur in mein Land kommen, damit er hier weiter morden kann? Ich werde diesen Mistkerl töten, und wenn es das Letzte ist, was ich tun werde.« Mehmet schaute verwirrt. »Ich habe Van Helsing mit Absicht zur Weißglut gebracht. Ich wollte ihn in dem Glauben lassen, dass ich die Suche aufgegeben habe. Nach eurer Reise war mein wertvoller Freund vor meinen Augen zusammengebrochen, und ich konnte es nicht ertragen, ihn so zu sehen. Der Arzt im Krankenhaus gab mir zu verstehen, dass er stirbt, wenn er einen weiteren Infarkt erleidet. Deswegen, Neffe, nur deswegen griff ich zu dieser Notlüge. Ich habe ihn hierher gerufen, aber er ist noch älter und schwächer geworden, als ich dachte. Ich kann es nicht mit meinem Gewissen vereinbaren, seine Gesundheit aufs Spiel zu setzen. Der einst junge, mutige, kräftige Van Helsing aus früheren Tagen, den gibt es nicht mehr. Wir müssen die Angelegenheit selbst in die Hand nehmen.«

Mehmet schaute voller Hochachtung in die Augen seines Onkels.

»So machen wir es!«, sagte er entschlossen.

Mehmet hatte erneut etwas gelernt; ein Mann musste manchmal Dinge tun oder aussprechen, die er eigentlich nicht sagen oder unternehmen möchte – um ein anderes Leben zu schützen.

Es vergingen mehrere Wochen. In und um Istanbul kehrte der Alltag ein, alles nahm wieder seinen normalen Lauf. Mehmet verbrachte das letzte Jahr an der Universität, und die Abschlussprüfungen standen an. Er lernte von morgens bis abends, da er wegen der Strapazen der vergangenen Zeit viel nachzuholen hatte. Trotzdem ergaben sich Gelegenheiten, Lale zu sehen. Natürlich fanden diese Treffen heimlich statt. Der Sultan wurde nicht in Kenntnis gesetzt, und Fatma Hanim behielt es für sich. Sahin Hodscha traf sich oft mit seinem alten Freund Ahmet Kaptan, den er von Kindesbeinen an kannte. Ein pensionierter Handelsschiffkapitän, der die ganze Welt gesehen hatte und nun ein gläubiger, in sich gekehrter, weiser Mann geworden war, der wenig sprach. Er hatte einen angeborenen Tick, zwinkerte ununterbrochen mit dem rechten Auge. War er nervös oder regte er sich auf, zuckte sein Auge schneller, sodass man ihm seine Aufgewühltheit rasch anmerkte. Er trug einen langen weißen Bart, einen feinen venezianischen schwarzen Anzug sowie einen Fez. Er war ein langjähriger Weggefährte von Sahin Hodscha. Sie hatten beide die Galatasaray Universität besucht. Ahmet Kaptan studierte Nautik und orientalische Fremdsprachen, Sahin Hodscha allgemeine Wissenschaften und Geschichte. Ahmet Kaptan hatte zwei Söhne und eine Tochter, gutbürgerlich erzogene Kinder, die alle bereits verheiratet waren und nicht mehr bei ihrem Vater wohnten. Seine Frau war im Jahr zuvor an Krebs verstorben und er lebte zurückgezogen in seinem geräumigen Haus am Meer. Er las viel und arbeitete seit über fünf Jahren an einem eigenen kleinen Segelschiff auf einem Dünenplatz, mit dem er einmal um die Welt segeln wollte. Nach dem Tod seiner Frau hatte er darin seine Lebensaufgabe gefunden.

Sahin Hodscha und Ahmet Kaptan spielten oft Tavla, ein osmanisches Brettspiel, das in Europa unter dem Namen Backgammon bekannt ist. Dazu trafen sich die beiden unter der Galatabrücke. Die Galatabrücke, türkisch *Galata Köprüsü*, überspannt das Goldene Horn zwischen den Istanbuler Vierteln Eminönü im Stadtteil Fatih und dem Hafenviertel von Karaköy, Galata, im Stadtteil Beyoglu. Unter dem Bauwerk befindet sich eine zweite, zweistöckige Brücke. Die Einwohner nennen sie die Brücke, die niemals schläft, weil vierundzwanzig Stunden der Verkehr darüber fließt. Darunter locken zahlreiche kleine, gemütliche Kaffeehäuser und Restaurants mit einem reichhaltigen Angebot an Essen, Getränken und Früchten die Besucher an. Die Galatabrücke ist ausgesprochen belebt und immer voll. Leute aus allen Schichten wie Ärzte, Soldaten, Politiker, Arbeiter, Handwerker und Bauern kommen nach der Arbeit hierher, um zu entspannen, Shisha zu rauchen, Tee zu trinken und Tavla zu spielen oder einfach nur, um bei einer Tasse türkischem Kaffee den Meeresblick zu genießen.

Sahin Hodscha und Ahmet Kaptan trafen sich in einem der Kaffeehäuser. Etwas schien Ahmet Kaptan zu bedrücken, was Sahin Hodscha sofort auffiel.

»Wie geht es dir Kaptan?«, fragte er.

Ahmet Kaptan zwinkerte mit dem rechten Auge und erzählte ihm, dass ihm seine verstorbene Frau Ayse Hanim sehr fehle, dass das Leben ohne sie nichts wert sei und er sich nicht mehr lebendig fühle. Er habe so alleine in dem großen Haus die Lust am Leben verloren.

»Ich segelte oft auf den einsamen Ozeanen der Welt, weit weg von zu Hause und von meiner Familie. Wochen blieb ich fern, gar Monate. Ich stand hinter dem Ruder meines Schiffes und begegnete keiner Menschenseele. Oft war es beängstigend still, dunkel und kalt. Ich lauschte nur dem Rauschen des Meeres und orientierte mich an den leuchtenden Sternen am Himmel. Dennoch fühlte ich mich nie allein, denn ich wusste, dass meine Frau und meine Kinder zu Hause auf mich warteten. Dies gab mir immer wieder Kraft, die Nächte zu überstehen.« Ahmet Kaptans Auge zuckte. »Sie besuchen mich oft, meine Kinder und meine Enkel. Sie reinigen meine Wäsche, putzen das Haus, bereiten mir Essen zu. Ich wünschte, Ayse Hanim könnte das noch alles miterleben«, flüsterte er stolz mit einer traurigen Stimme, und das Zwinkern an seinem rechten Auge wurde immer stärker. Die Worte seines Freundes berührten dem Professor, aber er wusste nicht, wie er ihn trösten sollte. Ihm selbst waren solche Gefühle fremd, er hatte nie geheiratet und eine eigene Familie gegründet, die er hätte lieben können.

Zur gleichen Zeit spazierten Mehmet und Lale an der Meeresküste am Beyleroglu des Bosporus entlang. Sie setzten sich auf eine Parkbank wie zwei frisch Verliebte, beobachteten die Riesenhandelsschiffe auf dem Meer aus fremden Ländern mit fremden Fahnen, fremden Zeichen und kleinen Fischerbooten, die am Bosporus fischten. Die Sonne war beinahe untergegangen und sendete ein letztes rötliches Licht. Ein Traum für jeden Künstler, der auf einer Parkbank mit Pinsel und Zeichenblock bestückt sitzt, um diesen Moment einzufangen. Für die Verliebten ein unvergesslicher romantischer Augenblick, doch was sie nicht wussten: Dracula war immer in ihrer Nähe, besonders in Lales. Und sie spürte seine Anwesenheit, vor allem, wenn es Nacht wurde. Mehmet berichtete unterdessen von seiner Prüfung. Dass er sehr viel lernen müsse, es ihm aber nichts ausmache und er froh sei, sein Studium bald abzuschließen. Doch Lale hörte nicht zu. Dracula hatte sie von Weitem in Trance versetzt und flüsterte ihr ins Ohr: »Du bist mein, du gehörst nur mir allein!«

Mehmet bemerkte Lales Desinteresse und dass sie immer wieder nach hinten sah. Er blickte ebenfalls in die Richtung, konnte nur den dunklen Park und einen wuchtigen Baum erkennen. Als er sie fragte, was los sei, antwortete sie nicht, sondern schaute weiter wie hypnotisiert zu dem Baum hinüber. Dort stand Dracula, und nur sie vermochte ihn sehen. Mehmet war die Situation unheimlich, fragte Lale noch einmal, was mit ihr los sei – wieder keine Antwort, keine Reaktion. Mehmet ergriff ihren Arm und rüttelte sie wach. Dies erzürnte Dracula und plötzlich bekam Mehmet wie aus dem Nichts einen gewaltigen Schlag ins Gesicht und prallte mit voller Wucht auf den Boden.

»Was war das denn?«, schrie er.

Lale eilte ihm zur Hilfe. Sie wirkte beängstigt.

»Wieso liegst du auf der Erde?«

»Hast du das nicht mitbekommen, Lale?« Mehmet, immer noch schockiert nach diesem Vorfall, rieb sich die Stelle, an der er getroffen wurde.

»Natürlich!«, antwortete sie. »Ich habe gesehen, wie du dich auf den Boden geschmissen hast, als hättest du einen Schlag abbekommen. Das finde ich nicht lustig.«

»Ich habe wirklich einen Schlag bekommen!« Doch Mehmet konnte es nicht beweisen.

»Hier ist doch niemand außer uns«, sagte Lale verwirrt. »Ich glaube du lernst zu viel, deine Bücher sind dir wohl zu Kopf gestiegen.«

Lale steigerte sich mehr und mehr in die Situation hinein, sie erhob ihre Stimme und verfiel in einen aggressiven Tonfall. Dracula kontrollierte weiterhin ihre Sinne und Gedanken, konnte problemlos über sie bestimmen. Stieß er bei Mehmet auf Granit, so machte Lales Naivität sie für die Macht des Bösen anfällig.

Fatma Hanim, die sich stets mit zwei Leibgarden in unmittelbarer Nähe aufhielt, wurde durch das Schreien aus ihrem Nickerchen geweckt. Sie ging rasch zu den beiden und fuhr Mehmet an, was er Lale angetan habe, denn diese ließ sich nicht beruhigen.

»Geh mir aus den Augen, geh mir aus den Augen! Verschwinde und lass mich in Ruhe!«, schrie sie.

Mehmet konnte es einfach nicht fassen, wie sie sich von einem auf den anderen Moment so verändert hatte. Er fragte sich, was er falsch gemacht habe. Die Leibgarde erkundigte sich bei Fatma Hanim, ob alles in Ordnung sei.

»Jaja«, sagte sie mit wütender Stimme.

Mehmet wollte Lale beruhigen und streckte seine Hand nach ihr aus, aber die Leibgarde war direkt zur Stelle, packte ihn am Arm und schlug ihn nieder.

»Halt dich ab sofort von Lale fern, sonst bekommst du mächtigen Ärger«, sagte Fatma Hanim.

Mehmet, der noch am Boden lag, rief Lale zu: »Schau mich an, Lale! Was habe ich dir getan? Was habe ich Falsches gesagt?«

Lale ignorierte ihn, begab sich zur Kutsche, und die Leibgarde ließ von Mehmet ab. Dracula amüsierte sich prächtig, kam er seinem Ziel doch immer näher. Sein Plan ging langsam auf.

Mehmet stand auf und klopfte den Dreck von seiner Hose. Er war am Boden zerstört und wusste nicht, wie ihm geschah. Niedergeschmettert lief er orientierungslos durch den Beyoglu Park. Er konnte seine Tränen nicht zurückhalten. Auf einmal hörte er im dunklen Park befremdliche Laute, die ihm unheimlich vorkamen. Er fühlte sich verfolgt und tatsächlich, Dracula beobachtete ihn. Mehmet drehte sich abrupt um, um zu schauen, ob jemand hinter ihm stand. Er beschleunigte seinen Gang, doch die Schritte, die ihn bedrängten, wurden ebenfalls schneller. Ihn packte die Angst umso mehr, als er zwei Wölfe in weiter Ferne erblickte. Mehmet rannte um sein Leben. Außer Atem erreichte er wieder die Stadt, wo die Menschenmenge tobte. Wegen des Schmerzes über Lale vergaß er, was soeben im Park geschehen war, suchte eine Taverne auf und fing an, sich aus Kummer zu betrinken, was eigentlich nicht seine Art war. Er bestellte eine Flasche Raki – ein starkes alkoholhaltiges türkisches Getränk. In der Zwischenzeit sorgte sich Sahin Hodscha um seinen Neffen, weil es nie vorkam, dass er so lange wegblieb, ohne ihm Bescheid zu geben. Torkelnd verließ Mehmet nach Mitternacht die Taverne durch die Straßen in Richtung Hafen. Dort legte er sich in ein kleines Fischerboot, um seinen Rausch auszuschlafen. Von ihm unbemerkt löste sich die Leine, mit der das Boot am Poller befestigt war, und er trieb unter dem dunklen, sternenklaren Himmel aufs offene Meer hinaus. Der leichte Seegang spülte die Barke allmählich näher an die Burg. Als das Boot an die Felsen schlug, erwachte Mehmet, der noch beschwipst vom Alkohol war. Als er begriff, dass er vor der Kizkulesi stand, lachte er ungläubig, in der Überzeugung, zu Hause im Bett zu liegen und zu träumen. Er legte sich wieder hin. Ein paar Minuten später vernahm er Frauengesang und das Schiff schlug wiederholt gegen die Felsen. Mehmet riss die Augen auf und sah sich um. Er glaubte, noch zu träumen, aber nach einer Weile erkannte er, dass er sich in der Tat vor der Kizkulesi befand. Er rieb seine verschlafenen Augen, danach erbrach er sich ins Meer. Der Mantel der Angst hatte ihn umschlungen, ihn gepackt. Keine anderen Schiffe waren zu sehen, nur die weit entfernten Lichter der Stadt, die das Meer erleuchteten.

Sahin Hodscha war in tiefer Sorge. Er hatte die ganze Stadt abgeklappert und überall gesucht, wo er vermutete, dass Mehmet sich aufhalten könnte. Er war auf der Galatabrücke gewesen, am Taksim Beyoglu, bevor er Kücük Ali zu Hause aufsuchte und energisch an dessen Tür klopfte. Es war bereits zwei Uhr, das Kerzenlicht ging an und Ali öffnete mit besorgter Miene im Schlafanzug die Tür.

»Was ist los?«, fragte er aufgeregt.

»Weißt du, wo Mehmet sein könnte? Er ist den ganzen Tag nicht nach Hause gekommen. Ich mache mir ernsthafte Sorgen. Das ist nicht seine Art.«

»Er ist gewiss bei Lale«, sagte Ali.

Sahin Hodscha war nicht sehr erfreut über diese Antwort. Er hatte seit einiger Zeit vermutet, dass Mehmet sich weiterhin mit Lale traf, wollte es aber nicht wahrhaben. Ali zog sich einen Mantel über, um beim Suchen zu helfen. Sahin Hodscha wollte es zunächst nicht, willigte doch nach kurzem Zögern ein. Ali könnte von Nutzen sein. Sie bestiegen eilends die Kutsche

Richtung Palast, doch als sie das Tor erreichten, spielten die Pferde verrückt, als hätten sie vor etwas Angst. Sahin Hodscha und Ali stiegen panisch aus, und der Kutscher versuchte, die Pferde im Zaum zu halten. Der Krach weckte die Leute im Palast. Zum Glück war der Sultan zu diesem Zeitpunkt nicht anwesend. Er logierte in seiner Kösk Villa auf der Prinzeninsel. Bekir Gazi, einer der Oberkommandeure der Sultansarmee, trat vor das Tor und fragte Sahin Hodscha höflich, was los sei.

»Ich muss dringend mit Lale sprechen«, erwiderte Sahin Hodscha.

»So spät, um fast drei Uhr nach Mitternacht?«

Fatma Hanim kam die Treppe herunter und nahm Sahin Hodscha zur Seite, sodass der Kommandant es nicht mitbekam. Im verärgerten Flüsterton erklärte sie ihm, dass Mehmet und Lale heute zusammen im Beyleroglu Park waren und wie Mehmet sich daneben benommen hatte.

»Er hat sie angeschrien und beleidigt. Er wäre ihr gegenüber auch gewalttätig geworden, doch zum Glück sind die Wachen dazwischengegangen. Wenn die beiden noch einmal Kontakt miteinander haben, werde ich dem Sultan davon berichten.«

Sahin Hodscha konnte sich kaum beherrschen, er war fassungslos.

»Mein Neffe hat sich bestimmt nicht daneben benommen. Er ist ein feiner Kerl, er kann keiner Fliege was zuleide tun, geschweige denn einer Frau. Ich habe ihn gut erzogen, du dumme alte Ziege. Mir ist es egal, ob du es dem Sultan erzählst oder sonst wem. Wo ist Mehmet jetzt? Sag es mir oder ich verrate dem Sultan, dass du die Treffen geduldet hast«, flüsterte er drohend.

Fatma Hanim erblasste, sie wusste nicht mehr, was sie antworten sollte, so sehr war sie von Panik erfasst.

»Ist alles in Ordnung bei euch?«, rief der Kommandant von Weitem.

»Alles ist gut«, antworteten die beiden.

»Ich habe Mehmet zuletzt am Beyoglu Park gesehen, mehr kann ich nicht sagen. Ich flehe Euch an, behaltet diese Unterhaltung für Euch!«

Sahin Hodscha nickte.

Lale schlief tief und fest in ihrem Gemach und träumte immerzu von Dracula, der in ihrem Kopf herumschwirrte. Währenddessen stieg Mehmet aus dem Boot und band es an einen Felsen. Er hörte noch immer diesen Gesang. Voller Furcht ging er, leicht torkelnd, Richtung Burg. Er erreichte eine monumentale Tür, die jedoch verschlossen war. Nach ein paar Mal vergeblichen Zerrens suchte er einen anderen Weg, um in die Burg hineinzugelangen. Er entdeckte ein Fenster, versteckt hinter einem Gebüsch. Er schob den Busch mühsam zur Seite und kletterte hinein. Die Burg schien verlassen zu sein, überall hafteten Spinnweben, standen vermoderte Möbel, scharrten Raben, die hier Nester gebaut hatten. An der Wand hing das verstaubte Gemälde der verstorbenen Prinzessin. Er betrachtete es eine Weile erstaunt und fasziniert und flüsterte: »Du warst wahrhaftig eine schöne Prinzessin. Jetzt endlich blicke ich in dein Antlitz.« Daraufhin folgte er ängstlich dem Gesang, der aus den oben gelegenen Zimmern der Burg kam – wie auch in seinen Träumen. Auf dem Boden des Foyers fand er eine alte Kerze, dessen vollständiger Docht noch erhalten war. Diesen entzündete er mit Streichhölzern, die sich immer in der Innentasche seiner Jacke befanden.

»Ist jemand hier? Ich kann dich hören«, schrie er nach oben und ging langsam Schritt für Schritt die vermoderten und zerbrechlichen Holztreppen hoch. Das Kerzenlicht warf Mehmets gewaltige Schatten an die alten Gemäuer, was ihn zusätzlich erschreckte. Auf halbem Weg sah er auf einer Stufe ein spitzes abgebrochenes Holzstück des Geländers liegen. Mit zitternder Hand hob er es auf und benutzte es als Waffe. Dann schrie er wieder: »Ich bin bewaffnet, ich komme jetzt hoch. Zeig dich!« Bei seinem nächsten Schritt krachte er mit dem linken Bein in eine der vermoderten Stufen. Es ging beinahe drei Meter in die Tiefe. Mehmet konnte sich gerade noch mit der linken Hand festhalten und zog sich langsam und vorsichtig am brüchigen Treppengeländer hoch. In der rechten Hand die Kerze tastete er sich weiter vorwärts. Er war fast am Ende der Treppen angelangt, als er nach oben schaute und einen Stofffetzen eines roten Kleides aus einer Tür heraushängen sah. Mehmet wagte kaum zu atmen, das Adrenalin stieg in seinen Kopf, das Herz schlug so laut, dass er jeden Schlag deutlich wahrnahm. Er schlich mit dem Rücken an der Wand entlang, umklammerte das Stück Holz, hielt die Kerze in der zitternden rechten Hand und ertastete den Türknauf. Behutsam öffnete er die Tür. Der über Jahre verwahrloste Raum war übersät mit Spinnweben, Staub und Rabenkot. Mitten im Zimmer stand nur ein antikes, verkommenes Bett, auf dem eine Frauengestalt umringt von einem Dutzend Raben saß und die ihre langen schwarzen Haare mit einer alten Bürste kämmte. Sie summte das Lied, welches auch in Mehmets Träumen vorkam. Sie trug ein langes, rotes Gewand und saß mit dem Rücken zu Mehmet. Dieser näherte sich zaghaft.

»Guten Abend, mein Name ist Mehmet, gnädige Frau. Wie heißen Sie? Was machen Sie hier ganz alleine?«

Sie gab keine Antwort, sondern summte und kämmte unablässig ihr Haar. Mehmet ging vorsichtigen Schrittes weiter auf sie zu. Das Summen wurde immer lauter und das Kämmen der Haare wurde immer schneller. Auf einmal knallte die Tür im Zimmer auf und wieder zu. Die Raben flogen hektisch durch den Raum und Mehmet erschrak. Die Gestalt auf dem Bett drehte sich zu ihm, kreischte und lachte so laut, dass Mehmet fürchtete, zu ertauben. Sie hatte kein Gesicht, nur schwarze Augen. Sie schwebte Richtung Mehmet, der mit kreideweißem Gesicht rückwärts lief, um das Zimmer schnellstmöglich zu verlassen. Er stolperte über die Treppen bis nach unten, knallte mit dem Kopf auf dem Boden auf und fiel in Ohnmacht. Jetzt, ohne Bewusstsein, sah er wieder die Prinzessin vor sich. In seinem Traum schneite es in jedem Raum, überall glänzte es, die Kerzen erleuchteten jedes Zimmer. Mehmet und die Prinzessin tanzten Walzer im Ballsaal. Sie waren sehr glücklich.

Sahin Hodscha kam mit Ali am Beyleroglu Park an. Sie suchten mit Gaslampen in der Hand das gesamte Terrain ab. Es war schon fast vier Uhr morgens, überall lagen betrunkene Menschen im Park, die ihren Rausch ausschliefen. Sie gingen zu jedem Einzelnen hin, um zu sehen, ob es Mehmet war – ohne Erfolg. Sahin Hodscha, dem die Verzweiflung ins Gesicht geschrieben stand, befürchtete das Schlimmste. Ali versuchte ihn immer wieder aufzumuntern, versicherte, dass es Mehmet bestimmt gut gehe und sie ihn schon finden würden. Schließlich gelangten sie zu der Taverne, die Mehmet zuvor aufgesucht hatte, und befragten den Wirt, der gerade dabei war, den Laden aufzuräumen, um Feierabend zu machen.

»Ob ein junger Kerl hier war? Ja, vor ein paar Stunden saß hier ein glücklos verliebter Junge, auf den eure Beschreibung passt. Ich habe ihm sofort angesehen, dass er sein Herz verloren hat, und sich deswegen betrank. Meine langjährige Berufserfahrung sagte mir, dass dieser Junge Liebeskummer hat.«

»Wo ist er hin? Wissen sie das?«, fragte Sahin Hodscha ein wenig erleichtert.

»Nein«, antwortete der Wirt, »aber schaut mal im Hafen. Da gehen die meisten betrunkenen Leute hin und legen sich in die Fischerboote. Ein beliebter Ort zum Ausnüchtern.«

Sahin Hodscha und Ali bedankten sich und liefen zum nahe gelegenen Beyleroglu Hafen, sahen in jedes Boot und riefen nach Mehmet. Sie trafen einen alten Fischer, der gerade sein Boot fertigmachte. Er erzählte ihnen, dass ein Junge eine Stunde zuvor in einem kleinen Boot aufs Meer hinaus Richtung Kizkulesi getrieben war. Er regte sich darüber auf, dass die Leute sich betranken und sich zum Ausnüchtern in die Boote legten. Sahin Hodscha äußerte Verständnis, beteuerte aber, dass sein Neffe für gewöhnlich keinen Alkohol anrühre. Er bat den Fischer um Hilfe und bot ihm fünf Silbermünzen an. Widerwillig willigte dieser ein.

»Na gut, weil ich auch Kinder habe, werde ich Ihnen helfen.«

Alle drei stiegen ins Boot und fuhren Richtung Kizkulesi. In der noch stockdunklen Nacht war zunächst weit und breit nichts zu sehen. Nach einer Weile erblickte Ali das Boot, rief aufgeregt: »Da vorne, da ist das Boot!«

Sie näherten sich der Burg, Ali sprang hinaus und leuchtete mit der Gaslampe in das Boot hinein.

»Hier ist er nicht, Professor, vielleicht ist er in die Burg hineingegangen«, sagte der Fischer und nahm einen gewaltigen Schluck aus seiner Weinflasche. »Ich gehe nicht mit aufs Land. Kennen Sie nicht die Geschichten? Diese Burg ist verflucht. Ich dürfte nicht einmal in der Nähe dieses Ortes sein. Jeder Fischer macht einen großen Bogen darum. Gott beschütze uns!«

Sahin Hodscha und Ali interessierten weder Legenden noch Flüche in diesem Moment. Sie wollten einfach nur Mehmet finden. Ali streckte den Arm aus, damit der alte Professor sich daran festhalten konnte. Die beiden standen bald vor der monumentalen verschlossenen Tür. Sie riefen nach Mehmet, aber es kam keine Antwort, denn er lag immer noch ohnmächtig träumend auf dem Boden. Ali ging um die Burg herum, um einen Weg hineinzufinden. Er fand das offene Fenster, welches zuvor Mehmet benutzt hatte.

»Herr Professor, hierher«, schrie er. »Ich habe einen Weg gefunden!«

Sahin Hodscha eilte hinzu. Ali trat als Erster hinein und schob das Gebüsch zur Seite. Dann half er Sahin Hodscha beim Hineinklettern. Sie sahen auch das, was Mehmet gesehen hatte. Das Gemälde der Prinzessin kam ihnen ebenfalls sehr lebendig vor, so, als stünde sie vor ihnen. Furcht packte die beiden, schüchterte sie ein. Ali beleuchtete mit der Gaslampe den nächsten Raum, sah jemanden auf dem Boden des Foyers liegen, konnte jedoch nur den Schatten eines Körpers sehen. Besorgt liefen er und Sahin Hodscha dorthin. Sie erkannten Mehmet, der zufrieden schlafend auf dem Boden lag. Sahin Hodscha versuchte ihn zu wecken, indem er ihn rüttelte und seinen Namen rief, doch Mehmet reagierte nicht. Er träumte weiter, wie er mit der Prinzessin tanzte. Sahin Hodscha gab seinem Neffen aus purer Verzweiflung einen leichten Klaps ins Gesicht. Als auch das nichts half, gab er ihm zwei wuchtige Ohrfeigen, sodass Mehmet vor Schreck aufwachte.

»Onkel, Ali, was macht ihr denn hier? Wo bin ich überhaupt? Wo ist Lale?« Er packte sich mit schmerzverzerrtem Gesicht an den Hinterkopf.

»Das frage ich dich! Was machst du hier und wieso riechst du so nach Alkohol?«, fragte Sahin Hodscha ihn gleichermaßen erleichtert und erzürnt. »Schämen solltest du dich! Habe ich dich so erzogen? War ich kein guter Onkel? Willst du Schande über uns bringen? Ich habe schon genug Schande über unsere Familie gebracht, weil mich jeder für verrückt hält. Ich kenne meinen Spitznamen ›der alte, verrückte Professor‹. Mir macht das nichts aus, aber was ist mit dir, mein Junge? Wieso triffst du dich noch mit diesem adligen Mädchen? Andere Mütter haben auch hübsche Töchter. Sie wird uns noch sehr viel Kummer bereiten. Schau dich doch mal an! Was ist bloß los? Nächste Woche sind die Endprüfungen und du besäufst dich wie ein Trunkenbold und entwendest einem Fischer dessen Boot.«

Mehmet könne sich nach dem Streit mit Lale an fast nichts mehr erinnern, erzählte er beschämt und noch ein wenig beschwipst.

»Lale hat sich von einem Moment zum anderen verändert, geradezu böswillig ist sie geworden und ihre seltsame Stimme ängstigt mich. Und wie ich hierhin gekommen bin, kann ich gar nicht sagen«, nuschelte er.

Das, was er in der Burg gehört und gesehen hatte, behielt er für sich und entschuldigte sich bei seinem Onkel. Bei Ali bedankte er sich dafür, dass er mitgekommen war.

Sahin Hodscha verfiel in nachdenkliches Schweigen. Er hatte die Vermutung, dass Dracula dahinter steckte, konnte es aber nicht belegen. Er stieg nach oben, schaute sich neugierig in den anderen Zimmern um, auch in dem der Prinzessin. Neben dem Bett fand er einen sehr alten Kamm, welchen er hochnahm und auf das Bett legte. Ali und Mehmet warteten ungeduldig unten. Dabei vernahmen sie befremdliche Geräusche, als würde irgendetwas die Wand entlanglaufen. Sahin Hodscha hörte diese merkwürdigen Laute ebenfalls.

»Komm endlich, Onkel, lass uns gehen!«, schrie Mehmet.

Sahin Hodscha erschrak und lief rasch hinunter. Die Drei kletterten aus dem Fenster, durch welches sie zuvor hineingekommen waren. Sie waren überglücklich, diese unheimliche Burg wieder verlassen zu können. Als sie in Richtung des Bootes rannten, kam ihnen ein kleines Schiff entgegen. Es waren der Oberjanitschar Sayid und drei seiner Männer. Er hatte das Licht bemerkt, das aus der Burg drang. Von der Prinzeninsel aus hatte man einen klaren Blick auf die Kizkulesi.

»Normalsterblichen ist es verboten, die Kizkulesi zu betreten! Was macht ihr hier, Professor?«, fragte Sayid mit einer tiefen Stimme, überrascht darüber, den Professor an diesem Ort anzutreffen. Er hatte Diebe erwartet.

»Wir waren fischen mit zwei Booten. Mein Neffe hat sich verfahren, dann ist er auf diese kleine Insel gestoßen und wir haben ihn zum Glück wiedergefunden«, antwortete Sahin Hodscha.

Für Sayid klang diese Geschichte absurd. »Um fast fünf Uhr morgens seid ihr fischen?«, fragte er ungläubig.

»Ja«, sagte Sahin Hodscha. Nachts beißen die Fische besser und man kann so mehr fangen.«

Sayid glaubte ihnen kein Wort, er rief Sahin Hodscha zu sich und fragte ihn leise, nur so, dass der Professor ihn hören konnte, ob es etwas mit diesem Dracula zu tun habe.

»Nein, nein, wirklich nicht«, beteuerte Sahin Hodscha. »Ich werde sie definitiv in Kenntnis darüber setzen, wenn es so weit ist oder ich was höre.«

Sayid nickte und bat sie höflich, wegzufahren. Sie nahmen das Boot, mit dem Mehmet gekommen war, und Ali ruderte zurück. Mehmet schaute noch einmal zum Fenster und sah wieder diese Gestalt, die ihre Haare kämmte. Als sie sich immer weiter entfernten, vernahmen auch Sahin Hodscha und Ali diesen Gesang, aber keiner sagte etwas. Jeder kannte ja die Geschichte.

Als sie auf dem Festland ankamen, wartete der aufgebrachte Fischer auf sie. Sahin Hodscha besänftigte den Mann damit, dass es ein Notfall gewesen sei, und gab ihm drei weitere Silbermünzen. Sie verabschiedeten sich von Ali, der angesichts der heutigen Ereignisse ganz perplex wirkte, und bestiegen ermattet eine Kutsche, die sie nach Hause brachte.

Langsam ging die Sonne auf, die Vögel zwitscherten, ein neuer Tag begann. Kamil Pascha, der sein Kommen bei seinem letzten Besuch angekündigt hatte, stand vor der Tür und wartete auf die beiden. Sahin Hodscha war gar nicht erfreut, ihn zu sehen, da Kamil Pascha sie bei der Arbeit störte, zudem durfte er nichts von den Ereignissen mitbekommen.

»Wo seid ihr gewesen, Bruderherz und kleiner Neffe, so früh am Morgen? Wart ihr etwa am Bosporus fischen?«, witzelte er und umarmte die beiden lächelnd.

Sahin Hodscha und Mehmet sahen sich verwundert an und betraten gemeinsam mit ihrem Besuch das Haus. Kamil Pascha erzählte, wieso er so viele Wochen später kam als angekündigt, dass ihn ein Zwischenfall am ägäischen Meer nahe Zypern aufgehalten hatte.

»Ein englisches mittelgroßes Schiff einer royalen Familie trieb orientierungslos im Meer umher. Wir stoppten das Schiff, um es zu inspizieren. Als wir an Bord gingen, bot sich uns ein Anblick, den wir nie vergessen werden. Verweste, zerstückelte Leichen von Kindern, Frauen und Männern. Als hätten Bestien sie zerfleischt. Dazu dieser stechende Gestank, der sich einem förmlich ins Gehirn bohrte. Viele meiner Männer mussten sich daraufhin übergeben. Ich war auch kurz davor und du weißt, Bruder, was für einen starken Magen ich habe.« Kamil Paschas Blick leerte sich. »Bin fast mein ganzes Leben in der Marine-Armee. Ich habe in vielen Kriegen gedient, grausame Dinge gesehen, aber so etwas abartig Menschenunwürdiges noch nie. Ich musste dem Kriegsministerium erklären, dass eine englische Adelsfamilie samt Besatzung auf osmanischen Seeterritorien ermordet worden war. Wir brachten das Schiff mitsamt der Leichen auf Anordnung des Ministeriums nach Bodrum zur Autopsie. Alle wiesen die gleichen Bisswunden am Hals, Nacken und an den Handgelenken auf. Der Arzt sagte, dass es keine Bisse eines Tieres sein könnten. Dafür seien die Abdrücke zu klein und zu gezielt. Die Leichen, oder was davon übrig geblieben war, mussten wir in einer provisorischen Fischkühlhalle aufbewahren, bis englische Ärzte aus London eintrafen, um ihre eigene Autopsie durchzuführen. Erst dann überführten sie die Leichen in deren Heimat.

Diese Christen! Bei uns darf man einen Leichnam höchstens einen Tag aufbahren. Als die Ärzte ankamen, konstatierten sie, nach recht zügigen Untersuchungen an den sterblichen Überresten, dass dies ein kannibalischer Akt gewesen sein musste. Anschließend wurde ich zurück aufs Meer geschickt und suchte mit meinen Männern zwei Wochen lang die Ägäis nach irgendwelchen Kannibalen ab, aber wir tappten im Dunkeln. Keine Verdächtigen oder irgendetwas Auffälliges. Was ist bloß mit dieser Welt los? Ah, egal, geht jetzt schlafen! Heute Abend sind wir übrigens auf die Prinzeninsel, bei meinem alten guten Freund, dem Außenminister Enver Pascha, zur Begrüßungsfeier des neuen englischen Botschafters, Sir Andrew Cummins, eingeladen. Ich habe bereits zugesagt, dass wir kommen. Du auch, kleiner Neffe. Ich will, dass ihr mich als meine Familie begleitet. Wichtige Leute werden da sein. Du weißt, großer Bruder, ich mag diese Gesellschaften nicht, aber das gehört leider zu meinen Pflichten. Wen interessiert schon so ein feiner englischer Pinkel?« Kamil Pascha beendete seine Ausführungen und lachte laut.

Sahin Hodscha und Mehmet waren wenig begeistert. Vor allem konnten sie nicht ahnen, dass Dracula ebenfalls auf dieser Feier sein würde, da der Botschafter zu seinen engen Verbündeten zählte. Sir Andrew Cummins war schon längst im Domizil Draculas als Gast anwesend. Dracula bestellte ihn in sein zweihundert Quadratmeter großes Gemach im obersten Stockwerk des Hauses, das er selbst bewohnte. Das Zimmer war mit einer grünweißen Sitzecke aus dem 16. Jahrhundert im venezianischen Stil ausgestattet. Sie stand vor dem Kamin und darüber hing ein über vierhundert Jahre altes Porträt seiner Mutter, was natürlich niemand wusste. Ein antiker, ausladender Schreibtisch aus solidem braunen Eichenholz, ebenfalls aus dem 16. Jahrhundert, sowie ein alter Ledersessel waren mitten im Raum platziert. Es gab weder Bett noch Esstisch. Sir Andrew Cummins sollte Dracula als Lord Michael Williams und nicht mit »Meister« ansprechen, wenn andere Leute dabei waren. Zudem sollte er äußern, dass sie schon lange befreundet wären und ihn als erfolgreichen Geschäftsmann vorstellen, der in der Türkei umfangreiche Investitionen in Bauprojekte plane.

»Ja, Meister, wie Sie wollen!«, antwortete Sir Andrew Cummins hypnotisiert auf die Anweisungen Draculas.

Mehmet wusch müde sein Gesicht, ging mit schleppenden Schritten in sein Zimmer, zog die kleinen Gardinen zu, da es dämmerte, und legte sich ins Bett, konnte aber kein Auge zumachen. Er musste an Lale denken und stellte sich immer wieder dieselbe Frage: »Was habe ich falsch gemacht? Was habe ich ihr angetan?« Er dachte unentwegt daran, was sich am vergangenen Abend in der Kizkulesi zugetragen hatte. Und obwohl ihn sein Kopf noch sehr schmerzte nach dem Sturz, fand er ein wenig Schlaf.

Am frühen Abend zogen sich Sahin Hodscha und Mehmet an für das bevorstehende Fest. Sie trugen schwarze Anzüge mit einem weißen Hemd, darüber eine schwarze Weste und einen Fez. Kamil Pascha glänzte in seiner Pascha-Uniform – ein schwarzer Anzug mit goldverziertem Schulterpolster und geschmückt mit mehreren Tapferkeitsauszeichnungen, die er stolz zur Schau trug, dazu hochglänzend polierte schwarze Stiefel. Eine spezielle Fähre brachte sie von der Galatabrücke aus auf die kleine Prinzeninsel. Sie wurden von Bediensteten des Außenministers erwartet und mit einer eigens angefertigten Pritsche zum Anwesen Enver Paschas chauffiert, was die Drei als ungewöhnlich empfanden.

»Was für ein verrückter Hund der alte Enver Pascha mit seinen ausgefallenen Ideen ist! Er war immer schon ein bisschen anders.« Kamil Pascha lachte amüsiert.

Vor dem Anwesen standen weitere Bedienstete vor der Tür bereit, um die Gäste zu begrüßen und ihnen die Mäntel und Jacken abzunehmen. Im Foyer wartete der Minister mit seiner Gattin Sübeyde Hanim. Enver Pascha umarmte Kamil Pascha sehr herzlich und scherzte über dessen Gewicht. Sie verhielten sich wie langjährige Schulfreunde, die sich ewig nicht gesehen hatten. Enver Pascha umarmte auch Sahin Hodscha. Er kannte ihn genauso lange wie Kamil Pascha. Wenn er bei ihnen zu Besuch war, galt Sahin Hodscha stets als der ältere und strengere Bruder.

»Und das muss euer Neffe Mehmet sein«, sagte er, schüttelte ihm die Hand und schaute ihm tief in die Augen. »Ich weiß noch, wie du als kleiner Junge immer gezeichnet und die Wände bemalt hast, sehr zur Freude deines Onkels. Ich kannte auch deinen Vater, er war ein sehr guter Mann. Gott möge seiner Seele gnädig sein.«

Mehmet war gerührt und stolz und bedankte sich für die netten Worte. Darauf betraten sie als erste Gäste das riesige Esszimmer und nahmen an dem wuchtigen Esstisch Platz. Zwanzig hoch angesehene Gäste waren geladen: aus der Politik, dem Sultanat, vermögende Kaufleute sowie der Botschafter Sir Andrew Cummins und dessen unbekannter Freund, die alle nacheinander eintrafen. Der Großkalif aus Konya erschien mit Lale und seiner Gemahlin Gül Hanim, was Mehmet aus dem Konzept brachte. Er konnte nicht mehr still sitzen. Lale ihrerseits schien nicht erfreut über die Begegnung und würdigte ihn keines Blickes, was Mehmet mitnahm und zugleich erzürnte. Er spielte das Spiel mit, indem er sie ebenfalls nicht beachtete. Natürlich warteten sie auf den Botschafter, bevor sie mit dem Dinner anfingen. Mit einer viertelstündigen Verspätung kam dieser schließlich mit seinem geheimen Gast an. Enver Pascha stellte die beiden als den neuen englischen Botschafter Sir Andrew Cummins und seinen Bekannten Lord Michael Williams vor. Alle erhoben sich, und eine Weile konnte man Lord Williams hinter dem 1,90 Meter großen Sir Andrew Cummins nicht erblicken. Als er jedoch zum Vorschein kam, zog er die Blicke auf sich. Er strahlte, glänzte förmlich und füllte den Raum mit seiner Anwesenheit. Er hatte etwas Magisches an sich, verfügte über ein gepflegtes Äußeres, höfliches Benehmen und gutes Aussehen. Er trug einen bordeauxfarbenen Anzug, darunter ein violettes Seidenhemd. Seine langen, gelockten braunen Haare glänzten im Kerzenlicht. Sogar Sahin Hodscha war von diesem unbekannten Mann angetan und auf Anhieb begeistert. Mehmet bemerkte, dass Lale ihre Augen nicht von Lord Williams lassen konnte. Er empfand Neid gegenüber diesem Fremden. Der Botschafter stand gar nicht im Mittelpunkt, er wurde verdrängt durch Draculas Anwesenheit.

Sie nahmen direkt neben Enver Pascha Platz. Die Frau von General Hakan, Sübeyde Hanim, fragte Lord Williams fast anhimmelnd, was er in diesem schönen Land mache. Lord Williams antwortete höflich, dass er gerne hier leben wolle und dass er ein armer Bauernjunge aus Nottingham sei, der alles aus eigener Kraft geschafft habe, und dass er viele Immobilien und Geschäfte in England besitze und er vor einigen Wochen in Silli das alte Haus des letzten Botschafters gekauft habe. Er erzählte, dass er für ein paar Jahre in Afrika gelebt habe, bei Ausgrabungen von Mumiengräbern in Ägypten dabei gewesen sei, weshalb er auch mit Kunst handele. Natürlich waren sämtliche Ausführungen gelogen, um jeglichen Verdacht von sich abzulenken. Er wusste genau, wer Sahin Hodscha war. Er war ihm schon vor dreißig Jahren in Rumänien begegnet. Er wusste auch, wer Mehmet war, ja, wusste über alles Bescheid. Die Anwesenden hörten ihm interessiert und gespannt zu. Mehmet dagegen begeisterte dieser Fremde überhaupt nicht.

»Seit wann sind Sie denn genau hier? Und wieso will ein Mann aus England unbedingt Immobilien in der Türkei kaufen?«, fragte Mehmet frech.

Sahin Hodscha kniff ihn ins Bein, damit er aufhörte, und entschuldigte sich beschämt bei Lord Williams.

»Schon gut, Herr Professor«, sagte er mit seiner höflichen Art und beantwortete Mehmets Fragen. »Ich bin vor ein paar Tagen mit dem Botschafter zusammen angekommen. Das Haus, das ich bewohne, hat einer meiner Mitarbeiter vor einem halben Jahr vom vorherigen Botschafter erworben. Er ist ein alter guter Freund von mir. Er war es auch, der mir von der Schönheit dieses Landes vorschwärmte.«

»Wie alt bist du denn?«, fragte Mehmet unhöflich, womit er sich bei den anderen Gästen unbeliebt machte.

»Mehmet!«, rief Sahin Hodscha.

Lord Williams lachte. »Ist schon in Ordnung, Herr Professor! Die jungen Leute von heute sind neugierig. Ich bin zweiunddreißig Jahre alt, junger Effendi.«

Mehmet schäumte umso mehr vor Wut, je mehr Lord Williams nicht aus der Ruhe zu bringen war und immer korrekt, sachlich und höflich antwortete. Lale schüttelte den Kopf über das Benehmen Mehmets und lächelte Lord Williams unentwegt an. Sie aßen weiter, aber keinem fiel es auf, dass Lord Williams nichts aß oder trank – außer Mehmet, der eine nächste Chance witterte.

»Schmeckt Ihnen unser türkisches Essen nicht?«, fragte er herablassend.

Das wurde Sahin Hodscha zu viel und er schrie Mehmet an: »Was ist bloß in dich gefahren?« Er entschuldigte sich mehrmals bei allen Gästen, erklärte, dass sein Neffe bald seinen Abschluss an der Universität mache und sehr gestresst sei vom anstrengenden Lernen. Doch Lord Williams antwortete wieder prompt: »Ich habe Probleme mit dem Magen. Ich bin seekrank und Kutschfahrten bekommen mir nicht, deswegen kann ich momentan nichts zu mir nehmen.«

Sahin Hodscha war beschämt, aber auch Kamil Pascha passte dieser Mann nicht. Er schaute oft mit kritischen Blicken zu Lord Williams hinüber, hielt sich allerdings mit Fragen zurück. Nach dem Essen gingen alle hinaus in den Garten, denn Enver Pascha hatte ein gewaltiges Feuerwerk zu Ehren des Botschafters vorbereitet. Lale und Lord Williams standen nebeneinander. Sie flirteten offen miteinander und wirkten vertraut. Dracula spielte natürlich all seinen Charme aus. Mehmet störte es, dass sich jeder zu dem Engländer hingezogen fühlte, inklusive Lale. Kamil Pascha hielt den zornigen Mehmet am Arm und zog ihn zu sich: »Mehmet, benimm dich jetzt mir zuliebe! Was sollen die Leute denken? Ich mag diesen englischen Lackaffen genau so wenig wie du, aber bitte behalte deine Gefühle im Griff!« Mehmet gehorchte seinem Onkel. Sahin Hodscha schüttelte nur den Kopf.

Das Feuerwerk erstrahlte mittlerweile den Himmel, alle amüsierten sich – besonders Lale und Lord Williams. Mehmet wollte einfach nur noch weg. Für ihn war Lale von diesem Tag an gestorben. Nach dem Feuerwerk näherte sich Lord Williams Sahin Hodscha, Kamil Pascha und Mehmet, bevor er sich verabschiedete, und lud sie in zwei Monaten zu sich nach Sille ein.

»Bis dahin ist das Haus komplett renoviert. Ich würde mich sehr freuen, wenn Sie meine Gäste wären.«

Sahin Hodscha sagte begeistert zu. Kamil Pascha und Mehmet waren nicht so erfreut, zeigten dies auch mit ihrer ablehnenden Mimik. Dann verabschiedete sich Lord Williams von den anderen Gästen. Er nahm Lales Hand und hauchte einen Kuss darauf, schaute ihr dabei tief in die Augen. Lale schien verliebt zu sein wie ein kleines Mädchen. Ihr Vater, der Kalif aus Konya, lud Lord Williams in einer Woche zum Essen in ihr Gasthaus auf der Prinzeninsel ein, das vom Sultan zur Verfügung gestellt wurde. Lord Williams nahm die Einladung dankend an. Draculas Pläne gingen auf. Es lief alles wie geschmiert für ihn. Er hatte Lales Herz erobert, die Sympathien einiger wichtiger Leute aus Istanbul gewonnen und käme bald auch dem Sultan näher. Sein Ziel war es jetzt, vom Sultan persönlich in den Palast eingeladen zu werden. Er kannte sich bestens aus in den Gemäuern aus seiner Gefangenschaft von vor über vierhundert Jahren.

Es war spät geworden. Kamil Pascha, Sahin Hodscha und Mehmet verabschiedeten sich von Enver Pascha.

»Danke, dass ihr hier wart«, sagte Enver Pascha.

»Danke dir für die Einladung und deine Gastfreundlichkeit. Bis zum nächsten Mal, alter Freund«, antwortete Kamil Pascha.

Als sie wieder zu Hause am Galata Turm ankamen, war die Spannung zwischen Mehmet und Sahin Hodscha zu greifen. Der Professor wollte seine Wut zügeln, aber am Ende konnte er es nicht und griff Mehmet für sein Benehmen am heutigen Abend verbal an. Kamil Pascha versuchte zu schlichten, ohne Erfolg.

»Ich bin kein kleines Kind mehr. Ich kann meinen Standpunkt, wann und wo ich will vertreten, und wenn ich jemanden etwas fragen will, dann mache ich es auch. Ich muss niemanden um Erlaubnis bitten!«, schrie Mehmet aufgebracht.

Der Professor war empört, Kamil Pascha hingegen musste schmunzeln, so angetan war er von Mehmets Reaktion, der gar nicht mehr aufhörte zu reden.

»Hast du darauf geachtet? Er hat keinem die Hand gegeben, außer Lale. Wahrscheinlich, weil sie Handschuhe trug. Sie war irgendwie hypnotisiert, von etwas ergriffen. Ich kenne sie mittlerweile gut genug, sie ist momentan ein anderer Mensch, so kühl, so starr. Ich glaube, dieser Mistkerl hat damit zu tun. Wenn er auch nicht Dracula ist, dann wird er zumindest von ihm kontrolliert. Und ist dir auch nicht aufgefallen, dass er nichts gegessen hat? Nehmen wir mal an, er war tatsächlich seekrank, hat Probleme mit seinem Magen. Welcher normale Mensch trinkt den ganzen Abend keinen Schluck Wasser? Er hat sogar unseren traditionellen Tee nicht getrunken. Was hat van Helsing erzählt? Er ändert jedes Mal seinen Namen, wenn er woanders hinzieht.«

Kamil Pascha verwirrte das Thema zusehends.

»Was soll der Mist, Sahin? Hast du den Jungen endgültig mit deinen Hirngespinsten und Fantasien über diesen Dracula angesteckt? Wann hörst du endlich auf damit?«

Sahin Hodscha drehte sich zu Mehmet um. »Siehst du, was du jetzt angestellt hast?«

Mehmet war dies gleichgültig, sollte sein jüngster Onkel doch Bescheid wissen. Kamil Pascha ging auf Mehmet zu, fragte ihn, ob sie ernsthaft meinten, dass es diesen Dracula tatsächlich gebe. »Hat der Mord an der Adelsfamilie mit diesem Dracula etwas zu tun?« Er selbst glaubte es langsam auch. Aber nicht in dem Sinne, wie Sahin Hodscha von ihm berichtet hatte, sondern dass dieser Dracula ein kranker, sadistischer Mörder war, der Gefallen daran fand, Menschen zu überfallen und zu beißen, nachdem er seine Opfer getötet hatte. Die beiden ließen ihn in dem Glauben.

Mehmet widmete sich ausschließlich seinen Büchern, die sich haufenweise in seinem Zimmer stapelten. Die Prüfung stand bevor und ihm blieb nur noch eine Woche zum Lernen. Er musste den versäumten Unterrichtsstoff nachholen, verbrachte bis zu zehn Stunden ohne Unterbrechung in seinem Zimmer und lernte wie besessen – auch, um sich von Lale abzulenken. Er gesellte sich lediglich zum Abendessen zu den anderen.

Kamil Pascha hatte frische Sardellen vom weitläufigen Galata Fischmarkt mitgebracht. Er genoss die freien Tage in Istanbul, in der Stadt, in der er geboren und aufgewachsen war, in der er keine Verantwortung über Hunderte von Männern sowie ein großes Kriegsschiff hatte und keine schnellen – richtigen – Entscheidungen treffen musste. Er besuchte alte Bekannte, ging oft zur Galatabrücke, trank in einer der Teestuben mit Blick aufs Meer einen Kaffee, spielte mit seinen Freunden Tavla und verbrachte auf diese Weise seine Zeit bis drei Uhr nachmittags. Dann verließ Sahin Hodscha die Universität und sie kochten gemeinsam. Der Professor entfachte das Feuer, Kamil Pascha säuberte die kleinen Fische in der provisorischen Küche. Er zwickte die Köpfe der Fische ab und mit einem scharfen Messer durchtrennte er die Bauchunterseite. Er zog dabei die Gräten heraus, um die Innereien zu entfernen. Er wendete die Fische in Mehl, würzte sie mit Salz, Pfeffer und Zitronensaft und briet sie in einer vorgeheizten Gusspfanne mit viel Fett. Es war eine der beliebtesten und bekanntesten landestypischen Mahlzeiten im Osmanischen Reich. Kamil Paschas bevorzugte Nahrung waren Fisch und Meeresfrüchte. Nachdem er sein halbes Leben auf dem Meer zugebrachte hatte, kannte und mochte er kein Fleisch.

»Mehmet, komm essen!«,rief er. »Meeeehmet, komm essen!«,zu vertieft in seine Bücher, reagierte Mehmet erst auf das zweite rufen des Onkels und schleppte sich die Treppen hinunter und setzte sich an den Tisch.

»Was ist los mit dir, mein Junge? Du siehst so blass und müde aus. Geht es dir gut?«, fragte Kamil Pascha besorgt.

Mehmet nickte. »Das liegt am Prüfungsstress, Onkel. Ich hinke ein bisschen hinterher, deswegen muss ich noch eine Menge lernen.«

»Was muss man denn so viel lernen?« Kamil Pascha regte sich auf. »Um eine Arbeit zu bekommen, um ein Mann zu werden, sieht man dann so aus? Wie kurz vor dem Tod! Ich habe so etwas nicht gebraucht.«

Sahin Hodscha griff ein. »Nicht jeder kann wie du ein großer General in der Armee sein, der unser Land beschützt. Bereits als Kind bist du mit dem alten Herrn, Gott sei seiner Seele gnädig, in unserem kleinen Schifferboot *Asya* hinaus aufs Meer gefahren, auf den Bosporus, um zu fischen. Du hast das Meer schon immer geliebt und Kapitän gespielt. Unser Bruder Yusuf und ich hassten es, an den Wochenenden so früh aufzustehen, aufs kalte Meer zu fahren. Und dieser Meeresgestank! Das hat dich nie gestört, sondern du standst schon vor Sonnenaufgang mit der Angel da und wecktest alle im Haus auf. Du warst sein Liebling, kleiner Bruder.«

»Ach was«, sagte Kamil Pascha berührt, »er liebte uns alle gleich, der alte Herr. Er war zwar streng, aber er besaß ein großes Herz. Ein Mann, der sein Leben lang hart arbeiten musste, um uns, seine Familie, zu ernähren. Die Männer der alten Garde zeigten eben nicht oft ihre Gefühle, und ohne ihn wären wir nicht da, wo wir jetzt sind.«

Sahin Hodscha servierte dabei das Essen. Mehmet hörte zwar zu, aber seine Gedanken waren woanders. Er hatte auch keinen richtigen Appetit, fragte höflich, ob er wieder aufstehen dürfe, da er noch viel lernen müsse.

»Du musst etwas zu dir nehmen, mein Junge. Wenigstens einen kleinen Happen. Dein Gehirn braucht Nahrung, um einwandfrei zu funktionieren«, sagte der Professor.

»Nein, wirklich nicht, Onkel.« Mehmet entschuldigte sich bei den beiden und ging in sein Zimmer. Er setzte sich auf einen Sessel und schaute aus dem Fenster auf die Kizkulesi. Erneut packte ihn die Angst. Seit jener Nacht auf der Burg hatte sich seine Sicht auf die märchenhafte Saga verändert. Sie hatte an Zauber, Magie und Romantik verloren. Von diesem Zeitpunkt an war dies für ihn ein beängstigender, ein verfluchter Ort. Er zog die Gardinen zu und entzündete eine Kerze. Als er ein Buch vom Tisch nahm, erblickte er das Armband, das ihm Freya geschenkt hatte. Er schwelgte kurz in Erinnerungen, und für einen Moment kehrte ein Lächeln in sein betrübtes Gesicht zurück. Aber all das Grübeln nützte nichts. Er rappelte sich auf und motivierte sich dazu, wieder in die Bücher zu gucken.

Derweil aßen die zwei Brüder zu Ende, der Professor setzte Tee auf und Kamil Pascha räumte das Geschirr vom Tisch.

»Sag mal, wieso haben wir eigentlich nie geheiratet und eine eigene Familie gegründet? Eine Frau, die zu Hause auf einen wartet, die kocht, das

Haus putzt, und spielende Kinder, die umherrennen«, fragte Kamil unvermittelt.

»Ich kann es dir nicht sagen«, erwiderte Sahin Hodscha. »Doch wie du weißt, hatte ich Mehmet schon, als er sehr klein war. Nach dem Tod unseres jüngsten Bruders Hikmet, Gott sei seiner Seele gnädig, habe ich mich alleine um ihn gekümmert. Es wurde zu meiner Lebensaufgabe, und meiner Arbeit musste ich auch nachkommen, da blieb einfach keine Zeit für eine Frau. Bei dir war es doch genauso. Du hast dich der Armee, dem Land gewidmet. Die Marine ist dein Leben.«

»Ja, du hast wie immer recht.« Kamil Pascha lachte. »Aber du, du warst in die Prinzessin verliebt und sie war auch in dich verliebt, das wusste das ganze Land bis ins tiefste Anatolien. Die Romanze zwischen der reichen adligen Prinzessin, Schwester des mächtigsten Mannes im Orient, und dem armen, jungen Wissenschaftler, Sohn eines einfachen Beamten.«

Sahin Hodscha blieb kurz stehen und legte die Teller, die er abwusch, beiseite. Er schaute aus dem kleinen Küchenfenster aufs Meer und sagte eine Weile kein Wort, denn er sprach nicht gern über dieses Thema. Er wollte für immer damit abschließen. Kamil Pascha wusste, dass er einen wunden Punkt getroffen hatte. Er beendete das Gespräch, indem er gähnte und anmerkte, dass es schon spät sei. Sahin Hodscha nickte nachdenklich und pustete die Kerzen aus. Die Brüder stiegen die Treppe hoch zu ihren Zimmern. Kamil Pascha klopfte an Mehmets Tür, doch auch nach zweimaligem Klopfen tat sich nichts. Vorsichtig öffnete er die Tür, sah Mehmet mit der Stirn auf dem Schreibtisch liegend. Er berührte ihn sanft an der Schulter, um ihn aufzuwecken, aber es gelang ihm nicht. Schmunzelnd deckte er ihn zu, löschte die Kerze und ging selbst zu Bett.

Derweil lief Dracula hektisch in seinem Schlafgemach, das spärlich möbliert war, hin und her und brütete über seinen Plänen. Das Kaminfeuer brannte und ein paar Kerzen warfen unheimliche Schatten an die Zimmerwände. Er unterhielt sich mit seinem Diener, der nie von seiner Seite wich.

»Schon bald werden wir unser Ziel erreichen, Geoffrey. Und wenn ich mich erst am Sultan gerächt habe, nehme ich die hübsche Lale als meine Gemahlin mit nach Transsylvanien.«

»Was ist mit dem Jungen und dem Wissenschaftler?«, fragte Geoffrey.

»Was soll mit diesen Mücken sein? Ich hätte den alten dürren Mann und die anderen erbärmlichen Einwohner schon damals in Transsylvanien töten können. Doch ich ließ diesen Abschaum am Leben, damit ein jeder der Nachwelt von mir erzählen konnte, um alle abzuschrecken. Wegen dieser Leute musste ich immer wieder mein geliebtes Land, meine Burg, mein Zuhause verlassen. Sie ließen mir keine Ruhe. Dabei tötete ich nur so viele, wie ich brauchte. Mit manchen bin ich sogar Jahre ausgekommen, indem ich sie im Verlies einsperrte und versorgte, um stets frisches Blut trinken zu können.« Dracula fuhr herum. »Außerdem unterbrich mich nie wieder, sonst bist du heute mein Abendessen!«

»Ja, Meister«, erwiderte Geoffrey verängstigt mit zittriger Stimme.

Dracula schwebte zum Sofa, auf dem eine nackte und bewusstlose junge Frau lag. Er riss seinen Mund weit auf, bis zwei gigantische spitze Zähne hervorstachen, und biss ihr in den Hals, um das restliche Leben, den letzten Tropfen Blut auszusaugen. Er hob die Tote hoch, stellte sie aufrecht hin und tanzte Walzer mit ihrem leblosen Körper, indem er einen halben Meter über dem Boden schwebte und sie führte.

Ganz Istanbul ließ sich anstecken vom Prüfungsfieber der Studenten. Bei derart feierlichen Anlässen veranstalteten die Handwerker imposante Zunftprozessionen. Kupferschmiede, Juweliere, Schneider und Seidenweber stellten auf Schauwagen ihr Können zur Schau und präsentierten die Erzeugnisse ihrer Zunft. Überall wurden Vorkehrungen getroffen, die Händler hatten alle Hände voll zu tun, denn ein jeder profitierte davon — auch die Obst-, Gemüse- und Fischmärkte. Irgendwo in der Menschenmenge tummelten sich Mehmet und Ali. Sie suchten auf Empfehlung Sahin Hodschas einen besonders bekannten Schneider auf, der die besten Männeranzüge fertigte. Er arbeitete ausschließlich mit kostbaren und aufwendig gewebten und gemusterten Seidenstoffen sowie mit reiner Schurwolle. Er galt als der einzige Schneider im Osmanischen Reich, der westliche und orientalische Mode gleichermaßen gut beherrschte. Natürlich war er somit auch der persönliche Kleidermacher des Sultans und der Sultansfamilie, wodurch Sahin Hodscha ihn vor langer Zeit bei seinen gelegentlichen Besuchen im Topkapipalast kennengelernt hatte. Einen Termin bei ihm zu bekommen, um nur zunächst einmal die Maße nehmen zu lassen, dauerte Wochen, manchmal Monate. Sein Laden befand sich in einer dunklen

Seitengasse am Taksimplatz. Das dreistöckige Gebäude war aus rotem Backstein erbaut, die Fassade schlicht gehalten. Auf dem Schaufenster, das nach außen mit einem grünen Holzrahmen versehen war, prangte in weißer Schrift sein Name *Talip Terzih*. Die oberen beiden Etagen bewohnte er mit seiner Frau. Drei der vier Kinder waren erwachsen und hatten das Haus verlassen. Im Erdgeschoss befand sich der Laden und im hinteren Raum das Atelier. Talip beschäftigte zwei Mitarbeiter als Schneider. Einer davon war die eigene Tochter Nergiz, die Jüngste. Sie hatte die Begabung ihres Vaters geerbt. In der damaligen, von Männern dominierten Zeit war es nicht üblich, dass eine Frau in einem Geschäft arbeitete, wo Männer ein- und ausgingen. Sie werkelte daher nur im Hintergrund des Ateliers, was trotzdem nicht selbstverständlich war. Aufgrund ihrer Begabung hatte sogar der Sultan Einsicht gezeigt. Neben ihr wirkte der vierunddreißigjährige, talentierte Schneider Kürsad dort, der als Lehrling bei Talip angefangen hatte.

Mehmet und Ali klopften an die Tür und traten ein. Eine Glocke läutete, sobald sich die Tür öffnete, um Kundschaft anzukündigen.

»Seid gegrüßt, ihr jungen Leute. Du musst Mehmet sein, der Neffe von Sahin Hodscha, und ein Freund. Tretet ein!« Talip empfing die beiden. Sein Oberteil zierten Nadeln, Maßbänder und die Abdrücke weißer Kreide, mit denen er Markierungen an Kleidern und Stoffen machte.

»Hallo Effendi«, sagten Mehmet und Ali gleichzeitig.

Der Ladenraum war in warmem Licht gehalten, der Boden war komplett von einem bordeauxfarbenen, persischen Teppich überzogen und überall hingen Spiegel. Das Ambiente wirkte eher wie eine gemütliche Wohnung als ein Geschäft. Genau das zeichnete Talip Effendi aus: Er nahm sich Zeit für seine Kunden, sodass sich die Leute wohlfühlten, als wären sie zu Hause. Mitten im Raum standen ein weinrotes Zweiersofa und drei mit grünem Leder bezogene, gepolsterte Holzstühle, daneben ein großer Standspiegel. Mehmet und Ali setzten sich auf die Couch, Kürsad brachte Tee und die beiden bedankten sich. Talip rief Mehmet schließlich, um dessen Maße zu nehmen. Mehmet ging etwas schüchtern mit schleppenden Schritten hin, stolperte über seine eigenen Füße und fiel beinahe zu Boden, hielt sich aber gerade eben noch an einem der Standspiegel fest. Ali und Kürsad konnten sich das Lachen nicht verkneifen. Mehmet errötete ein wenig, da ihm die Situation extrem peinlich war. Talip hingegen blieb ernst und nahm professionell die Maße.

»Woher kennen Sie meinen Onkel, wenn ich fragen darf?«

Talip schmunzelte. »Natürlich darfst du fragen. Dein Onkel und ich kennen uns schon seit über dreißig Jahren. Er besucht mich mindestens einmal im Monat. Wir rauchen Shisha, spielen Tavla und trinken Tee – was die alten Leute halt so machen. Wenn er kommt, lege ich die Arbeit nieder und widme mich nur meinem alten guten Freund Sahin Hodscha. Wie du weißt, habe ich sehr viel zu tun. Ich mache die Arbeit, weil ich es möchte, weil ich es liebe. Die Arbeit hält mich jung und am Leben wie das Gejammer meiner Frau.« Sie lachten.

In diesem Moment kündigte das Läuten der Glocke Kundschaft an. Zwei groß gewachsene, kräftige Janitscharen – schwer bewaffnet mit Schwertern und Messern -, die Leibgarde des Sultans und unmittelbar dahinter Prinz Mustafa mit weiteren sechs Janitscharen im Rücken traten ein. Ali sprang auf, und alle verbeugten sich vor dem Prinzen.

»Was für eine Ehre! Was kann ich für Euch tun, Eure Hoheit?«, fragte Talip.

»Selam, Talip Effendi«, sagte Prinz Mustafa und begrüßte auch Mehmet. »Ich brauche vier weiße Hemden für mich bis nächste Woche. Können Sie das bewältigen, Effendi?«

»Natürlich, Eure Hoheit, was für eine Frage. Ich werde Sie rechtzeitig beliefern«, erwiderte der Schneider.

Der Prinz bedankte sich und verließ das Geschäft. Die Janitscharen bildeten eine kreisförmige Mauer um ihn herum, einen lebendigen Schutzschild.

»Ein guter Prinz! Seines Vaters Nachfolge würdig«, sagte Talip voller Stolz in die Runde.

Dann war Ali an der Reihe, und als seine Maße ebenfalls genommen waren, bedankten sie sich nochmals herzlich und machten sich auf den Heimweg. Talip rief ihnen hinterher, dass sie die Anzüge in zwei Tagen abholen könnten und dass Mehmet seinen Onkel grüßen solle.

DIE NERVENKLINIK IN ISTANBUL – VERLIES DER VERLORENEN SEELEN

Derweil machte sich Sahin Hodscha auf den Weg in die Nervenklinik, um den indischen Studenten Amar nochmals zu befragen. Jener war nach dem Gefängnis in die Klinik verlegt worden. Man versprach sich davon, mehr aus ihm herauszubekommen. Sahin Hodscha suchte diesen Ort nur ungern auf, wäre er doch vor ein paar Jahren beinahe selbst hier gelandet. Zwei seiner drei Freunde, die damals in Rumänien bei den Nachforschungen dabei gewesen waren, waren ebenfalls in diese Klinik eingewiesen worden, wo sie sich nach einiger Zeit das Leben nahmen.

Es war windig, die Blätter wirbelten durch die Luft. Professor Sahin ging langsamen Schrittes mit angespannter Körperhaltung den beschwerlichen Weg, welcher von modrigen, Moos überdeckten Pflastersteinen geziert war, auf das große schwarze Tor der Anstalt zu. Auf halbem Weg blieb er kurz stehen, holte tief Luft und schaute sich das alte Gebäude, das Furcht einflößend wirkte, genau an. Es war kein guter Ort. Vor fünfhundert Jahren fungierte es als byzantinisches Kloster, das im dreizehnten Jahrhundert im Auftrag des Kaisers Balduin II. erbaut wurde, bevor die Osmanen Istanbul eroberten. Danach diente es für lange Zeit als Kriegslazarett, ehe es vor zwei Jahrhunderten schließlich in eine Nervenklinik umfunktioniert wurde. Sahin Hodscha klopfte lautstark ans Tor. Ein fast zwei Meter großer, kräftiger Mann öffnete das Tor. Es war der Leiter der Anstalt. Sein Name war Batuhan, und mit ihm arbeiteten dort sieben männliche Pfleger, sowie ein Koch, die früher Geächtete, Verbrecher, Kriminelle waren, die langjährige Gefängnisstrafen verbüßt hatten und nunmehr rehabilitiert waren. Anderswo bekamen Gesetzesbrecher in der Gesellschaft keine Arbeit; außer in solchen Institutionen, wo sonst kein normaler Mensch freiwillig oder gerne arbeitete. Sie lebten in der Anstalt und kümmerten sich um zweiundsechzig Patienten. Im Erdgeschoss waren die untergebracht, die keine Gefahr für andere darstellten, nur für sich selbst. Sie schliefen in einem riesigen Saal mit zweiundfünfzig schlichten Einzelbetten. Der Fußboden der Anstalt bestand aus vermoderten alten Pflastersteinen und ist aufgrund von den geringen finanziellen Mitteln die zur Verfügung standen nur mit mehreren, bereits von Rissen übersäten Teppichen bedeckt worden. Unmittelbar neben der Kantine befand sich ein Aufenthaltsraum der nur spärlich mit einigen Stühlen, Tischen, und gebrauchten Sesseln ausgestattet war. Die Klinik wurde hauptsächlich von wohlhabenden Bürgern mitfinanziert, deren Verwandte oder Familienangehörige hier stationiert waren. Meist wollten diese Leute anonym bleiben, denn sie schämten sich dafür. Sie empfanden es als Schande, als Gottes Strafe. Auch das Sultanat spendete sehr viel. Im unteren Verlies waren die zehn schwersten Verbrecher untergebracht, darunter Mörder, Psychopathen, Gewalttätige, die allesamt Stimmen hörten, die Dinge sahen, die vom Bösen besessen waren – so wie der Student Amar.

Batuhan kannte den Grund für den Besuch des Professors. Sahin Hodscha fragte nach dem Wohl des Patienten.

»Er ist eigentlich der Ruhigste unter den Irren hier.« Batuhan lachte herzlich und die übrigen Pfleger stimmten ein. »Er faselt irgendwelchen indischen Kram, den wir nicht verstehen. Ansonsten ist er wie jeder andere Kranke hier, ein hoffnungsloser Fall. Doch auch er ist gemeingefährlich. Letztens bei der Essensausgabe in seiner Zelle hat er versucht, einen unserer Mitarbeiter namens Cemil in den Hals zu beißen.«

Cemil winkte ab. »Aber mit dem kommen wir schon zurecht. Er ist erst seit drei Wochen hier, und mit der Zeit gewöhnt sich jeder an diese Umgebung.«

»Er ist doch dieser geisteskranke Student, der einen Kommilitonen zerstückelt hat, oder?«, fragte einer der Pfleger.

Sahin Hodscha sah stirnrunzelnd in die Richtung, aus welcher der unangebrachte Kommentar herkam.

»Halt die Klappe, du Nichtsnutz! Hat dich einer nach deiner Meinung gefragt? Geh wieder an die Arbeit! Das gilt für euch alle!«, schrie Batuhan. Er wandte sich an Sahin Hodscha. »Entschuldigen Sie, diese Männer haben keine anständige Erziehung genossen. Dennoch schlummert tief in ihren Seelen etwas Gutes.«

»Ist schon in Ordnung. Kann ich jetzt zu Amar ins Verlies?«, fragte Sahin Hodscha.

»Aber natürlich, Herr Professor«, erwiderte Batuhan. »Nur passen Sie auf! Gehen Sie nicht zu nahe an ihn heran. Zwei Pfleger werden Sie begleiten. Ich bin hier oben, falls Sie mich brauchen.«

Sahin Hodscha nickte und bedankte sich. Er bekam eine Kerze, denn sowohl im Verlies als auch auf dem Gang dorthin war es recht dunkel. Nur ein paar wenige Kerzen auf einem Kerzenständer leuchteten ihnen den Weg. Einer der Pfleger schloss eine Stahltür auf und sie stiegen hinab. Unvermittelt hörte man die Schreie und das Stöhnen der Insassen. Sahin Hodscha holte tief Luft, schluckte schwer und ging mit langsamen Schritten die Jahrhunderte alte Steintreppe hinunter, gefolgt von den Pflegern und ihren Schatten, die durch das Kerzenlicht riesenhaft wirkten. Es war ein langer, dunkler Gang, von dem mehrere einzelne Zellen abgingen, verschlossen durch massive Holztüren, die oben und unten einen freien Spalt aufwiesen. Sahin Hodscha ging mit vorsichtigen Schritten zur letzten Tür am Ende des Ganges zu Amars Verlies. Auf dem Weg dorthin hörte er von allen Seiten flüsternde Stimmen und sah Hände und Gesichter, die aus den Türen hinausragten. Es war zum Verrücktwerden. Und dieser Gestank! Es roch nach vermoderten, nassen Steinen, nach Fäkalien und Urin. Sahin Hodscha fühlte sich an das Kloster in Rumänien erinnert, wo er in einem Verlies ein junges Mädchen, das von einem Dämon besessen war, aufgesucht hatte. Schweißperlen traten auf seine Stirn, das Atmen fiel ihm schwer. Es war, als schnürte ihm die Angst die Luft ab, als zöge sich die Tür Amars immer mehr in die Länge. Die Furcht stand ihm ins Gesicht geschrieben.

»Ist alles in Ordnung, Herr Professor?«, fragte ein Pfleger.

»Ja! Geht nur vor«, erwiderte Sahin Hodscha mit leiser Stimme.

Die Pfleger öffneten die Zellentür. Amar war dabei, die Wände mit Blut mit okkulten, satanischen Zeichen zu bemalen. Auf dem Boden lagen verweste Überreste von Ratten, die er verspeist hatte. Er flüsterte ununterbrochen wirres Zeug.

»Amar!«, schrie der Professor, aber er reagierte nicht darauf. Er schrie ein weiteres Mal, wieder keine Antwort. Als ihn einer der Pfleger leicht trat, drehte Amar sich um und fauchte sie an. An seinen Mundwinkeln klebte getrocknetes Blut der Tiere, die Augen waren weit aufgerissen, seine Kleidung zerrissen und verdreckt.

»Oh, Herr Professor, schön, dass Sie mich besuchen kommen! Habe schon auf Sie gewartet. Nehmen Sie Platz in meinem beschaulichen Reich!« Es gab jedoch nirgends einen Platz zum Sitzen.

»Nein, danke«, erwiderte Sahin Hodscha, »ich stehe lieber.«

»Wie Sie möchten, Herr Professor. Wissen Sie, dass ich Ihre Lesungen am meisten mochte? Wie Sie die Geschichten erzählten und immer ein Ohr für Ihre Schüler hatten. Und Ihr Neffe Mehmet ist auch ein liebreizender, attraktiver, junger Mann. Sie müssen richtig stolz auf ihn sein, wo er doch verliebt ist in eine Adlige, so wie Sie es mal früher waren – in die Schwester des Sultans.« Amar kicherte.

Die Pfleger schauten sich erstaunt an.

»Halt den Mund!«, schrie Sahin Hodscha aufgebracht, ängstlich und verwundert. »Woher willst du das überhaupt wissen?«

»Mein Meister hat es mir erzählt. Er erzählt mir alles. Er wird euch alle töten, keiner von euch wird am Leben bleiben.«

Amar kicherte wieder und schaute zum kleinen vergitterten Fenster hoch.

»Wer ist dein Meister? Ist er hier in Istanbul, hat er dich hier besucht? Rede, du bösartige Kreatur, rede!«

Amar kicherte erneut. »Du weißt ganz genau, wer mein Meister ist. Du weißt es ganz genau, er wird euch alle töten!«

Er packte eine vorbeilaufende Ratte, biss ihr in den Hals und saugte das Blut aus. Die Pfleger erschreckten sich so sehr, dass sie die Kerzen fallen ließen. Der Professor fiel auch vor Schreck zu Boden, so ekelerregend war dieser Anblick. Die Pfleger zogen Sahin Hodscha heraus und verschlossen die Tür. Amar streckte seinen Kopf durch den Spalt, das frische Blut lief ihm den Mund hinunter. »Er wird euch alle töten, alle! Ihr seid die verlorenen Seelen.«

Daraufhin schrien alle Patienten in dem Verlies: »Ihr werdet sterben, ihr werdet sterben!«

Batuhan kam die Treppe herunter. »Was soll dieser Lärm?«, fragte er.

Das Geschrei wurde immer unerträglicher. Als sie wieder oben angekommen waren, fragte Batuhan den Professor und die Pfleger erneut, was vorgefallen sei, so etwas in der Art sei noch nie vorgekommen.

»Nichts für ungut, Batuhan Effendi, Sie würden es nicht verstehen, selbst, wenn ich versuchte, Sie aufzuklären. Es gibt einige Dinge auf dieser Welt, die sind einfach unerklärlich. Mit dem bloßen Auge sehen wir nicht alles. Nicht vor der Dunkelheit sollten wir uns fürchten, sondern vor dem, was sich hinter dem Schatten verbirgt. Ich weiß, wovon ich rede.«

Batuhan war verwirrt und verstand nicht, was der Professor damit meinte. Sahin Hodscha bedankte sich bei allen und ging rasch hinaus zu einer

Kutsche, die ihn nach Hause fuhr. Er war mitgenommen, auch ein wenig ratlos, das Tappen im Dunkeln machte ihn wahnsinnig. War die Aufgabe für ihn mittlerweile zu groß? Wo sollte er anfangen? Wo sollte er suchen? Diese Fragen stellte er sich den ganzen Weg nach Hause und musste dabei an Mehmet denken, an seine Sicherheit, an das, was Amar gesagt hatte und wusste.

Nachdem sie die Schneiderei verlassen hatten, verweilten Mehmet und Ali noch am Taksimplatz und gingen in einen weiteren Laden, zu einem Schuster, der die komplette, überaus variantenreiche Palette des osmanischen Schuhwerks anbot. Getragen wurden Halbstiefel mit und ohne Absatz sowie Pantoffeln. Die beiden erwarben schlichte schwarze Lederhalbstiefel ohne Absatz, die zu ihren Anzügen passten.

Auf dem Platz hatte sich derweil eine Menschenmenge versammelt. Mehmet und Ali drängelten sich bis nach vorne, wo eine provisorische Bühne aufgebaut war, auf der sich neben zwei Guillotinen sechs Soldaten, ein General des Sultans und ein Imam eingefunden hatten. Den beiden wurde klar, dass eine Hinrichtung stattfinden würde. Der General stand auf dem Podium mit einem Papier in der Hand. Er verlas das Urteil.

»Vier Verräter werden hingerichtet, die im Namen des Sultans in Soldatenkleidung bei armen Bauern Steuern eintrieben. Sie bereicherten sich an ihren eigenen Landsleuten, indem sie das hart verdiente Geld eines Familienvaters, der versuchte, seine Familie zu ernähren, wegnahmen, um sich mit Alkohol und Frauen zu vergnügen. Solche Menschen sind vom Bösen besessen und des Todes würdig.«

Die vier Verbrecher wurden mit am Rücken gefesselten Händen auf die Bühne geführt. Die Menschenmenge buhte, schimpfte und schmiss mit Gegenständen, die sie gerade in die Hand bekam.

»Verräter, ihr Verräter!«, schrien sie voller Zorn. Es war ein ohrenbetäubender Lärm.

Mehmet und Ali schauten gespannt zu, obwohl sie gegen die Todesstrafe waren. Die verurteilten Männer knieten sich zitternd nieder, einige urinierten in ihre Hosen. Hinter den Männern sah Mehmet eine lächelnde Kreatur mit grellgelb leuchtenden Augen, verwestem Gesicht, verfaultem Fleisch, gehüllt in einen braunen, westlichen Anzug und mit einem Hut. Nur Mehmet vermochte dieses Wesen wahrzunehmen. Es war Dracula, der unmittelbar in der Nähe und für einen kurzen Moment in Mehmets Gedanken eingetaucht war.

»Kannst du den auch sehen, Ali? Diesen Typen im Anzug mit dem Hut? Was sucht der überhaupt da?«

Ali schaute Mehmet überrascht an. »Was für eine Kreatur im Anzug? Fantasierst du? Ich sehe da niemanden, der so gekleidet ist. Nur die Soldaten, den Imam, den Henker und die armen Verurteilten, die gleich einen Kopf kürzer werden. Ah, da neben der Bühne steht der Prinz mit seinen Janitscharen oder meinst du ihn mit Kreatur?«, witzelte er. »Wenn du möchtest, lass uns gehen. Wir müssen uns so was nicht anschauen.«

»Er ist wirklich hier! Mein Onkel hatte die ganze Zeit recht!«, flüsterte Mehmet.

»Was faselst du da wieder? Seit du auf dieser Burg Kizkulesi warst, benimmst du dich komisch«, sagte Ali.

Mehmet wiederholte: »Er ist hier.«

In diesem Moment ging ein Raunen durch die Menschenmenge und man hörte das Zischen eines scharfen Messers, das das Fleisch durchtrennte. Das Blut spritzte auf die vorne stehenden Leute. Zwei der Verurteilten waren geköpft worden. Mehmet drängelte sich durch die Menge zurück zur Straße. Ali rief verwundert hinterher, was los sei, aber Mehmet reagierte nicht. Er wollte nur nach Hause, zu seinem Onkel. Er rannte so schnell, dass er sogar die fahrenden Kutschen überholte. Ali gab auf und blieb stehen, er sah nur noch Mehmets Schatten.

Sahin Hodscha wartete besorgt zu Hause am Galaturm, den Blick auf seine alte Taschenuhr gerichtet. Als Mehmet verschwitzt und nach Luft schnappend durch die Tür trat, war der Professor erleichtert.

»Wo warst du wieder so lange?«, fragte er.

Mehmet erzählte voller Aufregung, was er erlebt hatte, und dass es kein Traum war. »Es war echt, es war real. Genau das, was ich auf der Burg gefühlt und gesehen habe. Glaub mir, Onkel, es ist dieser Engländer, Lord Williams. Ich habe sein wirkliches Gesicht erkannt. Es ist Dracula! Seit er hier ist, sind einige merkwürdige Dinge passiert.«

»Ich weiß, mein Junge, ich weiß. Ich vermute es langsam auch. Wir müssen der Sache nachgehen«, erwiderte der Professor.

Mehmet war erstaunt über die schnelle Einsicht.

»Was unternehmen wir jetzt?«, fragte er.

»Momentan nichts. Ich werde mir etwas überlegen. Und du, du konzentrierst dich auf die anstehende Prüfung. Du denkst an nichts anderes mehr, verstanden? Ich habe es deinem Vater und meinem kleinen Bruder versprochen, Gott soll seiner Seele gnädig sein. Als ahnte er damals, dass er sterben würde. *Versprich mir, Bruder, falls uns etwas passiert, dass du für Mehmet da sein wirst,* sagte er. Das waren seine letzten Worte. Ich werde dich vor diesem Dämon beschützen, Neffe. Er will uns doch nur einschüchtern, mit uns spielen, seine Macht demonstrieren. Er signalisiert uns damit, dass er hier ist, aber bei uns ist er an der falschen Adresse!«

Mehmet nickte und versprach seinem Onkel, sich nur auf seine Prüfung zu konzentrieren.

Kamil Pascha kam herein, begrüßte die beiden und setzte sie davon in Kenntnis, dass er am folgenden Tag wieder abreisen müsse, um die drei Monate den Sommer über neue Rekruten auszubilden. Kamil Pascha deutete an, dass dies sein letzter Sommer in der Marine sein werde und er danach in Pension gehe. Fast dreißig Jahre hatte er dem Land gedient. Wenn man seinem Land zwanzig Jahre gedient hatte, wurde man vom Sultanat üppig belohnt. Bis zum Ableben wurde eine stattliche Rente (Pension?) ausbezahlt sowie eine kostenlose Dienstwohnung oder gar ein Haus zur Verfügung gestellt. Dies war vom Rang abhängig, und jemandem wie Kamil Pascha stand natürlich mehr zu. Mehmet freute sich für seinen Onkel und darüber, dass er bald für immer nach Hause nach Istanbul käme. Sahin Hodscha war gleichermaßen erfreut. Sein jüngerer Bruder würde endlich sesshaft werden und die Familie wäre komplett. Er bot ihm selbstverständlich an, bei ihnen zu wohnen, doch Kamil Pascha lehnte dankend ab. Er habe sich bereits ein kleines, gemütliches Haus unmittelbar in der Nähe der beiden gemietet; direkt am Meer gelegen, genau so, wie er es wolle.

Kamil Pascha machte sich am nächsten Morgen früh auf den Weg zum Hafen Karaköy. Mehmet, der bis zum Morgengrauen gelernt hatte, schlief noch. Sahin Hodscha war wie immer schon auf den Beinen, bereitete sich auf den Unterricht vor. Doch zuvor wollte er zum Postamt in Sirkeci. Dort liefen die Informationen aus dem ganzen Land zusammen, hier erfuhr man, wo etwas passiert war, hörte man von Morden, Überfällen, Entführungen, Krankheiten und ähnlichen Vorfällen. Sahin Hodscha stieg zügig die vielen Treppenstufen hoch, fragte einen der Postbeamten, wo sich die

Zeitungsarchive der letzten Wochen befanden. Der Beamte führte den Professor in einen Raum, wo es Einzelexemplare der Zeitungen gab, die für mehrere Monate aufbewahrt wurden. Die Einwohner hatten genügend Zeit, sie kostenlos zu lesen im Lesesaal, der mit Stühlen ausgestattet war. Der Professor blätterte hektisch in den Journalen, forschte, ob irgendwelche Ereignisse in Sille vorgekommen waren, wo Lord Michael Williams lebte. Und tatsächlich: Zwei junge Mädchen galten als vermisst. Eine von ihnen hatte man tot im Wald gefunden. Die Leiche war allerdings zu verwest, als dass man die Todesursache hätte klären können. Das bestätigte die Vermutung des Professors umso mehr. Mehmet hatte von Anfang an recht.

»Wie konnte ich so blöd und blind sein?« Der Professor machte sich Vorwürfe.

Am nächsten Abend kamen Lord Michael Williams und dessen Diener Geoffrey der Einladung des Kalifen von Konya auf die Prinzeninsel nach. Prinz Mustafa und seine Gemahlin, die älteste Tochter des Kalifen, sowie Lale waren ebenfalls anwesend. Wie üblich wurden die Gäste mit einem kleinen Boot auf die Insel gefahren – so auch Dracula und sein Diener. Als sie am Haus des Kalifen eintrafen, wurden sie schon sehnlichst an der Tür erwartet. Lord Williams war wie stets elegant gekleidet. Als er aus der Kutsche stieg, zog er wie immer alle Blicke auf sich und wurde von dem Kalifen herzlich umarmt. Lord Williams erwiderte die Gastfreundlichkeit und ließ seinen Charme spielen, zückte zwei Rosen hinter seinem Rücken hervor und übergab eine Gül Hanim, der Kalifengemahlin, und eine Lale. Die Frauen waren berauscht von der Anziehungskraft des Engländers.

Gemeinsam betraten sie das Haus. Ein Diener nahm den Gästen die Mäntel ab und der Kalif bat Sir Williams und Geoffrey für eine Zigarre ins Arbeitszimmer, da es bis zum Essen noch dauere und der Prinz und die Prinzessin noch nicht angekommen seien. Im Wohnzimmersaal wurde unterdessen eine kleine Bühne aufgebaut für ein Schattentheater. Die für das Schattentheater benötigte Bühne bzw. Kulisse bestand aus einer hölzernen Rahmenkonstruktion. Dahinter agierte, für das Publikum unsichtbar, ein Spieler verborgen mit Schattentheaterfiguren vor einem Bühnenfenster, welches mit einem hellen transparenten Stoff bespannt war. Die Figuren bestanden meist aus flach geschabten Scherenschnitten, die aus bunt gefärbtem Kamelhautleder gefertigt wurden. Sie wurden durchbrochen gearbeitet, so dass den Figuren durch Licht- und Schattenwechsel Details ausdrucksvolle Augen verliehen werden konnten. Die Figuren bewegten sich, hinter einer von Kerzen oder Lampen angestrahlten Leinwand, als farbige Schatten. Da die Einzelteile der Puppen (Gliedmaße an Gelenken, Kopf und Taille) durch Schnüre verbunden waren, konnte der Puppenspieler abrupt, mit Hilfe von Stöcken an denen sie befestigt waren, komische Bewegungen und lustige Verrenkungen vollziehen, die eine große Fingerfertigkeit voraussetze. Hiermit konnten vom Puppenspieler bis zu drei Figuren gleichzeitig dirigiert werden, wobei zusätzlich die unterschiedlichen Stimmen imitiert wurden.

Einer der Diener klopfte an die Tür und trat ein.

»Der Prinz und die Prinzessin sind eingetroffen, Effendi.«

Der Kalif eilte hinaus, um den Prinzen zu empfangen, und bat die beiden, sitzen zu bleiben. Die Leibgarde, die Janitscharen, hielten vor dem Anwesen Wache.

»Seid gegrüßt, Prinz.«

»Guten Abend, Schwiegervater«, erwiderte dieser und bat um Entschuldigung für die Verspätung. Die Prinzessin fiel ihrem Vater um den Hals, um ihn mit Küssen zu attackieren, bevor sie ins Nebenzimmer lief, wo sich die Frauen aufhielten. Der Prinz folgte dem Kalifen ins Arbeitszimmer. Lord Williams und Geoffrey standen auf, verbeugten sich und stellten sich dem Prinzen vor. Dracula raste innerlich vor Wut, wollte dem Prinzen am liebsten den Kopf abreißen, ihm das Blut aussaugen, denn er war ihm so nahe, nur ein Zwinkern entfernt, hörte, wie das Prinzenherz schlug. Doch er musste sich zusammenreißen. Wollte er die komplette Sultansfamilie töten, musste er sich an seinen Plan halten.

»Sie sind also der charmante, weltgewandte, gut aussehende Immobilienmakler aus England. Habe viel Gutes von Ihnen gehört, was ich leider nicht von allen Ausländern in unserem Land behaupten kann. Die meisten respektieren unsere Kultur nicht, benehmen sich wie wilde Tiere. Hätte ich das Sagen, würde ich sie hart bestrafen, aber mein Vater ist der Ansicht, dass wir uns mit dem Westen zusammentun, uns ihnen annähern sollten. Wenn es nach mir ginge …«

Der Kalif unterbrach den Prinzen, indem er fragte, ob einer der Gäste noch etwas trinken wolle. Die feindliche Haltung dem Westen gegenüber war ihm unangenehm.

»Nichts für ungut, Sie sind ein guter Mann, Lord Williams«, sagte der Prinz.

»Eure Hoheit, Ihr seid zu gütig.«

Sir Williams und Geoffrey verbeugten sich.

Der Diener meldete, dass das Essen inzwischen angerichtet sei. Nachdem alle am Esstisch Platz genommen hatten, stellte der Prinz weitere Fragen.

»Wo genau liegt denn Ihr Wohnsitz in England, Lord Williams? Und sind Sie auch mit der Königsfamilie befreundet? Als Kind habe ich meinen Vater einmal in den Buckingham Palast begleitet und die Queen kennengelernt. Vor dieser Dame habe ich wahrlich Respekt! Sie regiert als Frau ein ganzes Königreich und das sogar ausgezeichnet, aber sie könnte mehr lachen. Ich weiß, ich weiß«, sagte der Prinz in jovialem Tonfall, »ihr habt kein gutes Wetter dort, das würde selbst mir die Laune verderben.«

Alle im Raum lachten, Dracula stimmte gezwungenermaßen mit ein und erwiderte: »Nein, Eure Hoheit, ich hatte nie das Privileg, die Queen persönlich kennenzulernen. Ich besitze Ländereien in Newcastle. Das liegt am nördlichen Ufer des Tyne, im Nordosten Englands. Mein Vater hat aus einem kleinen Dorf eine ansehnliche Stadt gezaubert, und ich habe das Familiengeschäft einfach übernommen. Jetzt möchte ich, natürlich mit Eurer Erlaubnis, Eure Hoheit, in diesem schönen Land Ländereien erwerben. Ich habe mich verliebt in die Menschen, in die Kultur und möchte mich hier niederlassen.«

Der Prinz erwiderte mit trauriger Stimme: »Ja, schön ist es, unser Land, sogar wunderschön, Lord Williams, aber es geht vor die Hunde. Das Osmanische Reich zerfällt langsam, die Menschen werden immer gieriger, überall herrschen Korruption, Undankbarkeit und Verrat.«

Prinzessin Aysenur rief in die Runde: »Können wir nicht mal über etwas anderes reden? Über erfreulichere Dinge im Leben?«

»Ich wollte Euch nicht zu nahe treten, Hoheit«, sagte Dracula knapp, aber innerlich erfreute ihn die Unzufriedenheit des Prinzen.

»Schon gut, ich muss euch alle um Verzeihung bitten. Verderbe mit meinem Gerede diesen Abend. Du hast recht, meine Prinzessin. Entschuldigt mich kurz«, sagte der Prinz und trat hinaus vor die Tür, um auf andere Gedanken zu kommen.

Prinzessin Aysenur erklärte, dass der Prinz momentan viel um die Ohren habe, eine schwere Last mit sich trage und das Chaos in den Griff bekommen müsse.

Dracula heuchelte Verständnis. »Es ist gewiss nicht leicht, Nachfolger des mächtigsten Mannes der Welt zu sein. Ich glaube, da wären wir alle gestresst«, sagte er.

Die Anwesenden nickten. Die Prinzessin bedankte sich bei Lord Williams für dessen Anteilnahme und ging hinaus, um nach dem Prinzen zu sehen. Die Gäste aßen weiter, außer Lord Williams. Auf Nachfrage des Kalifen, wieso er nicht esse, antwortete er: »Ich habe bereits heute Mittag diniert. Wie Sie wissen, habe ich einen schwachen Magen, daher habe ich mir angewöhnt, abends, gegen Dämmerung, nichts mehr zu mir zu nehmen. Ich bitte vielmals um Verzeihung. Das war unhöflich.«

Natürlich empfanden es die Gäste nicht als Brüskierung. Dracula zog mit seinem Charme und seiner Redegewandtheit jedermann in seinen Bann.

Währenddessen lief der Prinz hektisch vor der Tür hin und her.

»Was ist los?«, fragte die Prinzessin besorgt.

»Nichts, meine Teure«, erwiderte der Prinz. »Ich muss mich einfach zusammenreißen. Mein Benehmen bei Tisch tut mir leid, es ist eben alles momentan zu viel. Dieses Land geht unter, und bald wird es auch kein Sultanat mehr geben.«

»Du kannst das Land nicht alleine vor dem Untergang bewahren! Und sei versichert, egal, was passiert, ich werde immer zu dir stehen!«

Der Prinz schmunzelte angesichts der Besorgnis seiner Gemahlin.

»Lass uns hineingehen, meine Liebe!« Der Prinz ergriff ihre Hand und gab ihr einen Kuss auf die Stirn.

»Oh, da seid ihr ja!«, rief der Kalif erfreut. »Lasst uns in den großen Saal gehen, um uns das Schattentheater anzuschauen!«

Alle machten sich auf den Weg. Die Bühne war schon aufgebaut, die Stühle wurden von den Bediensteten aufgestellt. In der ersten Reihe nahmen der Prinz, die Prinzessin sowie der Kalif mit seiner Gemahlin Platz. Dahinter saßen Lord Williams und Geoffrey neben Lale. Die Gardinen wurden zugezogen, die Kerzen gelöscht. Einer der Schattentheaterspieler trat auf die Bühne, begrüßte die Gäste und stellte das heutige Programm vor. Es ging um den Kampf der Osmanen gegen den Pfähler Vlad Tepes. Dracula konnte kaum glauben, dass ausgerechnet diese Geschichte ausgewählt worden war. Alle applaudierten, jeder freute sich auf das Stück, außer ihm. Die Spieler fingen mit der dreißigminütigen Aufführung an. Sie erzählten vom kompletten Feldzug der Osmanen gegen die Rumänen. Sie stellten den Fürsten als einen Teufel mit Hörnern da. Dracula kochte vor Wut, konnte nicht mehr ruhig sitzen. Lale fiel dessen nervöses Verhalten auf, fragte flüsternd, ob alles in Ordnung sei, aber er hörte nicht, was sie sagte, seine Wut war zu mächtig. Am Ende des Stückes trennte der Sultan dem rumänischen Fürsten den Kopf ab. Plötzlich fing die Bühne an, Feuer zu fangen, und sie brannte in Sekundenschnelle lichterloh. Dracula hatte mit seiner bloßen Gedankenkraft die Feuersbrunst entzündet. Für einen kurzen Moment brach Panik aus unter den Gästen, doch das Personal reagierte geistesgegenwärtig und löschte das Feuer binnen Sekunden. Der Prinz schrie aufgebracht, was das solle. Die Spieler des Schattentheaters jedoch fanden keine Erklärung.

»Ich weiß nicht, wie das passieren konnte, Eure Hoheit. Es war nicht einmal windig und die Kerzen stehen weit entfernt von dem Tuch. Es tut mir aufrichtig leid!«, antwortete der Verantwortliche des Theaters mit verängstigter Stimme.

»Es ist ja zum Glück nichts passiert«, sagte der Kalif erleichtert.

Der Prinz schmunzelte. »Vielleicht war das ja der Geist des Fürsten.« Alle lachten. Dann erzählte er die Geschichte von Vlad Tepes und seinem Bruder. Die beiden waren vor Jahrhunderten in den Kerkern des Topkapipalastes für sehr lange Zeit Gefangene des Sultans gewesen, bevor Vlads Kopf angeblich in den Kriegen der Osmanen gegen die Rumänen abgetrennt wurde und dem Sultan in einem Honigtopf zu Füßen dargebracht wurde.

»Kennen Sie die Geschichte auch, Lord Williams?«, fragte der Prinz amüsiert.

Dracula hielt es nicht mehr aus, es brodelte in ihm.

»Ja, Eure Hoheit«, sagte er, »flüchtig kenne ich sie. Wer ist denn nicht vertraut mit den Geschichten der großen osmanischen Streitkraft?« Dracula erhob sich und bat um Erlaubnis, gehen zu dürfen.

»Aber natürlich!«, sagte der Prinz.

Zuerst verabschiedete sich Dracula von Lale, indem er ihre Hand küsste, und schließlich von den anderen Gästen in seiner gewohnt charmanten Art. Lale war ein wenig überrascht von Lord Williams befremdlichem Benehmen, ebenso die anderen Geladenen. Die Männer gingen wieder hinein ins Foyer, um Zigarren zu rauchen. Lale und die Prinzessin blieben unter sternenklarem Himmel auf der Terrasse.

»Was ist denn mit dem Lord los? Wieso hat er sich auf einmal so merkwürdig benommen und warum ist er so überstürzt aufgebrochen?«, wollte die Prinzessin wissen.

»Ich weiß es nicht, Schwesterherz. Vielleicht hatte er heute schlechte Laune«, erwiderte Lale. Sie schaute hoch zum Himmel und musste an Mehmet denken – wie schon die gesamte Zeit während des Essens. Dracula wusste dies natürlich, deswegen hatte er sich den kompletten Abend ihr gegenüber reserviert verhalten.

Die Prinzessin fing plötzlich zu lachen an.

»Wieso lachst du?«, fragte Lale verwirrt.

»Ich weiß, dass du Gefühle für zwei Männer hegst. Du stehst zwischen dem jungen, gut aussehenden Mehmet und dem erfahrenen, aparten und weltgewandten Lord. Wem sollst du dein Herz schenken? Ach, Schwester, du hast es wirklich schwer.«

Lale schmunzelte, holte tief Luft und fragte sich abermals, was Mehmet in diesem Moment tat und wo er sei.

Dracula und Geoffrey waren unterdessen mit dem Boot zurück auf das Festland gebracht worden und bestiegen die Kutsche. Dracula schäumte vor Zorn.

»Dieses Land, diese Menschen, die ganze Sultansfamilie und obendrein dieser Mehmet und der Professor gehen mir mächtig auf die Nerven! Es ist unerträglich! Ich werde sie alle auslöschen!«

Er befahl dem Kutscher, der ebenfalls unter seinem Einfluss stand, Richtung Taksim zu fahren.

Der Schneider Talip war bereits nach Hause gegangen. Seine Tochter Nergiz und sein Angestellter Kürsad schlossen abends um zehn Uhr den Laden ab. Kürsad fragte die Schneiderstochter, die bei ihrer jüngsten Tante übernachten wollte, ob er sie begleiten solle.

»Nein danke«, erwiderte Nergiz. »Meine Tante wohnt nur zwei Straßen entfernt. Was soll mir auf dem kurzen Weg schon passieren? Außerdem bin ich ein großes Mädchen.«

Beide lachten und verabschiedeten sich. Nergiz ging mit zügigen, schallenden Schritten die dunkle Gasse entlang. Außer ihr befanden sich keine Menschen auf den Straßen. Plötzlich vernahm sie Schritte, jemand schien sie zu verfolgen. Sie drehte sich mehrmals um, aber es war niemand da. Angst kroch in ihr hoch, sie zitterte und stolperte über die Pflastersteine. Am Ende der Gasse erblickte sie einen Mann und erkannte Geoffrey in ihm. Sie lief zu ihm hin und holte tief Luft, erleichtert, ihn zu sehen. In diesem Moment packte sie Dracula von hinten und biss ihr in den Hals. Er hob sie langsam mit einer Hand hoch. Nergiz rang um Atem, schlug vergebens um sich und sah voller Todesangst in die gelben Augen dieses Monsters, das sich bei seinem Tun amüsierte. Schließlich brach Dracula ihr zierliches Genick und schmiss sie mit voller Wucht gegen die dreckige, vermoderte Mauer. Sie war auf der Stelle tot.

»Das arme Geschöpf!«, entfuhr es Geoffrey. Obwohl er unter Hypnose stand, packte ihn die Angst bei dem wahren Anblick Draculas.

Nergiz' Verschwinden fiel zunächst niemandem auf, da es Wochenende war. Erst am Montagmittag fragte sich Talip, wo seine Tochter bleibe und wieso sie nicht zur Arbeit erschienen sei. Kürsad erklärte, dass sie am Samstag gegen zehn Uhr abends das Geschäft geschlossen hätten, und dass Nergiz danach zu ihrer Tante gegangen sei. Talip sagte zu seinem Angestellten, er solle im Laden auf ihn warten und eilte voller Sorge zu seiner jüngeren Schwester – er befürchtete das Schlimmste.

Er pochte hektisch an die Tür und seine Schwester öffnete.

»Was ist los? Wieso klopfst du so wild an die Tür?«

»Wo ist Nergiz?«, fragte Talip besorgt. »Sie wollte doch das Wochenende bei dir bleiben.«

»Nein, sie war gar nicht hier.«

Talip packte sich ans Herz und setzte sich geknickt auf die Treppenstufen. Er reagierte nicht einmal mehr auf die Fragen der Schwester. Nach kurzem Durchatmen fuhr er zur Polizeiwache am Taksimplatz, um das Verschwinden seiner Tochter zu melden. Oberkommissar Mustafa Gazi empfing den aufgebrachten Talip. Nachdem dieser die Sachlage geschildert hatte, informierte ihn der Kommissar, dass ein Fischer heute Morgen die

Leiche einer jungen Frau in der Nähe des Hafens gefunden habe. Talip stockte der Atem und fasste sich wieder an die linke Brust. Der Oberkommissar versuchte, ihn zu beruhigen.

»Bestimmt handelt es sich gar nicht um Ihre Tochter. Vielleicht hat sie bei einer Freundin oder anderen Verwandten übernachtet.«

Talip schüttelte den Kopf und blickte ins Leere, das Schlimmste ahnend.

»Es ist nicht ihre Art, fernzubleiben, ohne Bescheid zu geben«, sagte er mit leiser Stimme.

Der Oberkommissar brachte den besorgten Vater zur Leichenhalle, um die Leiche zu identifizieren, in der Hoffnung, dass es sich nicht um Nergiz handelte.

Der leblose Körper lag auf dem Leichentisch. Talip näherte sich dem Tisch, erkannte die blauen Schuhe seiner Tochter, welche sie an dem Tag trug, als er sie zum letzten Mal gesehen hatte. Er zitterte, nährte trotz allem seine Hoffnung, dass sie es doch nicht sei. Mit bebender Hand zog er zögernd das Tuch von ihrem Gesicht herunter. Es war Nergiz, und es war ein grauenvoller Anblick. Talip war wie versteinert, fiel auf die Knie, hielt die Hände vor das Gesicht, schrie, weinte.

»Wieso meine Tochter? Wie kann ein Mensch so was nur tun? Sie hat doch niemandem etwas angetan!«

Alle Versuche seitens der Polizisten, Talip zu trösten, brachten nichts. Nur mit Mühe konnten sie ihn wieder auf die Beine bringen. Der Kommissar fragte dennoch schweren Herzens, wer sie als Letzter gesehen habe. Und so fuhren sie mit dem am Boden zerstörten Talip zu dessen Laden, um Kürsad zu befragen, da er zuletzt mit Nergiz gesprochen hatte.

Mehmet und Ali wollten gerade die Anzüge abholen, als sie die Polizisten im und vor dem Geschäft stehen sahen. Talip kauerte weinend auf einem Sessel und Kürsad wurde befragt. Der Oberkommissar erkannte Mehmet und ließ die beiden daraufhin eintreten.

»Was ist los, Talip Effendi?«, fragte Mehmet besorgt.

Talip antwortete mit weinerlicher Stimme: »Sie haben sie mir weggenommen, meine kleine Nergiz. Sie hat doch niemandem was getan.«

Mehmet war schockiert und wollte wissen, was passiert war. Der Oberkommissar nahm ihn und Ali zur Seite.

»Was macht ihr beiden hier? Habt ihr Nergiz gut gekannt oder sie am Samstagabend gesehen?«

»Ich bin Sahin Hodschas Neffe und mein Freund und ich wollten unsere Anzüge abholen. Nergiz kennen wir nur flüchtig, und gesehen haben wir sie nicht am besagten Abend.«

»Die Tochter des Schneiders ist auf bestialische Art getötet worden. Ruf doch bitte deinen Onkel, um die Leiche zu untersuchen.«

Sahin Hodscha wurde stets bei merkwürdigen, unerklärlichen Morden dazu geholt.

»Natürlich!« Mehmet und Ali gingen rasch zur Tür hinaus. Kürsad lief mit den Anzügen hinterher und übergab sie den beiden.

»Das ist doch gar nicht nötig jetzt«, sagte Mehmet.

Kürsad erwiderte mit geknicktem Haupt: »Ich weiß, aber Talip Effendi wollte es so.« Sogar in so einer Situation war es ihm wichtig, sein Wort zu halten, seinen guten Ruf zu bewahren. Mehmet nahm die Anzüge dankend schweren Herzens an und blickte noch einmal durch die Menschenmenge in den Laden zu dem am Boden zerstörten, weinenden Talip hinüber. Es brach sein Herz, den alten Mann so zu sehen.

Als Mehmet und Ali am Galaturm ankamen, stand Sahin Hodscha vor der Tür. Mehmet sprang von der fahrenden Kutsche, wäre beinahe hinuntergefallen, und Sahin Hodscha erschreckte sich.

»Komm schnell Onkel! Nergiz, die jüngste Tochter von Talip, ist tot aufgefunden worden. Beeil dich!«

Ohne es auszusprechen, vermuteten sie, dass Dracula dahintersteckt. Sahin Hodscha lief ins Haus, um seinen Koffer mit den eigens erfundenen Werkzeugen zu holen. Während der Fahrt fragte er danach, was genau passiert sei. Als sie ankamen, wurde er bereits sehnlichst erwartet. Vor dem Laden hatte sich eine Menschenmenge versammelt. Die Polizei hatte Mühe, die Schaulustigen in Schach zu halten. Sahin Hodscha ging direkt zu Talip, der immer noch geknickt mit den Händen vor dem Gesicht auf dem Sessel saß. Er stand auf, als er die Stimme des Professors hörte. Sie umarmten sich.

»Mein alter Freund, mein herzliches Beileid. Gott soll ihrer Seele gnädig sein! Und du bist dir sicher, dass es Nergiz ist?«

Talip nickte und antwortete mit einer zittrigen, leisen Stimme: »Man erkennt doch seine eigene Tochter, sein kleines Baby, sein eigenes Fleisch und Blut, das man mit seinen Händen gefüttert und gewickelt hat. Das Kind, dessen Haar ich gestreichelt, dessen warme Wangen ich geküsst habe. Sie hat mich immer als Erste begrüßt, blieb so lange wach, bis ich nach Hause kam von der Arbeit. Auch wenn sie es nicht durfte. Sie hat sich schlafend gestellt, damit sie keinen Ärger mit ihrer Mutter bekommt. Mein Engel hat immer auf mich gewartet, auch jetzt, obwohl sie schon erwachsen war. Aber für mich war sie immer mein kleines Mädchen. Wieso, Sahin Hodscha, wieso? Kein Vater und keine Mutter sollte jemals sein eigenes Kind zu Grabe tragen.«

Talip brach zusammen. Die Polizisten halfen ihm hoch und brachten ihn anschließend in sein Schlafzimmer auf Anweisung des Professors. In dem Moment kam Talips Ehefrau herein, die den Tag über auf dem Markt gewesen war. Sie hatte keine Ahnung von all dem. Als sie die Polizisten und den Professor im Wohnzimmer stehen sah, schrie sie panisch nach Talip in dem Glauben, dass ihrem Mann etwas passiert sei. Der Oberkommissar wollte sie beruhigen, doch ohne Erfolg. Sahin Hodscha ging geknickten Hauptes zu ihr, wusste nicht recht, wie er es ihr beibringen sollte, dass ihre jüngste Tochter ermordet wurde. Er schaute in ihre verängstigten Augen und sagte, dass Talip oben im Bett liege.

»Was ist denn passiert, Sahin Effendi?«, fragte sie verwirrt.

»Deine jüngste Tochter Nergiz wurde ermordet. Gott sei ihrer Seele gnädig! Heute Morgen hat man ihre Leiche im Bosporus gefunden«, sagte der Professor voller Trauer.

Sie sah den Professor zwar an, aber sie schaute durch ihn hindurch. Sie war wie versteinert, keine Regung, keine Mimik, nur ein starrer Blick. Ihre anderen erwachsenen drei Kinder kamen angerannt. Sie waren bereits benachrichtigt, denn die Nachricht vom Tod ihrer Schwester hatte sich schnell in der Stadt herumgesprochen. Sie versuchten ihre Mutter zu trösten, die auf dem Sessel saß mit immer noch starrendem ungläubigen Blick – auch wenn sie selbst fassungslos waren.

Der Oberkommissar forderte den Professor auf, sich zur Leichenhalle zu begeben, da die Leiche laut dem Islam am nächsten Tag begraben werden müsse.

»Ja, natürlich, nur einen Augenblick«, sagte der Professor und nahm Mehmet und Ali beiseite. Er bat sie, nach Hause zu gehen, um weiter für die Prüfung zu lernen. Die beiden willigten ein. Der Professor verabschiedete sich von seinem Freund Talip, versprach, den Mörder zu finden, und machte sich dann mit dem Oberkommissar auf den Weg zur Leichenhalle.

Mehmet und Ali entschieden sich, noch eine Weile draußen zu bleiben und zu Fuß nach Hause zu laufen. Sie hatten genug gelernt und die Prüfungen standen erst in vier Tagen an. Für Ali waren es zwei bizarre Tage gewesen mit vielen Toten. Zuerst die Hinrichtungen auf dem Taksimplatz und nun der Mord an einer jungen Frau.

»Ist dein Onkel ein spezieller Arzt? Wird er immer bei solchen Fällen hinzugezogen?«, fragte er Mehmet.

»Jetzt nicht, Ali«, wiegelte Mehmet ab und dachte: ›Wenn du wüsstest, wie viele Leichen und unerklärliche Dinge ich in den letzten Monaten gesehen habe.‹ Natürlich konnte er Ali nichts davon erzählen und lenkte vom Thema ab. Seine Gedanken waren bei seinem Onkel und Dracula. Ali fragte nach Lale, und ob sie sich noch treffen, doch auch über dieses Thema wollte er nicht reden. Daraufhin sagte Ali ein wenig genervt: »Du bist ja heute sehr gesprächig. Für mich ist es auch nicht einfach, nach dem, was alles passiert ist, so kurz vor der Prüfung. Aber deswegen musst du nicht schweigen oder hast du dich grade dazu entschieden, ein Schweigegelübde abzulegen?«

Mehmet sah seinen Freund an und schmunzelte.

Der Professor und der Oberkommissar trafen in der Leichenhalle ein. Als sie davor standen, überkam Sahin Hodscha das gleiche unwohle Gefühl wie in der Nervenklinik vor ein paar Tagen. Er mochte diese Orte einfach nicht. Der Leiter der Anstalt begrüßte die beiden. Ein bestialischer Gestank kam ihnen entgegen. Sahin Hodscha nahm ein Tuch hinaus und hielt es vor seine Nase. Der Oberkommissar tat es ihm gleich. Der Professor näherte sich dem Leichnam, zog langsam das Leichentuch herunter, bis er Nergiz' Gesicht sah. Es war für ihn herzzerreißend, die junge Tochter eines guten Freundes auf dem Leichentisch zu sehen. Schwermütig untersuchte er die Leiche, sah die auffällige Bisswunde am Hals, das gebrochene Genick. Ihm war sofort klar, wer das gewesen war. Er sah die sterblichen Überreste der Dorfbewohner in Rumänien vor sich. Die Toten, die in ihren Blutlachen lagen. Die Theorie des Oberkommissars und seiner Leute lautete, dass sie beraubt und anschließend ins Meer geworfen wurde. Die Bisswunden, so erklärten sie es sich, hätten ihr Hunde oder Fische zugefügt. Sahin Hodscha nickte, ließ sie in dem Glauben. Für ihn war diese Annahme natürlich absurd. Der Geruch wurde immer strenger und schlug

Sahin Hodscha auf den Magen. Er lief heraus, übergab sich vor der Anstalt. Der Oberkommissar fragte, ob alles in Ordnung sei.

»Ja, ich brauche nur ein wenig Zeit, danke«, sagte der Professor. Es war sogar für einen so erprobten Mann wie Sahin Hodscha zu viel.

Die Kutsche der Leibgarde fuhr vor, und Sayid, der Oberjanitschar, bat den Professor, mitzukommen. Der Sultan bestelle ihn zum Rapport zum Topkapipalast. Sayid fragte während der Fahrt, ob es dieses Monster gewesen sei, dieser Dracula.

»Ich weiß es nicht genau, aber es sieht so aus«, antwortete der Professor.

Sahin Hodscha war schon des Öfteren im Topkapipalast gewesen, dem Wohn- und Regierungssitz der Sultane sowie Verwaltungszentrum des Osmanischen Reiches. Sayid begleitete den Professor zum Sultan in den zweiten Hof. Links davon lag der Ratssaal, in dem gerade eine Versammlung des Staatsrates stattfand. Zu dem Rat gehörten Wesire, der Scheich als höchster geistlicher Würdenträger, Kadýasker, Generäle und Militärs, Mitglieder des Diwans, sowie der Prinz und die Leibgarden. Der Sultan verfolgte die Tagung von der Sultansloge aus im Verborgenen. Sie diskutierten über Staatsgeschäfte und die Vorkommnisse der letzten Monate, die Ermordung der Tochter Talips, dem persönlichen Schneider des Sultans, und den Tod einer Adelsfamilie auf osmanischen Gewässern. Der Prinz stand auf und schlug vor, eine Ausgangssperre zu errichten, um den Täter zu fangen, und sämtliche gefährlichen Straßenhunde und Wölfe in den umliegenden Orten zu töten. Alle waren einverstanden, außer dem Scheich Imam al Nuri, einem Geistlichen.

»Es ist Sünde, unschuldige Tiere zu erlegen. Wir wissen doch gar nicht, ob es Hunde oder Wölfe waren oder welcher Wahnsinnige hinter dieser Tat steckt. Vielleicht ist es jemand aus dem Ausland.«

Es folgten hitzige Diskussionen, eine Hälfte war dafür, die andere dagegen. Der Sultan, der das letzte Wort hatte, kam mit seiner Leibgarde herunter. Er entschied, im Anschluss an die bevorstehenden Prüfungen eine zweiwöchige Ausgangssperre zu verhängen, um den Mörder zu finden, sowie die Wölfe in den umliegenden Wäldern zu töten. Selbstverständlich waren alle damit einverstanden. Sayid und Sahin Hodscha warteten in der Sultansloge, dann folgten sie dem Prinzen, dem Scheich al Nuri, dem Großwesir und dem Sultan auf die Terrasse im vierten Hof des Topkapipalastes. Die Anspannung war zum Greifen. Der Sultan thronte auf Kissen unter einem Baldachin und die restlichen Staatsmänner standen daneben, ebenso der Großwesir Ali Pascha, der den Titel des höchsten Staatsbeamten in muslimischen Ländern trug. Im Osmanischen Reich galt er als der erste, der ranghöchste Wesir, der mit oder für den Sultan die Staatsgeschäfte führte. Die Kleidung des Großwesirs bestand aus dem Staatspelz und einem doppelten goldenen Kaftan. Seine Kopfbedeckung war das *Kavalli*, ein vierzig Zentimeter hohes, von weißem Tuch umwundenes Gestell, über dem eine goldene Bordüre hing. Ein sehr ernster, gebildeter und frommer Muslim, der eine einschüchternde Wirkung auf Menschen hatte. Der Sultan fragte Sahin Hodscha, ob er zu den Ereignissen der vergangenen Wochen etwas sagen könne, ob es irgendwelche Anhaltspunkte gebe nach dem letzten Treffen auf der Prinzeninsel oder ob es etwas mit dem Hirngespinst Dracula zu tun habe.

»Nicht ganz, Eure Hoheit, ich habe aber eine Vermutung. Dieser Engländer, Lord Williams, könnte es sein.«

Die anderen im Raum sahen sich irritiert an.

»Welcher Engländer?«, fragte der Sultan.

»Von dem ich dir erzählt habe, Vater, der Immobilienmogul aus dem Westen«, antwortete der Prinz.

Der Sultan fragte Sahin Hodscha, ob er sicher sei oder irgendwelche Beweise vorweisen könne, weil dies eine große Anschuldigung sei. Der Professor bat um mehr Zeit und versprach, der Sache akribisch nachzugehen. Der Prinz konnte es sich ebenfalls nicht vorstellen, nachdem er den Lord persönlich kennengelernt hatte, dass dieser auch nur ansatzweise zu solchen Taten fähig wäre. Der Großwesir wollte von dem Professor wissen, wieso dieser Engländer mit den Morden in Verbindung gebracht wurde. Sahin Hodscha begann, mit Erlaubnis des Sultans, die Wahrheit über Dracula zu berichten. Er legte dar, wer er in Wirklichkeit war, und wozu er imstande war. Selbstverständlich glaubte keiner der Anwesenden, was der alte, verrückte Professor, wie ihn jeder nannte, von sich gab. Der Sultan erzählte nun seinerseits schmunzelnd und ungläubig, dass der Name Dracula seit Langem in der Geschichte des Landes verankert sei. Vlad der Pfähler, der von den Toten auferstanden und auf Rache aus war.

»Schon mein Vater beschäftigte sich mit diesem Unsinn, finanzierte teure Expeditionen nach Rumänien, um irgendwelche Mädchenmorde zu untersuchen. Was sollen wir nun den Engländern sagen bezüglich der ermordeten Adelsfamilie? Den Mord nicht aufzuklären, könnte fatale Folgen für die geschäftlichen Beziehungen nach sich ziehen. Was gedenkt ihr also zu tun?«, fragte der Großwesir erbost.

Der Sultan schien machtlos und schickte alle hinaus außer dem Professor und Sayid. Er stand auf, schnaufte und schrie vor Wut: »Nicht der Krieg, nicht die niedergeschlagenen Aufstände, nicht einmal die Hunnen bereiteten mir so arge Kopfschmerzen wie diese vielen unerklärlichen Leichen! Der arme Schneider Talip hat seine jüngste Tochter verloren. Aus Vororten kommen mir Nachrichten zu Ohren über verschwundene Jungen und Mädchen. Dennoch werde ich die Ausgangssperre erst nach den Prüfungen in Kraft setzen, damit jetzt keine Unruhen entstehen. Ich werde dafür viele zivile Polizisten auf der Straße einsetzen. Klären Sie diese Fälle auf, Sahin Hodscha!«

»Ja, mein Herr.« Der Professor nickte. »Ich werde mich darum kümmern, mein Bestes geben, wie ich es Ihnen, mein Sultan, eben schon versprochen habe.«

Der Sultan bot diesmal all seine Hilfe an, damit dieser Spuk endlich ein Ende hatte. Sayid begleitete Sahin Hodscha wortlos zur Kutsche.

Als der Professor seine Taschenuhr aus der Jacke holte, zitterte seine rechte Hand. Die Altersschwäche machte auch vor ihm keinen Halt. Er wollte nur noch nach Hause und sich ausruhen. Mehmet hatte Tee aufgesetzt und wartete auf seinen Onkel. Als er zu Hause ankam, war der Professor erleichtert, dass es Mehmet gut ging. Mehmet fragte, ob es sich bei dem toten Mädchen wirklich um Nergiz handele. Sahin Hodscha bejahte es mit Trauer und fügte hinzu, dass sie morgen Früh an der Beerdigung teilnähmen und er nicht zu spät ins Bett gehen solle. Mehmet war traurig, seinen Onkel so zu sehen. Wie schwer es sein musste, so viel Tod und Leid mitzubekommen! Und nun hatte einer seiner besten noch verbliebenen Freunde eine Tochter verloren. Mehmet legte seine Hand auf des Professors Schulter und sagte, dass er ihn sehr lieb habe und dass alles gut werde, und ging danach auf sein Zimmer. Sahin Hodscha rührte die Fürsorge seines Neffen.

Am nächsten frühen Morgen holte sie eine Kutsche ab, und sie fuhren Richtung Fatih-Platz, wo die blaue Moschee stand. Als sie vor Ort ankamen, war das Gelände gefüllt von einer Menschenmenge. Es kamen reichlich Familienmitglieder, Bekannte, Freunde und massenhaft Schaulustige.

Talip Terzih war eine sehr bekannte Person im Osmanischen Reich. Der Sultan und die Sultansfamilie, viele Staatsbeamte sowie der Großwesir – sie alle waren mit Talip sehr eng befreundet und gekommen, um Abschied zu nehmen. In dieser schweren Zeit wollten sie sein Leid teilen. Die Soldaten des Sultans errichteten provisorische Absperrungen. Das Trauergebet übernahm der Großimam Hamza Effendi. Überall im Inneren der blauen Moschee waren zusätzlich Janitscharen postiert. Die Familie des Opfers und der Sultan mit dem Prinzen nahmen vorne Platz, dahinter der Groß-wesir und die Staatsbeamten. Sahin Hodscha saß mit Mehmet in der mittle-ren Reihe. Wegen religiöser Gründe mussten die Frauen hinter den Män-nern beten.

Die Bestattung im Islam beginnt mit der rituellen Waschung des Toten. Diese *Abdest* muss durch eine Person gleichen Geschlechts erfolgen, die auch fähig ist, den Koran zu lesen und zu deuten. Dann werden Körper und Gesicht des Verstorbenen mit weißen Leinentüchern bedeckt. Da Muslime glauben, dass Tote statt materieller Güter nur gute Gebete benö-tigen, sind diese Leinentücher aus relativ einfachem Material. Der eingewi-ckelte Leichnam wird für die Trauerfeier in einen Sarg gelegt. Dieser steht auf einem speziellen Stein in der Moschee, dem *Musalla Tasi*. Die Trauer-feier besteht aus dem Totengebet, dem *Cenaze Namaz*, das nach einem der fünf täglichen Gebete, den *Ezan*, gesprochen wird. Während der Imam, der muslimische Glaubenslehrer, mit den Trauernden das *Cenaze-Namaz*-Gebet spricht, stehen die Trauernden am Kopfende des Sarges, um dem Verstor-benen ein letztes Mal ihren Respekt entgegenzubringen. Der Imam befragt die Gemeinde nach dem Verstorbenen, worauf geantwortet wird, dass er oder sie ein guter Mensch gewesen sei. Anschließend folgt das *Fatiha*-Gebet aus dem Koran, in dem für die Seele des Toten gebetet wird. Da-nach wird der Sarg von Familienmitgliedern und Bekannten aus der Mo-schee getragen. Ein Leichenwagen transportiert ihn zur Grabstätte. Hier wird der eingewickelte Leichnam aus dem Sarg genommen und nur mit den Leinentüchern auf der rechten Seite liegend in die Grabnische gebettet, das Gesicht Richtung Mekka gerichtet. Nachdem der Leichnam mit ein paar Matten und Brettern bedeckt worden ist, werfen alle Anwesenden eine Schaufel Erde in das Grab. Anschließend betet jeder für sich ein weiteres *Fatiha*-Gebet und der Imam schließt die Trauerfeier mit einem Verge-bungsgebet ab. Er bleibt allein am Grab stehen, um ein letztes Gebet für die Seele des Verstorbenen zu sprechen. Nach der Beerdigung findet ein traditionelles Kondolenz-Essen im Hause der Familie statt.

Der Sultan und seine Staatsbeamten verabschiedeten sich von Talip und seiner Familie. Er sicherte all seine Unterstützung zu, aber Talip blieb untröstlich. Nergiz' Mutter fiel mehrere Male in Ohnmacht, sie musste des Öfteren gestützt werden, denn der Kummer, eines ihrer Kinder verloren zu haben, zerbrach ihr das Herz. Die Trauer war in jeder Ecke des Hauses zu spüren und Mehmet empfand unermesslichen Hass auf Lord Williams, den er als Dracula und den Mörder von Nergiz ansah. Sahin Hodscha wich unterdessen nicht von der Seite seines alten Freundes, und erst am späten Abend verabschiedeten er und Mehmet sich voller Betroffenheit von der Familie. Bevor sie gingen, fragte der Professor Talip nach dessen Plänen für die Zukunft. Talip antwortete ohne zu zögern: »Morgen werde ich wieder arbeiten, so wie ich es über vierzig Jahre lang gemacht habe.«

Als die beiden in der Kutsche saßen, fragte Mehmet seinen Onkel, was er konkret vorhabe.

»Ich weiß«, sagte er, bevor dieser etwas erwidern konnte, »nach der Prüfung.«

»Wir werden nach Sille fahren, wo Lord Williams residiert, und uns dort in einen Gasthof einquartieren«, sagte Sahin Hodscha.

Mehmet war überglücklich, dass es endlich losging.

Unvermittelt wackelte die Kutsche und blieb in Nähe des Beyleroglu-Parks stehen. Sie vernahmen ein Schreien. Es war der Kutscher selbst, der von einem Wolf angegriffen wurde.

»Helft mir! Helft mir!«, schrie er.

Sahin Hodscha und Mehmet sprangen erschrocken aus der Kutsche. Sie erkannten einen großen schwarzen Wolf, der im Begriff war, den Kutscher, der übersät war von Bisswunden, zu zerfleischen. Mehmet schnappte sich ein Stück Holz und versuchte den Wolf zu verjagen. Das Tier ließ vom Kutscher ab und lief knurrend mit offenem Mund und riesigen, blutgetränkten Zähnen auf Mehmet zu. Sahin Hodscha zog ohne zu zögern eine kleine Waffe heraus und feuerte es mit zittriger Hand auf den Wolf. Der getroffene Wolf indes blieb unbeeindruckt, wollte stattdessen auf Sahin Hodscha losgehen. Das Heulen eines weiteren Wolfes ertönte aus dem Park. Der Wolf hielt eine kurze Weile inne, rannte davon und verschwand im Dunkeln. Der Kutscher wimmerte vor Schmerzen, wegen der schweren

Verletzung an den Armen hatte dieser bereits viel Blut verloren. Mehmet lenkte die Kutsche zum nahe gelegenen Krankenhaus im Ort Fatih, wo auch die blaue Moschee stand. Der Kutscher wurde versorgt, seine Wunden wurden gesäubert und genäht. Sein Zustand stabilisierte sich, doch er musste eine Nacht zur Beobachtung im Krankenhaus bleiben. Sahin Hodscha schrieb eine Nachricht an die Familie, übergab diese einem Taxikutscher und bezahlte die Fahrt.

Es war eine Warnung von Dracula, Sahin Hodscha und Mehmet wussten es. Als die beiden zu Hause ankamen, wuschen sie sich das Blut des Kutschers von den Händen ab. Als Sahin Hodscha das blutgefärbte Wasser im Krug sah, fingen seine Hände wieder stark zu zittern an. Das entging Mehmet natürlich nicht, und er fragte, was los sei. Sahin Hodscha blockte wie immer ab: »Es ist nichts, keine Sorge! Ich wollte sowieso nächste Woche meinen Hausarzt konsultieren und mich untersuchen lassen. Ich glaube, es ist mein Blutdruck, der zu hoch ist. Bin auch nicht mehr der Jüngste«, witzelte er und blieb vor dem Kaminfeuer auf dem Sofa liegen. Mehmet stieg die Treppenstufen hoch, blickte mit Besorgnis und ein wenig Mitleid zu seinem Onkel zurück. Er ging noch einmal im Schnelldurchlauf die Bücher und die Prüfungsfragen durch, bevor er sich erschöpft auf sein Bett fallen ließ.

Ein weiterer heißer Tag brach an. Die Vorbereitungen auf die Prüfungen, die in zwei Tagen stattfinden sollten, waren in vollem Gange. Mehmet blieb zu Hause, um sich mental vorzubereiten, setzte sich höchstens vor die Tür des Galaturms. Für Sahin Hodscha hatten die dreimonatigen Schulferien bereits begonnen. Er saß auch nicht in der Prüfungskommission oder im Aufsichtsrat.

Derweil zog Dracula als Lord Williams getarnt mit seiner eigens gebauten Kutsche nach Istanbul. Die Scheiben waren verdeckt mit schwarzen Gardinen als Schutz gegen das Sonnenlicht. Auch wenn es ihn nicht umbrachte, machte ihm die Sommersonne schwer zu schaffen. Die intensiveren Strahlen verursachten bei ihm starke Kopfschmerzen und sie beeinträchtigten sein Sehvermögen. Es war nur noch eine Stunde bis zum Sonnenuntergang, so lange brauchte Dracula auch, um bei Lale anzukommen, die er ausführen wollte. Lale wartete sehnlichst auf dem Balkon, und als die Kutsche hinter dem Palast zum Vorschein kam, lief sie wie besessen die Treppe hinunter und direkt in die Arme Draculas. Lord Williams reichte ihr ein Bündel Rosen und bat um Verzeihung, dass er ihr am letzten Abend nicht die Aufmerksamkeit geschenkt hatte, die sie verdiente. Lale nahm die Entschuldigung an, ohne etwas zu hinterfragen. Sie war Lord Williams' Charme längst verfallen und damit unwissend in die Fänge Draculas geraten. Sie besuchten den Markt Kapali Carsi, und natürlich hielt sich Lale unter anderen Männern ihren Schleier um den Mund. Sie schauten sich alles von Gewürzen bis hin zu orientalischen und westlichen Kleidungsstücken an. Sie gaben sich vertraut, schienen sehr glücklich miteinander zu sein. Und ein Monster wie Dracula, das ein schwarzes Herz hatte, eine dunkle Seele besaß und keine Gnade kannte, war in diesem Moment voller Glückseligkeit, fast wie ein Mensch.

In einer Seitengasse befand sich ein kleiner Laden, der einer Wahrsagerin gehörte, einer Sinti namens Loredana. Sie war Anfang vierzig, legte Inrah-Karten und konnte zukünftige, gegenwärtige oder vergangene Ereignisse interpretieren und vorhersagen. Ihr Laden war typisch eingerichtet: ein dunkel gehaltenes Zimmer, nur durch wenig Kerzenlicht erhellt, der Boden mit schwarzem Teppich bedeckt. An den Wänden hingen rot-braune Tapeten und mitten im Raum stand ein großer, runder Holztisch mit vier Stühlen. Lale wollte unbedingt zu der Wahrsagerin gehen. Dracula war nicht begeistert, er ahnte nichts Gutes, mochte aber ihren Wunsch nicht abschlagen. Als sie den Laden betraten und die Wahrsagerin Dracula sah, erstarrte sie vor Angst. Sie wusste, wer er war. Jeder Roma oder Sinti würde ihn überall erkennen. Jeder kannte die Erzählungen aus vier Jahrhunderten von seinem Aussehen, das sich nie veränderte. Sie versuchte sich nichts anmerken zu lassen und begrüßte die beiden: »Hosgeldiniz! Willkommen!«, sagte sie in gebrochenem Türkisch, ohne in Draculas Augen zu schauen. Zu groß war ihre Furcht. »Setzt Euch!«, fügte sie mit gedämpfter Stimme hinzu. Loredana mischte die Karten mit einer leicht zittrigen Hand und legte sie für Lale. Die erste, die sie umdrehte, zeigte den Sensenmann, was Tod bedeutete. Auf der zweiten war ein Mann mit Hörnern, das verhieß Unglück. Die Wahrsagerin zitterte und betete auf Rumänisch: »Rette deine Seele von dem Bösen! Befreie dich von ihm!« Sie sah in Draculas Augen, der sich telepathisch mit ihr verständigte.

»Wenn du noch ein Wort sagst, du alte Hexe, dann wirst du den nächsten Tag nicht erleben!«

Die Wahrsagerin sprang auf, ging zurück, bis sie die Wand berührte und nickte. Das Atmen fiel ihr schwer. Lale verstand von all dem nichts, aber das Verhalten der Wahrsagerin erschreckte sie.

»Was haben Sie?«, fragte sie besorgt.

Dracula packte Lale am Arm. »Lass uns gehen, diese Frau ist verrückt und eine Betrügerin dazu!«

»Wieso hatte sie denn so eine große Angst vor Ihnen?«

Doch anstatt Erklärungen abzugeben, beteuerte Dracula, die Wahrsagerin sei eine geistesgestörte Hochstaplerin. Lale fand dies eigenartig, konnte Lord Williams nicht richtig glauben. Sie fühlte sich unwohl, und Dracula bemerkte es. Wenn Leute, die er hypnotisierte, Fragen stellten, deutete dies an, dass es bald nicht mehr funktionieren würde. Lales Verstand kämpfte dagegen an; auch das Gebet der Wahrsagerin könnte den Fluch brechen. Er musste rasch handeln, doch konnte er noch nichts machen. Sein Plan, die komplette Sultansfamilie zu töten, hatte höchste Priorität – andererseits wollte er Lale nicht verlieren.

Lale wollte nach Hause fahren, um noch etwas Zeit mit ihren Eltern zuzubringen, die am kommenden Tag nach Konya zurückfahren wollten. Dracula versuchte sie zu beruhigen, hielt sie am Arm fest. Sie riss sich jedoch los und rannte durch die Menschenmenge, verschwand in der Masse, nahm sich eine Taxikutsche und fuhr zum Sultanspalast.

Dracula lief erzürnt und außer sich vor Wut mit schnellen, aggressiven Schritten zurück zu der Wahrsagerin. Er schloss die Tür hinter sich, zog die Gardinen am Fenster zu und ging im Raum langsam auf und ab. Loredana zitterte am ganzen Körper.

»Geh weg von mir, du bist das Böse!«

»Nicht doch, meine kleine Loredana. Außerdem habe ich dich gewarnt, aber ihr müsst euch immer einmischen.« Dracula schüttelte den Kopf.

Loredana versuchte Richtung Tür zu laufen, doch Dracula packte sie an den Haaren, hob sie mit einer Hand hoch, drehte sie um und biss ihr mit den spitzen Zähnen in den Hals. Das Blut spritzte an die Wände. Sie starb qualvoll, es dauerte einige Minuten, während der sie immer wieder vergeblich nach Luft schnappte. Dracula bestrafte sie mit einem langsamen Tod. Schließlich ließ er ihren leblosen Körper fallen, wischte das Blut mit dem Tischtuch aus seinem Gesicht, nahm die Schlüssel vom Tisch und schloss ab. Er trat in Ruhe nach draußen, niemand würde Verdacht schöpfen. Zum einen wimmelte der Markt vor lauter Menschen. Jeder war mit sich beschäftigt, man erledigte hastig die Einkäufe und ging nach Hause zum Essen. Zum anderen lag der Laden abseits, wohin sich kein Einheimischer verirrte, denn die Osmanen glaubten nicht an Vorhersagen, was der Islam auch verbot. Gleichwohl tolerierten die Türken diese Kultur.

Als Lale am Palasttor ankam, sah sie abermals die zwei Wölfe am Waldrand hin- und herlaufen. Die Angst packte sie und sie lief so schnell wie möglich hoch in ihr Zimmer. Ihre Schwester, die Prinzessin Aysenur, trat ein.

»Was ist, kleine Schwester, und wie war der Abend mit dem gut aussehenden Lord?«

»Ich fühle mich in seiner Gegenwart nicht mehr wohl. Irgendetwas stimmt mit ihm nicht. Er jagt mir auf einmal so eine Angst ein, als wäre ich in seine Fänge geraten. Und doch fühle ich mich irgendwie zu ihm hingezogen.«

Die Prinzessin lachte. »Ah, kleines Schwesterherz, du musst noch viel lernen, was Männer angeht. Zum Beispiel, dass sie einem Angst einjagen können mit ihrer Unberechenbarkeit und ihren Launen. Jeder Mann ist auf seine Art komisch.«

»Nein, so ist es nicht, du verstehst das nicht«, sagte Lale. »Mein Herz ist bei Mehmet, aber mein Kopf bei Lord Williams. Irgendetwas blockiert mich, zu Mehmet zu gehen. Ich weiß auch nicht, wieso ich den Kontakt zu ihm überhaupt abgebrochen habe. Ich werde ihn aufsuchen, um mit ihm zu reden.«

Die Prinzessin schmunzelte. »Mach das, was du für richtig hältst, höre nur auf dein Herz und nicht auf deinen Verstand! Der spielt nämlich manchmal verrückt.«

»Liebst du den Prinzen von ganzem Herzen oder hast du ihn auf Wunsch des Vaters geheiratet?«

»Natürlich habe ich ihn aus Liebe geheiratet. Wir kennen uns aus Kindestagen, wurden uns schon damals versprochen«, sagte die Prinzessin voller Stolz, aber für Lale war dies nicht die Antwort, die sie hören wollte.

Die Prinzessin gab ihrer kleinen Schwester einen Kuss auf die Wange und wünschte ihr einen wohltuenden Schlaf.

»Hey, große Schwester, ich liebe dich über alles. Du warst immer eine gute Schwester.«

»Ich liebe dich auch, kleine Schwester.«

Doch Lale fand keinen Schlaf, ihre Gefühle verwirrten sie. Als sie die Augen schloss, hörte sie wieder die Stimme Draculas: »Du wirst mit mir kommen! Du wirst meine Frau!« Sie stand erschrocken auf und schrie: »Lass mich in Ruhe!«

Mehmet konnte auch nicht schlafen, schaute auf die Kizkulesi, dachte kurz an Lale, begutachtete die Zeichnungen an seiner Wand. Es war immer noch warm, nicht einmal nachts kühlte es ab. Er riss die Fenster auf, legte sich auf das Bett, lauschte den Grillen und dem Rauschen des Meeres. Nach einer Weile schlief er wohlig ein. Später in der Nacht weckte ihn ein Geräusch. Es war die Haustür. Er schaute auf die Uhr, kurz nach zwei Uhr Mitternacht. Er hörte Stimmen unten im Wohnzimmer, stieg bedächtig die Treppenstufen hinunter und sah seinen Onkel im Gespräch mit einer edel gekleideten Frau. Es war die Großprinzessin, die Schwester des Sultans, seine alte Liebe Zeynep. Mehmet wunderte sich, ging mit leisen Schritten zurück in sein Zimmer und fragte sich, aus welchem Grund sie gekommen war.

Ebenso verwundert war auch Sahin Hodscha gewesen, als er die Tür öffnete und Zeynep vor ihm stand.

»Was wollen Sie hier noch so spät? Sie dürfen gar nicht hier sein, Eure Hoheit«, sagte Sahin Hodscha und bat sie trotzdem hineinzukommen.

»Nenn mich nicht *Eure Hoheit*, lassen wir diese ganzen Förmlichkeiten«, sagte Prinzessin Zeynep.

»Wie denn sonst, Eure Hoheit?«, fragte er.

Sie antwortete nicht, sah sich schmunzelnd im Haus um und entschuldigte sich für die späte Störung. Sahin Hodscha fragte nochmals, was der Anlass ihres Besuches sei.

Zeynep sagte lachend: »Du bist alt und grau geworden, Herr Professor.«

»Und du bist immer noch so schön wie vor über dreißig Jahren, du hast dich kaum verändert.«

Prinzessin Zeynep lachte. »Immer noch derselbe Charmeur! Verrat mir, ob du mich wirklich geliebt hast. Wenn ja, wieso hast du nicht um mich gekämpft?«

Sahin Hodscha wusste nicht, was er sagen sollte. Erst der überraschende Besuch der Großprinzessin und dann die Fragen nach über dreißig Jahren.

»Natürlich habe ich dich geliebt, meine Prinzessin. Sogar so sehr, dass ich dich aufgeben musste und nie wieder eine andere Frau geliebt, geschweige denn angefasst habe. Du wusstest selbst, dass wir nie zusammen sein durften. Der Sultan hätte uns beide umgebracht. Mein Leben war mir egal, aber deins nicht.«

Zeynep berührten Sahin Hodschas Worte. »Für dich wäre ich gestorben, sogar an Selbstmord dachte ich damals«, sagte sie.

»Bist du denn jetzt glücklich?«

»Ja«, antwortete sie. »Mein Mann ist ein guter Ehemann. Er hat mich nie schlecht behandelt, obwohl ich ihm weder mein Herz öffnete noch ihm Kinder schenkte. Mein Herz schlug nur für dich, Sahin.«

Sie redeten bis in die Morgenstunden, über alte Zeiten, über ihre Liebe, über Kinder und Enkelkinder, über ihr jetziges Leben. Zum ersten Mal nach dreißig Jahren hatten sie sich endlich ausgesprochen. Es war jedoch ein Abschied, denn die Prinzessin ging mit ihrem Mann zurück nach Ankara. Sahin Hodscha spürte Erleichterung nach dem Gespräch. Zeynep gab Sahin Hodscha einen Kuss auf die Wange und reichte ihm ein Tuch als Erinnerung. Sahin Hodscha bat sie, kurz zu warten, und zückte aus seiner Jackentasche, die an der Wand hing, ein altes, weißes Tuch, das sie ihm damals geschenkt hatte. Sie war überrascht, dass er es nach so vielen Jahren immer noch mit sich trug, so lange aufbewahrt hatte. Die Prinzessin konnte ihre Tränen nicht länger zurückhalten, blieb an der Tür kurz stehen, sah zu Boden und sagte mit einer zittrigen, traurigen Stimme: »Ich werde dich immer lieben, mein wahrer Prinz!« Dann ging sie zur Kutsche und stieg ein. Auch Sahin Hodscha liefen Tränen über die Wangen, als er aus dem kleinen Küchenfenster hinter Zeynep herschaute. Er hielt das Tuch in der Hand, flüsterte: »Ich liebe dich viel mehr als du denkst, meine Prinzessin! Ich werde dich bis zu meinem Ende lieben.«

Sahin Hodscha war sehr glücklich über den Besuch der Prinzessin. Mit einem Lächeln und einer Träne im Auge stieg er nach oben. Er traf auf Mehmet, der vor dem stillen Örtchen stand, und der das Ende des Gespräches mitgehört hatte. Es hatte ihn getroffen und er wollte nicht das gleiche Schicksal wie sein Onkel erleiden, sondern um Lale kämpfen. Sahin Hodscha zwinkerte ihm zu und betrat sein Zimmer.

Der folgende Julitag zeigte sich von seiner sonnigen Seite. Der Professor und Mehmet standen erst gegen Mittag auf und frühstückten zusammen.

Nach dem Morgenkaffee suchte Sahin Hodscha seine kleine Bibliothek auf, las in alten Aufzeichnungen und schmiedete Pläne, wie er Lord Williams zur Strecke bringen, ihn auf frischer Tat erwischen könnte. Mehmet ließ den Tag entspannt angehen, saß vor der Tür auf einem Holzhocker, beobachtete die Menschen, das Leben, das sich vor ihm abspielte. Es war der letzte Tag vor der Prüfung. Jede Ablenkung und Ruhe war ihm willkommen.

Zur selben Zeit herrschte auf Silli, in Draculas Haus, eine andere Atmosphäre. Hinter dunklen zugezogenen Gardinen schäumte er vor Wut, lief die Wände und die Decken hoch und wieder hinunter, verfluchte das Land und die Menschen. Was ihn jedoch am meisten zur Weißglut brachte, war Lales Abneigung. Als Geoffrey ohne anzuklopfen ins Zimmer eintrat, packte ihn Dracula am Hals, schwebte mit ihm hinauf bis zur Decke.

»Wenn du noch einmal ohne meine Erlaubnis eintrittst, werde ich dich umbringen!«

Geoffrey zitterte und zappelte in der Luft, flehte um Gnade. Dracula ließ von ihm ab.

»Was willst du?«, fragte er barsch.

»Der Botschafter, Sir Andrew Cummins, ist gekommen und wartet im Foyer, mein Meister«, antwortete Geoffrey voller Ehrfurcht.

Dracula wunderte sich über den Besuch des Botschafters und bestellte ihn zu sich, um den Grund des Kommens zu erfahren. Cummins warnte Dracula, dass er sich ein wenig zügeln solle, da sein Name mit den letzten Morden in Verbindung gebracht werde. »Sie werden zwar nicht konkret beschuldigt, aufpassen sollten Sie trotzdem«, sagte er.

Dracula lief an der Decke, kam im nächsten Moment hinter dem Botschafter auf, packte ihn am Nacken, drückte ihn zu Boden und schrie: »Niemand sagt, ich soll mich zügeln! Keiner redet so mit mir! Ihr kleinen Maden, ich zerquetsche euch mit meinen bloßen Händen!«

»Ich meine es doch nur gut mit Ihnen, mein Herr. Es wäre besser, wenn Sie alles ein paar Wochen lang etwas ruhiger angingen.«

Dracula fing laut an zu lachen, legte einen Arm um den Botschafter, sah ihn an und meinte, er solle sich keine Sorgen machen.

»Was gibt es Neues in Istanbul?«, wollte er wissen.

Der Botschafter schwitze am ganzen Körper. Der Schweiß tropfte förmlich unter seinem Hut sein Gesicht entlang.

»Der Kalif und seine Frau haben die Reise zurück nach Konya angetreten, Meister, und die Immobilienpreise sind leicht gefallen«, antwortete er stotternd.

»Das sind doch begrüßenswerte Nachrichten, mein alter Freund«, sagte Dracula erfreut und befahl dem Botschafter, die Augen weiter offen zu halten. Dieser nickte.

»Ja, Meister, natürlich werde ich das tun.« Rasch lief der Bedrängte die Treppe hinunter zu seiner Kutsche. Er wollte nur noch weg.

Lale verabschiedete sich unter Tränen von ihren Eltern, denn sie war noch nie von ihnen getrennt gewesen. Nun war ihre große Schwester Prinzessin Aysenur ihr Vormund und der Sultanspalast ihr neues Zuhause bis zu ihrer ungewissen Vermählung. Die Prinzessin tröstete Lale, indem sie vorschlug, mit der Leibgarde des Sultans einen Ausflug in die Stadt zu unternehmen. Lale wollte am Galaturm vorbeifahren in der Hoffnung, Mehmet vielleicht zu sehen. Die Prinzessin Aysenur fragte, ob dort nicht Mehmet und der verrückte Professor wohnten. Lale errötete, ihr war es sichtlich unangenehm. Die Prinzessin schmunzelte.

Als sie am Galaturm ankamen, ging Mehmet gerade zur Tür hinein. Er hatte die Sultanskutsche nicht bemerkt. Lale schaute durch die Fenster hinter ihm her. Am liebsten würde sie hinausspringen, ihn umarmen und um Verzeihung bitten, aber sie traute sich nicht. Zu groß war die Angst, abgelehnt zu werden – nach allem, was passiert war. Sie fuhren weiter Richtung Taksimplatz.

Am nächsten Tag war es so weit. Die Abschlussprüfungen sollten um zehn Uhr morgens beginnen und um fünf Uhr nachmittags enden. Die Prüfungen waren in einen theoretischen und einen praktischen Teil aufgegliedert. Mehmet war schon sehr früh auf den Beinen, ebenso Sahin Hodscha, der ein reichhaltiges Frühstück angerichtet hatte. Mehmet bekam zwar kaum einen Bissen hinunter, aß auf Bitten seines Onkels trotzdem eine Kleinigkeit. Der Professor wünschte seinem Neffen viel Glück und Erfolg. Mehmet wurde plötzlich sehr nervös. Sahin Hodscha begleitete Mehmet nach draußen, wo bereits sein bester Freund Ali wartete, und wünschte diesem ebenfalls Glück. Die beiden stiegen in die Kutsche Richtung Universität.

Überall tummelten sich die Studenten. Zweihundert waren für die Prüfungen zugelassen, die in den zwei Vorlesesälen stattfinden sollten. In einer Halle befanden sich die Architekten, in der anderen die Mediziner mit jeweils hundert Studenten; je zehn Reihen mit je zehn Aufsehern, die darauf achteten, dass keiner mogelte. Wen man erwischte, verwies man der Universität, mit der Aussicht, nie wieder studieren zu können. Der Direktor trat vor die Tür, um seine alljährliche Rede zu halten und um die Regeln zu erläutern. Dann bat er die Studenten hinein. Auf jedem Platz stand ein Glas Tinte, daneben lag eine Schreibfeder. Geschrieben wurde auf Papier, Pappe, Pergament oder andere Beschreibstoffe. Die Feder wurde auch als Zeichengerät benutzt für grafische Darstellungen und Kalligrafie. Die Aufseher liefen durch die Reihen und verteilten die ersten Aufgaben. Mehmet war hoch konzentriert, die Antworten auf die theoretischen Fragen fielen ihm leicht, wodurch er schnell fertig wurde. Er schaute zu den anderen, blickte in einige ratlose, teils verzweifelte Gesichter. Einer der Aufseher rief, dass noch zwanzig Minuten bis zur Abgabe blieben, was die Studenten, die nicht so gut mit den Aufgaben zurechtkamen, nervös machte. Die Pausenklingel läutete die Mittagspause ein; der erste Teil der Prüfung war geschafft. Mehmet war extrem erleichtert und wartete auf Ali, der aus der anderen Halle herauskam, von den Medizinern. Er sah nicht so begeistert aus, eher verzweifelt. Mehmet tröstete ihn, dass es schon gut gehen werde und dass es ja noch die praktische Prüfung gäbe. Bei jeder Prüfung konnte man fünfzig Prozent erlangen. Insgesamt mussten fünfundsechzig Prozent erreicht werden, um zu bestehen. Die einstündige Pause ging schnell vorbei, die Studenten begaben sich in die entsprechenden Räumlichkeiten. Die beiden Freunde wünschten sich gegenseitig Glück. Mehmet musste mehrere Brücken und Gebäuden exakt mit Winkeln und Geraden zeichnen. Je präziser und genauer die Zeichnung, desto eher bekam man die volle Punktzahl. Das Zeichnen war Mehmets größte Stärke, und die Prüfung fiel ihm leicht. Drei Stunden später ertönte die Glocke als Zeichen für das Ende der Abschlussprüfungen. Die Prüfungsergebnisse würde ein Mitarbeiter der Post nach fünf Tagen ausliefern. Die ausländischen Studenten, die im Studentenheim wohnten, wurden seitens der Universität über ihre Ergebnisse in Kenntnis gesetzt. Diejenigen, die nicht bestanden hatten, durften es ein halbes Jahr später noch einmal versuchen.

Die Studenten waren erleichtert, jedem fiel ein Stein vom Herzen. Man umarmte sich und schüttelte sich die Hände. Ali rannte aus der Menge zu Mehmet, sprang von hinten auf dessen Rücken, sodass beide auf den Boden stürzten. Sie fingen herzlich zu lachen an und liefen zu den Taxikutschen, um schnellstmöglich heimwärts zu fahren und sich fertigzumachen für die große Abschiedsfeier in der stattlichen Halle, die um neunzehn Uhr beginnen sollte. Als Mehmet am Galaturm ankam, war der Professor nicht zu Hause. Jener besuchte seinen Freund Talip, schaute nach dem Tod der Tochter fast jeden Tag bei ihm vorbei.

Auf dem Küchentisch lag ein Brief. Mehmet dachte an eine Nachricht von seinem Onkel, aber sie kam von Lale. Sie wolle ihn um zehn Uhr abends im Rosenpark sehen, dort, wo sie sich zum ersten Mal begegnet waren, und sie werde warten, auch auf die Gefahr hin, dass er nicht komme. Mehmet war überrascht und überglücklich. Natürlich würde er da sein! Er lief hoch, um sich schick zu machen, und um seinen maßgeschneiderten Anzug endlich anzuziehen. Er wollte schließlich gut aussehen – besonders für Lale.

Die Abschiedsfeier war in vollem Gange. Ein dreißig Meter langes Büffet bot reichhaltig zu essen von Fleischgerichten bis hin zu Obst und Törtchen. Es gab keinen Alkohol, denn laut dem Islam war er verboten. Die Universitäten mussten sich auch strengstens danach richten, sonst drohten rigorose Strafen bis hin zur Schließung. Trotzdem gab es einige ausländische Studenten, die Alkohol hineingeschmuggelt hatten. Nach dem Essen erwartete die Anwesenden ein buntes Abendprogramm. Es traten Musiker aus Aleppo auf, die den kompletten Abend mit ihrer Musik begleiteten. *Osmanische Musik wurde oft in einem Fasil gespielt, einem Konzert, das sich aus mehreren gesungenen und instrumentalen Musikstücken zusammensetzt, welche in einer bestimmten Reihenfolge angeordnete waren. Danach trat das Ensemble Karagöz auf. Karagöz ist ein Schattenspieltheater, das von Schauspielern gespielt wird, die zweidimensionale Figuren wie in einem Puppentheater hinter einer Leinwand bewegen. Neben Menschen, Tieren und Pflanzen wurden auch Fabelwesen für das Spiel eingesetzt. Die Figuren waren oft aus Leder, zwischen sieben und sechsundvierzig Zentimeter hoch und an einem fünfzig Zentimeter langen Stock befestigt. Ein Assistent oder Lehrling unterstützte den Schattenspieler, indem er ihm Figuren reichte und zusätzliche Soundeffekte erzeugte. An diesem Abend spielten sie anlässlich der Studentenfeier das beliebte Stück »Karagöz und Hacivat machen ihren Abschluss«. Der bekannte Meddah Selo beendete das Abendprogramm. Er hatte langes weißes Haar und einen ebensolchen Bart, obwohl er erst Anfang vierzig war. Er trug ein grünes Gewand, darüber eine rote Weste und einen weißen Turban auf dem Kopf. Ein Meddah war ein Geschichtenerzähler, der seine Darbietung meist vor einem kleinen Publikum, oft in einem Kaffeehaus vorführte, in diesem Fall auch in einem größeren Saal, was an dem Bekanntheitsgrad des Meddahs lag. Die meist als Dialog aufgebauten Erzählungen lebten vom Vortrag und der Ausdrucksfähigkeit des Erzählers. Meddahs spielten oft verschiedene Charaktere und benutzten diverse Requisiten, um diese besser darzustellen. Ihre Geschichten waren entweder klassische Erzählungen wie aus Tausend und einer Nacht, beliebte Erzählungen des Osmanischen Reiches oder Geschehnisse aus dem Alltagsleben. Meddahs waren in der Regel fahrende Künstler, deren Wege sie von einer Stadt zur nächsten führten.*

Dann hielt der Prinz die Eröffnungsrede – eine Neuerung des Sultanats, dass ein Mitglied der Sultansfamilie, in dem Falle der Prinz, die Studenten motivierte und ermutigte. Mehmet und Ali kamen kurz vor neunzehn Uhr, gerade noch rechtzeitig zur Eröffnungsrede des Prinzen Mustafa an. In dessen knappem Vortrag ging es um Stolz auf das Vaterland sowie um neue Ideologien. Nach nur zehn Minuten verließ der Prinz mit überraschend wenig Gefolge die Universität. Die Studenten applaudierten euphorisch, gleichzeitig stürzten sie sich auf das Büffet. Der Abend verlief nach Plan, jeder amüsierte sich. Es herrschte eine angenehme, entspannte Atmosphäre. Mehmet schaute fast ununterbrochen auf die Uhr über dem Hallentor. Sie zeigte neun Uhr dreißig, in einer halben Stunde erwartete Lale ihn im Rosenpark. Auf Alis Nachfrage, weshalb Mehmet ständig auf die Uhr schaue, erzählte er von dem Treffen.

»Und was ist mit der Feier? Kommst du noch mal wieder?«, fragte Ali überrascht.

»Natürlich! Sie will nur kurz reden, nichts Weltbewegendes«, sagte Mehmet und schlich sich hinaus.

Der Rosenpark lag in der Nähe der Universität, zwanzig Minuten Gehweg entfernt. Sein Herz pochte, seine Hände schwitzten. Lale wartete ohne Gefolgschaft im Park vor dem Baum, wo sie sich zum ersten Mal getroffen hatten. Mehmet sah sie schon von Weitem. Sie glänzte mit ihrem weißen Gewand unter dem Mondlicht, als würde sie mit dem Mond verschmelzen. Mehmets Herz schlug immer schneller, aber er ließ sich nichts anmerken. Die Begrüßung fiel zunächst kühl aus, da beide nicht wussten, was sie sagen sollten. Mehmet war noch ein wenig verärgert, Lale schämte sich. Sie machte trotzdem den ersten Schritt.

»Wie geht es dir? Der Anzug steht dir jedenfalls hervorragend.«

»Danke, du siehst auch sehr hübsch aus in deinem Kleid.«

»Was ist bloß los mit uns? Habe ich dir so wehgetan? Wie konnte es nur so weit kommen?«, fragte Lale.

»Das frage ich dich«, sagte Mehmet. »Du warst doch diejenige, die mich nicht mehr sehen wollte, die mich anschnauzte.«

»Von all dem weiß ich nichts mehr. Die letzten Monate sind aus meinem Gedächtnis verschwunden. Ich erinnere mich lediglich daran, mich des Öfteren mit Lord Williams getroffen zu haben.«

Mehmet packte die Eifersucht, er geriet außer sich, trat nach einer Bank. Er mochte nicht wahrhaben, dass seine Vermutungen bestätigt wurden. Lale versuchte ihn zu beruhigen, aber vergebens.

»Und, wie ist die Gesellschaft eines englischen reifen Mannes? Ist es üblich bei euch vornehmen Damen, dem Nächstbesten in die Arme zu laufen?«, fragte Mehmet in herablassendem Ton.

Lale war bestürzt, ihre Augen füllten sich mit Tränen. Sie wurde selbst wütend und verpasste Mehmet eine heftige Ohrfeige.

»Jetzt kann ich es mir denken, auch wenn ich mich an nichts erinnere, wieso ich nichts mehr mit dir zu tun haben wollte!« Lale rannte weinend aus dem Park zu ihrer Kutsche. Mehmet war nicht drauf gefasst. Er hielt seine rechte Wange, doch es ließ ihn kalt. Er spürte keinen Drang, sie aufzuhalten, die Wut war einfach zu übermächtig. Mehmet lief enttäuscht zurück zur Feier. Die Vorführungen waren schon beendet, aber die Musiker spielten weiter – fröhlichere, altbekannte osmanische Musikstücke, bei denen fast alle mitsingen konnten. Zweihundert Studenten stimmten in jedes Lied ein, auch die ausländischen Studenten, selbst wenn sie nicht alle Lieder kannten. Die Atmosphäre erfüllte sie mit Stolz, galten sie doch als Zukunft des Landes. Die Feier neigte sich langsam dem Ende zu, die Menge löste sich allmählich auf. Manche feierten in der Stadt weiter, manche blieben noch auf dem Campus und einige, so wie Mehmet und Ali, gingen nach Hause. Sie liefen durch den Fatih Sultan Park, wo sie dem Meddah Selo begegneten. Er saß im Schneidersitz meditierend auf der Wiese, sah Mehmet und Ali, begrüßte die beiden.

»Ihr seid doch Studenten aus der Universität?«

Sie bejahten es. Der Meddah bat sie, ihm ein wenig Gesellschaft zu leisten. Er erzählte von seinen Abenteuern im ganzen Land und seinen Reisen in die arabischen Länder. Geschichten aus Tausend und einer Nacht, Geschichten über blutsaugende Untote. Mehmet war irritiert, hakte bei den Untoten nach. Der Meddah bat Mehmet näherzukommen und flüsterte ihm ins Ohr: »Die sind überall, mitten unter uns. Er wird euch alle töten!«

Mehmet erschreckte sich, sprang mit blassem Gesicht auf, schaute den Meddah verängstigt an und entfernte sich mit langsamen Schritten rückwärts auf dem Gehweg. Ali stand ebenfalls irritiert auf, gesellte sich zu seinem Freund, stellte aber keine Fragen. Der Meddah fing laut an zu lachen, dass es die beiden ängstigte. Sie ahnten nicht, dass erneut Dracula dahinter steckte. Sie drehten sich um und liefen nach Hause.

»Was meinte er damit, sie sind unter uns?«, fragte Ali.

»Ah, das ist doch ein Irrer, der nicht weiß, wovon er spricht. Er wollte uns nur Angst einjagen«, antwortete Mehmet.

Als er zu Hause ankam, schlief Sahin Hodscha schon. Er stieg langsam die Treppen hoch, wollte seinem Onkel nicht begegnen. Er betrat sein Zimmer und entdeckte auf dem Bett einen Riesenzeichenblock in einer edlen Ledermappe mit einem Federzeichenset aus Paris – das Handwerkszeug eines Architekten. Mehmet schlich zu dem schlafenden Sahin Hodscha und bedankte sich flüsternd. Dann legte auch er sich schlafen, denn es wartete ein anstrengender Tag auf ihn.

Am nächsten Tag, einem Samstag, gingen Mehmet und sein Onkel auf den Markt zum Einkaufen. Wegen der zweiwöchigen abendlichen Ausgangssperre, die nun beginnen sollte, war es um diese Tageszeit voll auf den Märkten. Sie besuchten auch Kaptan Ahmet, der in der Nähe wohnte. Er bastelte am Strand an seinem kleinen Schiff, das fast fertig war. Kaptan Ahmet war hoch erfreut über den Besuch, und für Mehmet bedeutete dies eine willkommene Ablenkung. Das restliche Wochenende verlief ruhig. Die beiden bereiteten sich auf die Reise nach Silli vor, um Lord Williams zu beschatten. Der Professor packte alles, was sie für die Observierung benötigten, in eine riesige schwarze Ledertasche. Sie beinhaltete ein kleines Fernglas, Silberkugeln, Silberdolche, ein Bündel Knoblauchzehen. Die restlichen Silberspeere verpackten sie in eine Tüte. Sie besprachen den Ablauf mehrere Male. Sahin Hodscha erklärte immer wieder, wie sie Dracula am besten töten könnten, zum Beispiel den Silberdolch ins Herz rammen oder den Kopf abschlagen. Mehmet hörte äußerst konzentriert zu. Sahin Hodscha hatte seinen Neffen ursprünglich nicht mit hineinziehen wollen, aber nun war es zu spät. Mehmet, der noch vor ein paar Monaten seinen Onkel für verrückt gehalten hatte, wusste inzwischen Bescheid und war hoch motiviert.

Des Nachts patrouillierten mittlerweile die Soldaten des Sultans durch Istanbuls Straßen, und in den umliegenden Wäldern wurde Jagd auf Wölfe und Bären gemacht. Man durfte ab acht Uhr abends nur vor der eigenen Tür sitzen. Trotzdem empfand jeder die Atmosphäre unheimlich in der eigentlich so belebten Stadt. Dracula wusste von all dem, weswegen er und seine Wölfe sich von Istanbul fernhielten, bis die Ausgangssperre aufgehoben wurde.

Montag früh klopfte es an der Tür zum Galaturm. Mehmet lief aufgeregt nach unten. Er hatte vergangene Nacht kein Auge zugetan, und obwohl er wusste, dass er bestanden hatte, war die Ungewissheit allgegenwärtig. Der Postbeamtete gab ihm einen Brief von der Universität. Der Professor, der ebenso nervös wie Mehmet war, kam hinzu.

»Komm, mach schon auf!«, sagte er aufgeregt, aber Mehmet zögerte.

»Ich kann es nicht, Onkel. Was ist, wenn ich durchgefallen bin?«

Da riss Sahin Hodscha den Brief aus Mehmets Hand und öffnete ihn. Er guckte erst grimmig, dann lachte er. Mehmet hatte die Prüfung mit achtundneunzig Prozent bestanden. Mehmet schrie vor Glück. Der Professor war übermäßig stolz auf seinen Neffen und umarmte ihn.

Zur selben Zeit brach Lale mit Fatma Hanim zu einem überraschenden dreiwöchigen Besuch nach Konya zu ihren Eltern auf. Sie wollte von den Ereignissen der letzten Tage Abstand nehmen, besonders von Mehmet. Auch die Sultansfamilie machte Urlaub. Prinz Mustafa und Prinzessin Aysenur reisten zur Ägäis, der Sultan fuhr mit seiner Gemahlin zum Balkan. Die Sultansfamilie besaß überall in den besetzten Ländern einen Wohnsitz. Der Großwesir kümmerte sich um alle Angelegenheiten, wenn der Sultan und der Prinz nicht im Lande waren. Sayid betreute die Janitscharenarmee.

Sahin Hodscha und Mehmet machten sich am gleichen Tag auf den Weg. Mehmet belud die Kutsche, und kurz vor Nachmittag fuhren sie los. Bis nach Sille, wo Sahin Hodscha viele Freunde kannte, dauerte es einen halben Tagesritt. Sie hatten vor, in einem kleinen Gasthaus einzukehren, das einem Bekannten von Sahin Hodscha gehörte. Nach sechs Stunden Fahrt erreichten sie das Fischerdorf. Der Gasthof lag kurz vor Sille, sodass die beiden keine Aufmerksamkeit erregten. Cafer, der Besitzer, begrüßte sie herzlich. Er war in dem Glauben, dass sein alter Freund ihn besuche, um Ferien zu machen. Sie aßen gemeinsam zu Abend und Sahin Hodscha fragte Cafer, ob in letzter Zeit seltsame Dinge vorgefallen seien.

»Eigentlich nichts Weltbewegendes. Obwohl, vor ein paar Wochen hat sich ein junges Mädchen das Leben genommen und ein weiteres ist spurlos verschwunden. Riesige Wölfe haben vor Kurzem Schafe und Rinder gerissen, aber ist das nicht normal in der Zeit, in der wir leben?«

»Wohl wahr«, sagte Sahin Hodscha und warf Mehmet einen düsteren Blick zu.

»Seid ihr zum Fischen hergekommen? Es sieht so aus, als hättet ihr Angelruten in eurer großen Tasche. Wie lange wollt ihr denn hier bleiben?«, fragte der Gastwirt.

»Wir brauchen ein bisschen Ruhe vom Großstadtleben und das Angeln beruhigt uns. Wie lange wir bleiben, wissen wir jedoch noch nicht«, antworte Sahin Hodscha.

Nach dem Essen brachte der älteste Sohn die beiden hoch in ihre Zimmer, die spartanisch eingerichtet waren. Zwei Betten und ein Wasserkrug mit Handtüchern, die übliche Ausstattung kleiner Pensionen. Sahin Hodscha war müde, legte sich direkt schlafen, riet Mehmet, auch zu schlafen, da sie eine lange Woche vor sich hätten. Mehmet drehte sich ein paar Mal von links nach rechts, denn es war des Nachts extrem windig in diesem Ort, der nah am Meer lag. Nachdem Mehmet eingeschlafen war, träumte er wieder einmal von der Kizkulesi. Er stand davor, ging durch das Tor und sah einen Mann mit der Prinzessin tanzen. Dessen Gesicht konnte er nicht erkennen. Als er immer näher kam, drehte sich die Kreatur um. Mehmet erwachte schreiend, und das Fenster öffnete sich durch die Wucht des Windes. Der Professor sprang vor Schreck auf, schloss das Fenster und fragte: »Wieder ein Albtraum?«

»Ja«, sagte Mehmet schweißgebadet.

Der Professor beruhigte ihn und sie schliefen weiter.

Am nächsten Morgen standen die beiden früh auf. Man hörte die Möwen, die Sonne schien, am blauen Himmel waren keine Wolken zu sehen. Sie gingen hinunter, um zu frühstücken.

»Habt ihr gut geschlafen?«, fragte der Gastwirt.

»Ja, mein alter Freund. Wie immer, wenn ich bei dir übernachte. Diese Ruhe und die Meeresluft tun einem einfach gut.« Sahin Hodscha strotzte vor Energie.

»So ist das Leben in den kleinen Dörfern. Die Großstadt wäre nichts für mich«, sagte Cafer.

Nach dem Frühstück gingen der Professor und Mehmet hinaus, um den Wohnsitz von Lord Williams zu suchen, die ehemalige Wohnstätte des vorherigen Botschafters. Der Professor wusste ungefähr, wo es sein könnte. Die Straße hieß Düzyol (gerader Weg). Hier lebten die Wohlhabenden, die es vorzogen, der Großstadt fernzubleiben.

Die üppig ausgestatteten Villen lagen direkt am Meer. Sahin Hodscha fragte einen Taxikutscher nach der Adresse des ehemaligen Botschafters. Der Kutscher wusste Bescheid und Sie fuhren sofort los. Mehmet der begeisterter Architekturstudent ist und gerade erst sein Studium abgeschlossen hatte, betrachtete voller erstaunen die zahlreichen Villen der reichen Osmanen. Ihn faszinierte die zweigeschossige Holzbauweise, bei der lediglich die Grund-und Kaimauern aus Stein bestanden sowie die weit auskragenden Ziegeldächer. Die Türen waren mit bemalter Holzschnitzerei geschmückt und jede Villa war umgeben von einem prächtigen Garten mit Pinien und Palmen, der ein Springbrunnen zierte, überwölbt von einer unter dem Dach verborgenen Kuppel. Voller Begeisterung für diese atemberaubende Architektur, vergaß er für einen kurzen Moment ihr eigentliches Vorhaben, Dracula zu töten. Als sie ankamen, standen sie zunächst vor einem imposanten Eisentor. Das großflächige Anwesen war umzäunt, es war niemand zu sehen, außer einem Gärtner, der sich um die Grünanlage kümmerte – von Lord Williams und seinem Diener keine Spur. Plötzlich öffnete jemand die Tür. Sahin Hodscha und Mehmet versteckten sich hinter einem Baum. Es war Geoffrey, der eine Runde im Garten drehte. Die beiden warteten, bis er wieder hineinging, und fuhren zum Gasthof. Sie hatten genug gesehen und wussten jetzt, wo Lord Williams wohnte. Zurück in ihrem Zimmer sortierten sie die Waffen auf dem Bett.

»Heute Abend werden wir das Anwesen aufsuchen und dem Spuk ein Ende setzen!«, sagte Sahin Hodscha voller Zuversicht.

»Und was ist, wenn dieser Lord Williams doch nicht Dracula ist?«, fragte Mehmet, der nervös auf und ab ging.

»Ach, auf einmal bist du dir nicht mehr sicher? Wer ist denn derjenige gewesen, der es stets behauptet hat? Wie auch immer, heute Nacht finden wir es heraus.«

Es klopfte an der Tür.

»Wer ist da?«, fragte Mehmet.

Cafer betrat das Zimmer.

»Wollt ihr zu Mittag essen?«, fragte er.

»Ich komme gleich«, antwortete Sahin Hodscha genervt.

Es übernachteten noch weitere Gäste im Haus, deswegen nahm Sahin Hodscha den Gastwirt und seine Söhne zur Seite und bestand drauf, niemandem zu sagen, dass sie hier waren. Cafer versprach es. Er ahnte, dass der Professor etwas im Schilde führte, stellte aber keine Fragen.

Nach dem Mittagessen kehrte Mehmet zurück in ihr Gastzimmer, nahm einen Silberdolch und übte, wie er Dracula den tödlichen Stoß versetzen könnte. Der Professor trat ein.

»Es war ein Fehler, mittags durch die Straßen zu laufen. Dracula hat überall seine Leute, vielleicht wurde er gewarnt und weiß bereits, dass wir da sind. Wir müssen zügig handeln und ihn noch heute Nacht zur Strecke bringen!«

Mehmet nickte. »Klar, Onkel, du hast recht. Ich bin bereit, egal, was du sagst.«

Sahin Hodscha grinste. Er war stolz auf seinen Neffen, bewunderte auch dessen Mut, was nicht immer der Fall gewesen war.

Die Nachtdämmerung brach ein, und die beiden machten sich auf den Weg. Sie liefen durch den Wald, gelangten nach fünfzehn Minuten zu Draculas Residenz. Sie beobachteten das Haus von außen. Überall brannte Kerzenlicht. Dracula hatte einige angesehene Leute aus der Umgebung von Sille zu sich eingeladen.

»So ein Mist!«, schrie Sahin Hodscha. »Ausgerechnet heute hat er Gäste!«

»Das ist doch kein Grund, nicht reinzugehen«, sagte Mehmet.

»Und dann? Willst du vor allen das Messer ziehen und schreien: ›Sie sind Dracula!‹? Bist du von allen guten Geistern verlassen, Junge? Wir gehen zurück, kommen morgen früh wieder. Vielleicht ist es sogar besser, wenn wir ihn im Tageslicht überraschen.«

Widerwillig stimmte Mehmet zu, da hörten sie auf einmal ein lautes Knurren aus dem dunklen Wald, sahen jedoch nichts.

»Lauf, Neffe, lauf!«

Sie liefen voller Furcht Richtung Straße, bis Sahin Hodscha außer Atem war.

»Was war das denn?«, fragte der Professor, aber es kam keine Antwort. Als er sich umdrehte, war Mehmet gar nicht zu sehen. Er sah nur, wie sich das Gebüsch bewegte.

»Renn weg!« Nun war es Mehmet, der schrie, um auf einen riesigen Hirtenhund aufmerksam zu machen. Der Professor fing wieder an, zu laufen. Mehmet überholte ihn, obwohl er das schwere Gepäck auf den Schultern trug. Die Furcht verlieh ihm schnelle Beine.

»Warte!«, rief der Professor.

Mehmet blieb stehen, um auf seinen Onkel zu warten. Der Hund war verschwunden.

»Wenn uns schon ein Knurren Angst einjagt, wie sollen wir gegen einen Dämon ankämpfen?«, sagte Mehmet schnaufend.

»Frag mich nicht!«, antwortete der Professor außer Atem.

Sie kehrten voller Dreck zum Gasthof zurück, wollten rasch und ungesehen ihre Zimmer erreichen.

»Wie seht ihr denn aus?«, fragte der Gastwirt.

»Wir waren angeln im Wald.« Sahin Hodscha tat vergnügt und stieg nach oben.

Cafer schüttelte ungläubig den Kopf. »Wo wollen die denn geangelt haben im Wald?«, nuschelte er.

Sahin Hodscha und Mehmet wuschen sich. Danach vertiefte sich der Professor in seine Tagebuchaufzeichnungen und schlief darüber ein. Um drei Uhr nachts weckte die beiden ein Geschrei. Sie liefen nach unten und fanden ein Mädchen vor, das blutüberströmt war. Sie fragten den verzweifelten Vater des Mädchens, ein Fischer aus dem Dorf, was passiert sei.

»Ich habe ein lautes Geräusch gehört. Ich bin sofort ins Zimmer meiner Tochter gestürzt. Da lag sie, blutend auf dem Bett.«

Sie legten sie vorsichtig auf den Esstisch im Gasthof. Der Professor sah sich das Mädchen an. Sie wies die typischen Bisswunden am Hals auf, schaute starr an die Decke, die Augen weit aufgerissen und verdreht. Sahin Hodscha band ein Tuch um ihren Hals, um die Blutung zu stoppen, befragte sie, ob sie wisse, wo sie jetzt sei und wie sie heiße. Sie gab keinen Ton von sich.

»Sie heißt Ayse, Effendi. Was ist mit ihr los? Was für ein Tier hat ihr das angetan?«, fragte der Vater verstört.

Der Professor und Mehmet kannten den Verantwortlichen, konnten es aber nicht sagen. Sie trugen das Mädchen behutsam zur Kutsche, fuhren zum einzigen Arzt, der in Sille ansässig war. Der Professor begleitete den Vater und seine Tochter. Sahin Hodscha fragte unterwegs, ob er etwas Auffälliges gesehen habe.

»Nein, nicht, dass ich wüsste. Meine Tochter ist ein anständiges Mädchen«, erzählte der weinende Vater.

Als sie den Arzt erreichten, atmete das junge Mädchen nicht mehr, man konnte nur noch ihren Tod feststellen. Der Vater schrie vor Trauer, der Professor schlug seine Hände vor das Gesicht und schüttelte den Kopf.

Cafer fragte Mehmet in der Zwischenzeit nach dem Anlass ihres Besuches.

»Der Professor taucht nicht einfach so irgendwo auf. Was ist der Grund, junger Effendi?«

Mehmet wusste nicht, was er antworten sollte, er fühlte sich in die Ecke gedrängt. In diesem Moment kehrte der Sahin Hodscha zurück. Er war geknickt, hatte überall Blut auf der Kleidung.

»Geht es ihr besser?«, fragte Mehmet aufgebracht.

Der Professor schüttelte den Kopf und sagte mit trauriger Stimme: »Nein, leider hat sie es nicht geschafft.«

Cafer fragte auch ihn, warum sie hier seien und ob der Tod des Mädchens etwas damit zu tun habe.

»Alter Freund, warum sollten wir etwas damit zu tun haben? Lasst uns alle ins Bett gehen, es war ein harter Tag. Wir reden morgen darüber.«

Wieder im Zimmer sprach Sahin Hodscha kein Wort. Er war immer noch bedrückt und machte sich Vorwürfe, wieso er nichts vorher unternommen hatte.

»Ich hätte viel mehr machen müssen! Vielleicht hätte ich diesem Mädchen das Leben retten können, habe einfach zu wenig gemacht!«

Mehmet versuchte, seinen Onkel zu trösten.

»Du kannst doch nichts für die Taten dieses Monsters. Dich trifft keine Schuld. Im Gegenteil, du bist der Einzige, der etwas unternimmt. Wir werden dieses Scheusal erledigen, Onkel! Darauf gebe ich dir mein Wort.«

Die Sonne ging auf. Sahin Hodscha sagte voller Elan: »Pack die Sachen zusammen! Wir beenden das heute. Lord Williams wird im Laufe des Tages herausfinden, dass wir da sind oder er weiß es schon längst.«

Sie schlichen sich aus dem Gasthof, nahmen denselben Weg vom Abend zuvor. Sahin Hodscha zog eine Pistole aus der Tasche.

»Seit wann trägst du eine Pistole, Onkel?«, fragte Mehmet verwundert, war der Professor doch stets gegen Schusswaffen.

»Wenn noch einmal ein Riesenhund auf uns zuläuft, ist die Waffe gewiss von Vorteil. Außerdem sind darin Silberkugeln.«

Mehmet schmunzelte.

Sie erreichten das Anwesen und versteckten sich. Mehmet nahm das Fernglas und schaute sich um. Die Hintertür des Hauses öffnete sich, und Geoffrey trat ins Freie. Er trug etwas bei sich, das in ein Bettlaken gewickelt war. Dann holte er eine Schaufel aus dem Gartenhaus.

»Was siehst du da?«, fragte Sahin Hodscha und ergriff selbst den Feldstecher.

Er beobachtete Geoffrey, der etwas im Garten verbuddelte. Sie warteten, bis der Diener wieder hineinging, kletterten über einen kleinen Zaun und schlichen achtsam an der Mauer entlang zu der Stelle, wo Geoffrey gegraben hatte. Mehmet nahm die Schaufel, die noch daneben lag, und grub vorsichtig. Eine Hand kam zum Vorschein. Als er tiefer grub, entdeckten sie neben menschlichen Körperteilen auch Tierknochen.

Sahin Hodscha schreckte auf. »Dieses Monster, es ist Dracula! Endgültig haben wir die Gewissheit, dass er es ist.«

Die Hintertür öffnete sich erneut, es war Geoffrey. Er registrierte, dass jemand gebuddelt hatte. Kurzerhand zog Mehmet ihm mit der Schaufel eins über den Schädel, sodass er direkt ohnmächtig wurde. Sie schafften den bewusstlosen Körper nah an die Mauern hinter einem Gebüsch, damit man vom Fenster nichts sehen konnte.

»Komm jetzt! Kletter hoch und finde sein Gemach, dann stichst du zu, wie wir es immer wieder durchgegangen sind!«, sagte Sahin Hodscha in hektischem Tonfall.

Mehmet kletterte unerschrocken, voller Tatendrang auf die Terrasse des Hauses.

»Wohin?«, fragte der Professor leise.

»Ich soll doch Dracula finden und töten«, antwortete Mehmet verwirrt.

»Und womit willst du ihn töten? Mit deinen bloßen Händen?«, zischte der Professor durch die Zähne.

Er reichte Mehmet die kleine Tasche mit den Waffen sowie den Silberspeer. Mehmet schlug mit der Hand auf die Stirn und sagte: »Aber ja doch! Tut mir leid, Onkel.«

Der Professor gestikulierte seinem Neffen, er solle sich beeilen. Mehmet rutschte beim ersten Schritt aus, wäre beinahe hinuntergefallen. Er fing sich wieder, stand auf der Terrasse und lugte durch ein Fenster in das Erdgeschoss, entdeckte aber niemanden. Der Weg zu den anderen Zimmern war weitaus beschwerlicher, er musste jetzt vorsichtig klettern. Auf schmalem Grat, mit aller Kraft und viel Mühe schaffte er es einmal um das Haus, wo er Einblicke in die weiteren Fenster bekam. Hier war ebenfalls nichts zu sehen. Mehmet erspähte über sich einen Balkon im zweiten Stock. Er kletterte ein Efeugerüst entlang, konnte nichts erkennen. Die Gardinen waren zugezogen, aber die Balkontür stand offen. Mehmet betrat langsam das Zimmer. An der Decke hing etwas mächtiges Schwarzes. Es bewegte sich abrupt und Mehmet ließ den Silberspeer fallen. Bevor er wieder nach oben sehen konnte, flog Dracula auf ihn zu. Mehmet erschrak, stürzte beim Zurückgehen vom Balkon in drei Meter Tiefe und knallte mit voller Wucht erst mit dem Rücken, dann mit dem Kopf auf die Wiese. Die Tasche öffnete sich und der Inhalt fiel heraus.

»Mehmet, Mehmet, mein Junge!«, schrie Sahin Hodscha besorgt.

Er lief zu seinem bewusstlosen Neffen, versuchte ihn wach zu rütteln – ohne Erfolg. Zwei Wölfe Draculas tauchten auf, knurrten den Professor an. Er stand auf, zog seine Waffe aus der Jackeninnentasche. Doch die Wölfe blieben unbeeindruckt und mit langsamen Schritten gingen sie knurrend auf den Professor zu. Dracula erschien.

»Wamen hay lon! Haltet euch zurück!«, rief er den Tieren zu. Er trug einen Schirm, war wie immer gut gekleidet und gepflegt, auch wenn es früh am Morgen war. »Was wollen Sie mit der Pistole, Herr Professor, und was suchen Sie auf meinem Grundstück?«, fragte Dracula mit seiner vernünftigen, ruhigen Art.

»Ich weiß, wer Sie sind! Dracula, der alte Fürst aus Transsylvanien, der Untote, der Sohn des Bösen, der für all die Morde verantwortlich ist.«

»Deswegen also das Silber!« Dracula lachte und fuhr fort: »Sie haben unbefugt mein Anwesen betreten, Herr Professor, meinen Diener niedergeschlagen und sind in mein Haus eingebrochen! Nehmen Sie Ihren Neffen und verschwinden Sie auf der Stelle, bevor ich ungemütlich werde.«

Am liebsten würde Dracula Sahin Hodscha den Kopf abhacken, aber er wusste um die Macht und das Ansehen des Professors. Geoffrey kam wieder zu sich, packte sich an den Hinterkopf.

»Steh auf, du Nichtsnutz!«, schrie Dracula.

Geoffrey stand auf wie ein Blitz und entschuldigte sich mehrmals. »Tut mir leid, mein Lord!«

Dracula befahl ihm, dem Professor beim Tragen von Mehmet zu helfen.

»Aber, mein Herr, diese Leute wollten einbrechen.«

»Ich weiß«, erwiderte Dracula, »aber ich lasse mich nicht auf deren Niveau hinab.«

Der Professor bedankte sich. »Ich werde trotzdem nicht lockerlassen. Ich weiß, wer du bist, und du weißt, wer ich bin.«

Dracula schüttelte den Kopf. »Hören Sie mit solchen Anschuldigungen auf! Und sollten Sie nochmals ohne triftigen Grund auftauchen oder mein Anwesen betreten, rufe ich die Wölfe nicht mehr zurück. Geh jetzt, alter Mann, und fantasiere weiter rum.«

Der Professor schwieg, er wollte einfach nur weg und den bewusstlosen Mehmet zu einem Arzt bringen. Geoffrey half widerwillig beim Tragen. In der Kutsche versuchte der Professor vergeblich, Mehmet wach zu bekommen. Sie erreichten das Haus des Arztes, der im oberen Stockwerk wohnte und unten eine kleine Praxis betrieb.

»Was ist los?«, fragte der Arzt, überrascht, den Professor wiederzusehen.

Sahin Hodscha erzählte, dass sein Neffe beim Klettern aus drei Meter Höhe mit dem Kopf gegen den harten Wiesenboden geknallt sei. Sie legten Mehmet im Behandlungszimmer auf eine Liege. Der Arzt versuchte erfolglos, ihn mit Ammoniak zu wecken, das er ihm unter die Nase hielt. Er tastete vorsichtig nach einer offenen Wunde.

»Hatte Ihr Neffe schon mal eine ähnliche Verletzung?«

»Ja«, antwortete Sahin Hodscha, »vor ein paar Monaten ist er die Treppen hinuntergestürzt und war für einige Stunden bewusstlos.«

Der Arzt vermutete Schlimmes.

»Mehmet liegt möglicherweise in einem Wachkoma, da er innerhalb kürzester Zeit auf die gleiche Stelle am Kopf gefallen ist. Dabei kann eine Schädigung im Gehirn hervorgerufen werden, wodurch die Betroffenen zwar wach wirken, aber aller Wahrscheinlichkeit nach kein Bewusstsein haben. Des Weiteren verfügen sie nur über sehr begrenzte Möglichkeiten der Kommunikation mit ihrer Umwelt.«

Die osmanischen Ärzte wussten schon damals, dass Menschen in einen Schlafzustand fallen konnten und dass die Opfer sogar nach Jahren wieder aufstehen konnten. Der Arzt wollte Mehmet noch einen Tag zur Beobachtung bei sich behalten.

»Wenn es bis morgen nicht besser wird, muss er dringend in Istanbul in ein Krankenhaus eingeliefert werden. Ich kenne dort einen Spezialisten für Neurologie.«

Sahin Hodscha war ratlos und machte sich Vorwürfe, wieso er seinen Neffen in die Angelegenheit mit hineingezogen hatte.

»Wie es mit der Einführung von Nahrung? Wenn er nichts trinkt und isst, können ja die Organe versagen und dann würde er sterben.«

»Ihr Neffe wird mit Flüssignahrung ernährt werden.«

Der Professor bedankte sich, ging zu Mehmet, küsste ihn auf die Stirn und vergoss eine Träne.

Der Arzt tröstete ihn. »Es wird alles wieder gut! Es gab einige solcher Fälle, die ein glückliches Ende fanden. Ich weiß nur nicht, was mit dieser Welt passiert, wieso es immer die jungen Menschen trifft, die das ganze Leben noch vor sich haben.«

Sahin Hodscha wich nicht von Mehmets Seite bis zum nächsten Morgen. Da sich dessen Zustand über Nacht nicht gebessert hatte, holte er die restlichen Sachen im Gasthof ab und packte alles in die Kutsche. Er entschuldigte sich bei seinem Freund für das hastige Abreisen ohne eine Erklärung. Sie fuhren mit einer Schnellkutsche mit sechs Pferden Richtung Istanbul. Nach einigen Stunden kamen sie in Taksim an und hielten vor dem Beyleroglu Krankenhaus. Mehmet fing an, zu husten und zu brechen, als ersticke er jeden Moment. Der Professor sprang aus der Kutsche, lief voller Panik zum Empfang und schrie nach Hilfe. Die Ärzte rannten hinaus zu Mehmet, die Pfleger brachten eine Trage. Sie drehten Mehmet auf die Seite, damit er nicht erstickte, und fragten, was passiert sei. Der Professor erzählte ihnen von der Diagnose des Mediziners in Sille. Die Ärzte stabilisierten Mehmets Zustand, doch lag er weiterhin im Wachkoma, weshalb man ihn für zwei Wochen da behalten wollte. Wenn es nicht gelänge, ihn zu heilen, müssten die Angehörigen den Patienten zu Hause pflegen, und somit selbst entscheiden, ob der Kranke weiterlebt oder nicht.

»Wird mein Neffe wieder gesund?«, fragte Sahin Hodscha.

»Das kann man jetzt noch nicht sagen«, antwortete der Oberarzt. Sahin Hodscha blieb nichts anderes übrig, als zu warten und zu hoffen, dass alles gut werde. Er suchte die Moschee auf, um für die Gesundheit seines Neffen zu beten. Im Anschluss ging er zum Postamt, um ein Telegramm zu verschicken an van Helsing. Alter Freund, brauche dringend deine Hilfe. Wir haben ihn, wissen, wo er sich aufhält. Mein Neffe liegt im Krankenhaus, vielleicht wird er nie wieder aufwachen. Sahin Hodscha wollte van Helsings Beistand eigentlich nicht in Anspruch nehmen, aber er war der Einzige, der ihnen helfen konnte. Er kannte sich am besten damit aus, wie sie die Kreatur zur Strecke bringen konnten.

Sahin Hodscha kehrte zurück zum Galaturm, verspürte eine innere Leere, zündete überall im Turm die Kerzen an und betrat Mehmets Zimmer. Er setzte sich auf das Bett, blickte sich um, schaute die Zeichnungen an der Wand an. Zuerst schmunzelte er, dann konnte er seine Tränen nicht länger zurückhalten. Er weinte sich in den Schlaf.

Mitten in der Nacht klopfte es an der Tür. Sahin Hodscha wurde direkt wach. Die Kerze brannte noch. Er stieg langsam die Treppen hinunter zur Tür, während jemand unermüdlich weiterpochte.

»Ja, ja, ich komme ja schon!«, rief der Professor.

Sein Bruder Kamil Pascha, der nun endgültig zurückgekehrt war, um als Richter beim Kriegsgericht zu arbeiten, stand vor der Tür. Er sah seinem älteren Bruder an dessen verweinten Augen an, dass irgendetwas nicht stimmte.

»Wo ist Mehmet? Schläft er schon und hat er die Prüfung bestanden?«, fragte er.

Der Professor versuchte, Feuer zu entzünden, um Wasser aufzusetzen, wollte vom Thema ablenken, da fragte Kamil Pascha nochmals in lauterem Tonfall.

»Sahin, wo ist Mehmet? Und lass das mit dem Tee! Ich möchte nichts trinken.«

Sahin Hodscha konnte seinen Kummer nicht länger verbergen, er erzählte Kamil Pascha alles. Auch, dass die Adelsfamilie von dem Monster getötet worden war, dass sie die ganze Zeit über jagten. Kamil Pascha entrüstete sich, als er erfuhr, dass sein Neffe im Krankenhaus im Wachkoma lag. Er glaubte seinem Bruder kein Wort, warf ihm vor, seinen eigenen Neffen für seine irrsinnigen Wahnvorstellungen benutzt zu haben. Er fuhr noch spät in der Nacht alleine zum Krankenhaus. Für Normalsterbliche war der Besuch nicht gestattet, aber für einen hochdekorierten General galt dieses Verbot nicht. Als er Mehmet so im Bett liegen sah, zerriss es ihm das Herz. Er fragte die Krankenschwester nach dem diensthabenden Arzt, der bald auch kam. Kamil Pascha packte ihn am Kragen.

»Weißt du, wer ich bin?«, schrie er, drückte ihn gegen die Wand und machte ihm auf diese Weise deutlich, dass er ein Problem bekomme, wenn sein Neffe nicht gesund werde. Die Krankenschwester und die Pfleger gingen dazwischen. In dem Moment kam auch der Professor hinzu und versuchte, den kräftigen General zu beruhigen.

»Die Ärzte können nichts dafür, sondern geben ihr Bestes!«

Doch Kamil Pascha sprach weiter Anschuldigungen aus.

»Alles ist deine Schuld! Wie viel Leid muss diese Familie denn noch erleiden?«

Er setzte sich auf einen kleinen Hocker neben Mehmets Krankenbett, nahm dessen Hand, und Tränen liefen über sein markantes Gesicht. Der so große, harte General Kamil Pascha, den nichts erschüttern konnte, den nichts aus der Fassung bringen konnte, der schon so viel Elend und Leid gesehen hatte, war am Boden zerstört. Nicht einmal sein eigener Bruder hatte ihn in so einem Zustand erlebt. Kamil Pascha ließ sich noch ein Bett ins Zimmer bringen. Sahin Hodscha nickte auf dem Hocker ein.

Kamil Pascha weckte ihn sanft am nächsten Morgen. Dies war seine Art, sich zu entschuldigen. Die Brüder suchten ein Teehaus auf, das gegenüber vom Krankenhaus lag, um einen Kaffee zu trinken. Sahin Hodscha wollte alles nochmals erzählen, aber Kamil Pascha blockte ab.

»Nicht jetzt! Lass erst einmal Mehmet wieder gesund werden!«, sagte er.

Es war bereits der vierte Tag, an dem Mehmet im Koma lag. Die beiden wechselten sich ab, sodass immer jemand bei ihm war, falls er aufwachen sollte. Die Ärzte versorgten ihn mit Flüssignahrung unter den kritischen Augen Kamil Paschas.

»Das ist also alles, was ihr macht! Einfach Flüssignahrung in den Mund stecken! Und ihr nennt euch Ärzte.«

Sahin Hodscha packte ihn am Arm und zog ihn nach draußen.

»Du musst dich wirklich zusammenreißen, du machst den Leuten Angst.«

Kamil Pascha war aufgebracht.

»Na und, was sind das für Ärzte?«, wiederholte er immer wieder.

Sahin Hodscha nahm ihn mit zur Post, um ihn ein wenig abzulenken und um nachzuschauen, ob eine Antwort auf sein Telegramm an Van Helsing angekommen war und tatsächlich, er hatte geantwortet.

Ich habe deine Nachricht erhalten, mein guter alter Freund. Bin schon unterwegs, in spätestens einer Woche treffe ich in Istanbul ein.

»Kommt dein verrückter, englischer Freund etwa wegen dieses angeblichen Draculas hierher?«, fragte Kamil Pascha.

»Ja, kleiner Bruder, genauso ist es.«

Kamil Pascha blieb stehen.

»Meinst du das wirklich ernst, was du da erzählt hast?«

»Ja doch, jedes Wort! Wie oft soll ich es dir noch erzählen?«

»Nehmen wir einmal an, dass alles stimmt, was du sagst. Wo finden wir diesen Menschen oder was immer er auch ist? Wo müssen wir suchen? Wie gehen wir jetzt vor?«

Sahin Hodscha antwortete, dass er zu den Prinzeninseln übersetzen wollte, um Sayid zu benachrichtigen, da der Hauptjanitschar des Sultans ebenfalls involviert sei. Kamil Pascha war verwirrt, es überraschte ihn, dass ein Janitscharenoberhaupt auch an so etwas glaubte. Er schmunzelte, nahm die Angelegenheit nicht wirklich ernst, da er sich das alles einfach nicht vorstellen konnte. Er war ein Realist durch und durch. Dennoch ließ er sich auf das Abenteuer ein.

Sie fuhren auf die Prinzeninseln. Die Sultansarmee hielt sie zunächst auf, doch dann erkannten sie Kamil Pascha, der in einem gewöhnlichen schwarzen Anzug steckte, was ungewöhnlich war. Sie salutierten, baten um Verzeihung und fragten nach dem Anlass ihres Besuches. Sie erzählten, dass sie unbedingt den Oberjanitscharen Sayid sprechen müssten, woraufhin die Soldaten sie zum Janitscharenanwesen brachten, wo sie trainierten und zugleich lebten. Auch Sayid befand sich des Öfteren hier. Sie begrüßten sich. Sayid war überrascht, den hochdekorierten Pascha zu sehen. Dieser fragte Sayid, ob er wirklich an das glaube, was sein Bruder von sich gebe.

»Ich glaube an das Böse, weil ich damit geboren bin. Ich kann es spüren, das Böse.«

Kamil Pascha schüttelte ungläubig den Kopf und flüsterte vor sich hin. »In dieser Stadt fantasiert jeder. Es muss an der Luft liegen.«

Der Professor erklärte Sayid, wo sie diese Kreatur finden und erledigen könnten, dass sie heute noch nach Sille reiten müssten. Der Oberjanitschar willigte auf der Stelle ein und nahm zur Verstärkung sechs seiner besten Männer mit. Sahin Hodscha bat seinen Bruder, bei Mehmet im Krankenhaus zu bleiben, und dieser beschwor ihn, auf sich aufzupassen. Sie alle ahnten nicht, dass Dracula am Vortag mit einer Handvoll Dienern ins neunzig Kilometer südlich von Istanbul gelegene Bursa abgereist war. Bursa war eine aufstrebende mittelgroße Stadt, wo auch Verwandte des Sultans lebten, meist Cousins, die als Stadträte oder Kalifen tätig waren. Geoffrey hatte hier bereits vor Wochen eine Immobilie im Namen Lord Williams‹ erworben, die für einen Fluchtplan gedacht war, wovon Dracula jetzt profitierte.

Der Professor und die anderen reisten inzwischen nach Sille. In der Abenddämmerung erreichten sie Draculas Anwesen, doch es brannte kein Licht, und es schien, als sei niemand zu Hause. Sie klopften mehrmals am Tor, und nach einigen Minuten des Wartens erschien Geoffrey.

»Was wollen Sie? Lord Williams ist geschäftlich auf einer Auslandsreise«, sagte er.

»Das interessiert uns nicht. Öffnen Sie die Tür, im Namen des Sultans!«, befahl Sayid in rauem Ton und schob den Diener zur Seite.

Sayid und die Soldaten zogen die Schwerter, stürmten das Haus. Gemeinsam mit dem Professor durchkämmten sie jeden Winkel des Gebäudes – ohne Erfolg. Im oberen Geschoss standen sie vor der verschlossenen Tür zu Lord Williams‘ Schlafgemach, und Sayid sorgte auf seine Art dafür, dass Geoffrey ihnen aufschloss. Als sie das Zimmer betraten, war nichts Auffälliges zu entdecken. Im Raum befand sich ein Bett, das vor ein paar Tagen noch nicht da gewesen war. Da Dracula wusste, dass sie kommen würden, hatte er sich auf die Schnelle von einem Schreiner, von dem seitdem jede Spur fehlte, eines anfertigen lassen.

»Wo sind die Leichen?«, fragte der Professor.

»Welche Leichen?« Geoffrey gab sich unwissend.

»Du weißt, wovon ich rede. Die Knochen und Menschenteile, die ihr im Garten vergraben habt«, erwiderte Sahin Hodscha.

Sie gingen in den Garten und befahlen Geoffrey, die Schaufel zu nehmen und dort zu graben, wohin Professor zeigte, aber es schien nichts mehr da zu sein, als wären alle Indizien beseitigt worden. Der Professor ergriff selbst die Schaufel und grub beherzt weiter.

»Lassen Sie es gut sein«, sagte Sayid, der ebenfalls im Begriff war, zu verzweifeln, aber Sahin Hodscha grub wie verrückt.

»Das kann doch nicht sein! Ich habe es mit meinen eigenen Augen gesehen!«, schrie er. Er packte Geoffrey am Kragen. »Wo sind die Leichen? Wo habt ihr sie hingebracht?«

In diesem Moment entdeckte einer der Janitscharen eine abgetrennte, zierliche Hand in der Erde, die einer Frau gehört haben musste. Geoffrey setzte zum Weglaufen an, aber er kam nicht weit. Die Janitscharen stellten ihn.

»Ich weiß nichts davon. Ich weiß nichts davon!«, stammelte er. Als die Janitscharen weiter gruben, bot sich ihnen ein grausamer Anblick. Sayid packte Geoffrey daraufhin noch härter an und prügelte aus ihm die Antwort heraus.

»Wer hat das getan? Sind das die vermissten Mädchen und wo sind die anderen Leichen?«

Geoffrey erzählte alles, außer, wo sich Dracula aufhielt. Er blieb bei seiner Geschichte, dass jener im Ausland, in Amerika sei. Er wurde in Handschellen gelegt, und dann führte er sie zu den Leichnamen, die im Wald vergraben waren, ungefähr vierzig Meter vom Anwesen entfernt. Die örtliche Polizei wurde auch zugezogen, um den Tatort zu untersuchen und abzusichern. Was sie da sahen, verschlug jedem die Sprache. Überall lagen verweste Leichenteile von Menschen; meist Obdachlose, die kein Zuhause hatten, die niemand vermisste. Ein bestialischer Gestank lag in der Luft. Viele der Polizisten und Soldaten mussten sich mehrere Male übergeben. Die Arbeit ging daher mühsam voran. Sahin Hodscha nahm sein Tuch vor die Nase und schaute voller Schrecken in das Grab. Geoffrey grinste heimlich, aber das entging Sayids Blicken nicht. Er zog ihm mit dem Griff seines Dolches eins über den Schädel, sodass er ohnmächtig wurde. Die Polizisten sperrten alle Wege um das Haus und das Waldgebiet ab, das Anwesen wurde beschlagnahmt. Geoffrey schloss man in die Gefängniskutsche ein. Ihm drohte in Istanbul die Todesstrafe durch Erhängen.

»Wir müssen diesen Wahnsinnigen so schnell wie möglich erwischen und zur Strecke bringen, bevor der Sultan aus seinem Urlaub zurückkommt«, sagte Sayid.

»Ich habe van Helsing, einen befreundeten Professor aus England benachrichtigt. Er wird bald ankommen. In der Zwischenzeit müssen alle, die mit dieser Kreatur in Kontakt standen, streng bewacht werden. Die Ausgangssperre muss zusätzlich verlängert werden«, sagte Sahin Hodscha.

Sie vermuteten, dass Dracula nach Istanbul zurückgekehrt sei, und ritten so schnell wie möglich zurück.

Unterdessen wachte Kamil Pascha am Krankenbett seines Neffen. Es war der sechste Tag im Wachkoma, es hatte sich nichts am Zustand geändert. Kamil Pascha erzählte ihm von seinen Abenteuern in den Kriegen auf See, auf dem Land sowie von seiner Kindheit, in der Hoffnung, dass Mehmet ihn vielleicht hören konnte. Mehmet blinzelte tatsächlich kurz. Kamil Pascha sprang auf, holte den Arzt und berichtete aufgeregt, dass sein Neffe geblinzelt habe. Der Arzt meinte jedoch mit ängstlicher Stimme, dass es nichts zu sagen habe – ein normaler Reflex der Muskulatur oder der Glieder. Kamil Pascha ging enttäuscht hinaus, um frische Luft zu schnappen. Er bemerkte eine große Unruhe. Die Leute liefen alle in eine Richtung, dem Professor entgegen, der auf einem Pferd saß, neben sich zwei Soldaten, die sich vor Mehmets Zimmer positionieren sollten.

»Was ist los?«, fragte Kamil Pascha. »Was ist das für ein Tumult? Habt ihr etwa dieses Monster gefangen?«

»Nein«, erwiderte Sahin Hodscha, »aber wir konnten seinen Komplizen ergreifen, und nun wissen wir zu einhundert Prozent, wer der Mörder ist.«

Geoffrey wurde auf den Taksimplatz gebracht, um erhängt zu werden. Da tauchte Prinz Mustafa auf, der am Morgen zurückgekehrt war, wovon keiner etwas wusste. Er musste seinen Urlaub wegen einer Lebensmittelvergiftung vorzeitig abbrechen, um sich von seinen Leibärzten behandeln zu lassen.

»Was geht hier vor?«, wollte der Prinz von Sayid wissen.

»Wir haben das Monster gefunden und dieser Engländer ist sein Komplize.«

»Wo ist denn der Mörder? Konntet ihr den auch ergreifen? Oder wisst ihr zumindest, wer es ist?«, fragte der Prinz erzürnt.

»Ja, das wissen wir. Es ist Lord Williams. Wir haben Leichtenteile auf seinem Anwesen gefunden.«

Der Prinz mochte das nicht glauben und befahl, Geoffrey – der schon am Taksimplatz am Baum angebunden war – loszumachen. Er verlangte, dass ein Gericht über dessen Schicksal entschied, da jeder eine faire Verhandlung verdiente. Der Prinz wollte es deswegen so, weil ihm bewusst war, dass Geoffrey ein angesehener Bürger Englands war; die Beziehungen zu den Engländern würden sich verschlechtern. Außerdem wünschte er, dass der Sultan in Kenntnis gesetzt wurde und er mitentschied über das Schicksal des Briten. Sayid passte die Anweisung nicht, er zeigte seine Wut deutlich, indem er eine äußerst ernste Miene aufsetzte. Doch letzten Endes musste er sich dem Befehl des Prinzen beugen und befahl widerwillig seinen Janitscharen, Geoffrey loszumachen und ins Gefängnis zu überführen.

Der Professor und sein Bruder liefen zurück zum Krankenhaus zu Mehmet. Kamil Pascha begriff nicht mehr, was vor sich ging, er war mit den Gedanken nur bei seinem Neffen.

»Gibt es etwas Neues?«, fragte Sahin Hodscha.

»Nein, alles beim Alten. Du solltest schlafen gehen und vorher ein Bad nehmen.«

Sahin Hodscha war in der Tat ermüdet von den Strapazen der letzten Tage. Er trat an Mehmets Bett und flüsterte ihm ins Ohr, dass sie ihn bald zu fassen bekämen, und gab ihm einen Kuss auf die Stirn.

Die ganze Stadt war in Aufruhr wegen der anhaltenden und noch restriktiveren Ausgangssperre. Der Prinz schickte einen Boten nach Bosnien, um seinen Vater von den Vorfällen in Kenntnis zu setzen. Normalerweise übernahm der Wesir die anfallenden Aufgaben, wenn der Sultan nicht im Lande verweilte. Über Leben und Tod konnte jedoch nur das Gericht entscheiden – mit der Zustimmung des Sultans, denn er behielt das letzte

Wort. Es würde ein bis zwei Wochen dauern, bis der Bote mit einer Nachricht zurückgekehrt wäre. Bis dahin musste der Prinz für Recht und Ordnung sorgen.

Von all dem Trubel war Dracula weit entfernt. Er hatte sich in seinem neuen Haus einquartiert, wieder direkt in Waldnähe. Er beabsichtigte, zuerst die zwei Cousins des Sultans auszulöschen – den Staatsrat Yusuf Bey und den Kalifen Bekir Beyzade Bey –, bevor er seinem Plan nachging, den Sultan und den Prinzen zu töten. Er wusste, dass der Sultan noch auf dem Balkan verweilte. Lale sollte ebenfalls dran glauben, doch er musste sich in Geduld üben.

Der Vollmond schien hell und die Wölfe heulten. Dracula kam heraus mit entstelltem Gesicht, das nur bei Vollmond zutage trat. Sein Opfer war diesmal ein junger Mann, der die Straße neben dem Waldgebiet entlanglief. Dracula sprang wie ein Blitz aus dem Wald, zog den Jungen herein und saugte ihm den letzten Tropfen Blut aus dem Körper. Den Kadaver überließ er seinen zwei treuen, fast verhungerten Wölfen.

Mehmet lag bereits den zehnten Tag im Koma, ohne dass sich eine Besserung abzeichnete. Sahin Hodscha und Kamil Pascha wechselten sich ab mit den Besuchen bei ihrem Neffen. Sahin Hodscha wartete sehnlichst auf van Helsing, der jeden Tag da sein könnte. Als sich an diesem Tag beide bei Mehmet trafen, kam der Arzt hinzu.

»Wenn Sie darauf bestehen, kann Mehmet die ganze Zeit über hier bleiben. Das ist allerdings nicht erforderlich und kostet unnötig Geld. Wir können ohnehin nichts mehr für ihn tun. Vielleicht wäre es sogar besser, ihn in seiner gewohnten Umgebung pflegen zu lassen.«

»Mein Neffe braucht keinen Pfleger. Ich füttere ihn, ich mache ihn sauber«, schrie Kamil Pascha aufgebracht.

Sahin Hodscha war es ebenfalls recht, Mehmet zu Hause selbst zu pflegen, deswegen brachten sie ihn zum Galaturm.

Lale hatte sich inzwischen auf den Rückweg von Konya nach Istanbul gemacht. Es war ihr zu langweilig geworden in dem Ort, in dem sie geboren und aufgewachsen war. Auch der Drang, mit Mehmet zu reden, trieb sie zurück. Sie konnte nicht aufhören, an ihn zu denken. Der Ritt von Konya bis zur Hafenstadt Alanya dauerte zwei Tage und einen weiteren Tag mit dem Schiff bis nach Istanbul. Hanife Hanim redete in der Kutsche auf Lale ein, dass sie hoffentlich nicht wegen des Neffen des verrückten

Professors zurückfuhren. Lale verneinte, um sich damit eine Diskussion zu sparen. Hanife Hanim mochte Mehmet einfach nicht und Lale wusste das. Als sie in Istanbul ankamen, bemerkten sie die Unruhe in der Stadt. Es war abends, die Ausgangssperre war inkraft getreten. Die Bürger fühlten sich eingesperrt, bevormundet, noch dazu in den heißen Sommertagen. Die Soldaten verhafteten Dutzende von protestierenden Leuten. Lale wurde von der Leibgarde nach Hause eskortiert. Auf dem Weg dorthin wurde ihre Kutsche von Aufständischen angegriffen. Es waren Kriminelle, die die Gunst der Stunde ausnutzten. Ein Soldat wurde getötet, und die vier Banditen wurden auf der Stelle erschossen. Lale fing an zu schreien, klammerte sich vor Angst an Hanife Hanim. Diese beruhigte sie, versicherte, dass alles vorbei sei und sie bald zu Hause ankämen. Vor dem Sultanspalast hatte sich eine Menschenmenge versammelt, die mit Steinen nach den Soldaten warf. Mit Mühe bahnten sie sich den Weg zum Eingangstor. Prinzessin Aysenur wartete am Palasteingang. Lale überraschte es, ihre Schwester zu sehen. Sie dachte, dass sie noch in ihrem Urlaubsdomizil verweilte. Umso erfreuter und erleichterter war sie, die Prinzessin zu treffen. Sie umarmten sich und gingen rasch hinein.

»Liegt es an der Ausgangssperre, dass sich die Leute derart aufregen?«, fragte Lale.

Die Prinzessin wusste auch nur das, was sie hörte und sah, denn der Prinz redete in ihrer Gegenwart nie über Politik, Kriege oder Geschäfte.

»Hast du etwas von Mehmet gehört? Wie geht es ihm?«, fragte Lale besorgt weiter.

»Soweit ich weiß, geht es ihm gut. Nun geh aber schlafen, Schwesterherz.«

Die Prinzessin wusste um Mehmets Gesundheitszustand, doch sie wollte Lale an diesem Abend nicht beunruhigen.

Lale legte sich hin, fand aber keinen Schlaf. Vor dem Palast hörte sie die Leute schreien und die Warnschüsse der Soldaten, die in die Luft feuerten, um die Unruhestifter in Schach zu halten. Nach einer Weile schlief sie doch ein und träumte wieder einmal von Dracula, wie er zu Mehmet ging und ihm einen Messer in den Bauch rammte. Sie wachte schweißgebadet auf und flüsterte seinen Namen.

Am nächsten Morgen konnte sie es kaum erwarten, endlich Mehmet zu sehen. Sie frühstückten gemeinsam mit dem Prinzen, was selten der Fall war. Er begrüßte Lale und erkundigte sich nach ihren Eltern.

»Die sind wohlauf, mein Herr, danke sehr«, antwortete sie.

»Und gibt es etwas Neues von dem Neffen des verrückten Professors?«

»Wieso etwas Neues? Was ist denn passiert?«, fragte Lale mit zitternder Stimme.

»Mehmet liegt schon seit fast zwei Wochen im Wachkoma. Zuerst war im Krankenhaus und jetzt ist er bei seinen Onkeln zu Hause.«

Lale konnte es nicht fassen, ihr Herz schmerzte, sie schaute auf den Boden, stand auf und bat den Prinzen um Erlaubnis, gehen zu können.

»Natürlich!«, sagte der Prinz.

Prinzessin Aysenur lief ihrer Schwester rasch hinterher, da sie ein schlechtes Gewissen plagte.

Der Prinz war verwirrt »Was haben die Frauen heutzutage für ein Problem? Ich wünschte ich hätte deren Probleme und nicht die, die ich momentan am Hals habe!«

In der einen Hand haltend las er weiter in den Berichte des Großwesirs und in der anderen Hand hielt er ein Glas Tee. Lale blieb nach mehrmaligen Rufen der Prinzessin stehen. Man sah ihr an jeder Faser ihres Körpers an, dass sie sauer war, sie zitterte vor Wut.

Die Prinzessin bat Lale ihr alles erklären zu dürfe, aber Lale blockte die ganze Zeit ab. »War das alles euer Hoheit? Darf ich jetzt gehen?« fragte Sie erbost.

Die Prinzessin war nun auch genervt von der sturen Haltung Lales und sagte »Denk doch was du willst du bist alt genug!« und ging raschen Schrittes in den Palast zurück.

Auf dem Foyer traf sie auf ihren Gatten Prinz Mustafa der ebenfalls von ihrer Wut nicht verschont blieb.

»Liebste was ist denn los?«, fragte der Prinz.

»Jetzt nicht Mustafa!«, erwiderte die Prinzessin genervt und lief hoch in ihr Gemach.

Der Prinz kratzte sich verwirrt am Kopf und schrie hinter ihr her »Ich muss hier derjenige sein der genervt ist von dem ganze Theater!«

Lale war schon auf dem Weg zum Galaturm. Vor der Tür angekommen, sah sie Kamil Pascha, der beladen mit Einkaufstüten hineinging.

»Warten Sie bitte, Effendi! Wie geht es Mehmet? Ich bin Lale, eine Freundin von Mehmet«, sagte sie außer Atem.

Kamil Pascha bat sie hinein, und bevor er etwas fragen konnte, rannte sie hoch und stürmte in Mehmets Zimmer, wo ihn gerade Sahin Hodscha pflegte. Der Professor war überrascht, dass Lale auftauchte, obwohl sie nicht hier sein durfte. Andererseits dachte er sich, dass es vielleicht besser wäre, wenn sie hierbliebe und Mehmet Gesellschaft leistete. Ihm war jetzt alles egal zum Wohle seines Neffen. Lale war zutiefst getroffen, Mehmet in diesem Zustand zu sehen. Sie hielt seine Hand und küsste sie. Kamil Pascha kam hoch, aber der Professor bedeutete ihm, mit nach unten zu kommen.

»Mehmet empfindet viel für dieses adlige Mädchen. Vielleicht tut sie ihm gut«, sagte Sahin Hodscha.

»Liebe muss eine Medizin sein oder, großer Bruder? Guck uns doch mal an!«

Sahin Hodscha musste loslachen und Kamil Pascha konnte sich auch nicht mehr halten. Sie lachten endlich mal wieder nach so langer Zeit.

Lale kühlte Mehmets Kopf, wechselte die Tücher, die sie ins kalte Wasser eintauchte. Dies war belebend für den Kreislauf. Sie redete auf ihn ein, fragte, wie all das nur passieren konnte, wieso er in so einem Zustand sei und streichelte ihn zärtlich am Kopf. Sie las ihm Gedichte vor und sang leise alte osmanische Lieder. Sie pflegte Mehmet schon seit einigen Tagen ununterbrochen von morgens bis abends. Sie scheute weder Arbeit noch Mühe. Sahin Hodscha und Kamil Pascha waren hocherfreut über ihre Hingabe und Mithilfe.

In dieser Zeit sollte van Helsing in Istanbul ankommen, und tatsächlich, als Sahin eines Morgens Wasser aus dem Brunnen holte, hielt eine Kutsche an, in welcher der wieder genesene van Helsing saß. Sahin Hodscha und sein alter Freund umarmten sich herzlich. Von dem letzten Streit der beiden war keine Spur mehr. Er fragte nach dem neuesten Stand der Dinge und der Professor erzählte ihm alles in Ruhe. Van Helsing brachte seine Sachen in das andere Gästezimmer. Im Flur traf er Kamil Pascha. Die beiden, die sich seit einer Ewigkeit kannten, umarmten sich ebenfalls herzlich. Kamil Pascha wollte wissen, ob sein Besuch etwas mit diesen Morden zu tun habe. Van Helsing nickte und Kamil Pascha schüttelte wieder ungläubig den Kopf.

»Na, dann viel Spaß«, murmelte er.

Besorgt schaute van Helsing als Nächstes nach Mehmet. Es nahm ihn mit, den Jungen so zu sehen. Auch der allwissende van Helsing kannte kein Heilmittel für das Wachkoma.

Der Professor und van Helsing machten sich direkt am nächsten Tag auf den Weg, um in der Stadt nach dem Rechten zu schauen und Fakten zu sammeln. Sie trafen sich mit Sayid in einem der Caféhäuser an der Galatabrücke. Sie sprachen davon, wie sie Dracula töten könnten, denn sie waren sich jetzt sicher, dass Lord Williams derjenige war, den sie suchten. Van Helsing befürwortete, auch in den Vororten zu suchen, während sie immer noch auf die Nachricht des Sultans bezüglich der Hinrichtung Geoffreys warteten. Kamil Pascha blieb mit Lale zu Hause. Es war schon die dritte Woche, in der Mehmet im Wachkoma lag.

An einem Freitag im August rief der Muezzin zum Gebet auf, wie jeden Freitag. Überall ertönten die Gebete von Hunderten von Moscheesäulen in der gesamten Stadt. Lale war eingenickt und lag mit dem Kopf am Fußende des Bettes und hielt dabei Mehmets Hand. Plötzlich zitterten seine Wimpern, die Augen öffneten sich langsam und fielen wieder zu, seine Finger zuckten. Lale wurde dadurch wach, und Mehmet öffnete erneut die Augen.

»Was ist passiert mit mir?«, fragte er leise.

Lale sprang vor Glück auf, drückte Mehmets Hand fest an sich.

»Ich bin so froh, dass du wieder aufgewacht bist. Wir haben uns solche Sorgen gemacht.«

Mehmet verwirrte die Situation.

»Wie lange bin ich denn weg gewesen?«, fragte Mehmet mit schwacher, kaum vernehmbarer Stimme.

»Du hast über drei Wochen im Wachkomma gelegen.«

Kamil Pascha vernahm die Stimmen aus Mehmets Zimmer und ging hinein. Auch er war erleichtert, seinen Neffen im Wachzustand zu erleben und drückte ihn fest. Mehmet war überglücklich, seinen Onkel zu sehen, doch weitaus mehr erfreute ihn Lales Anwesenheit. Da Mehmet extrem geschwächt war, verordnete Kamil Pascha, dass er sich jetzt ausruhen und nicht viel reden sollte. Lale ging los, um den Hausarzt zu holen, der nur paar Straßen weiter wohnte.

»Was sucht Lale hier und wie lange ist sie schon da?«, fragte Mehmet seinen Onkel mit letzter Kraft und einem Grinsen im Gesicht.

»Sie weiß seit einer Woche von deinem Zustand und seitdem ist sie von morgens bis abends nicht von deiner Seite gewichen und hat sich um dich gekümmert. Ein sehr gutes Mädchen!«

Mehmet war überglücklich. Trotzdem war er noch erzürnt, weil sie sich mit dem Lord getroffen hatte.

Als Lale mit dem Arzt am Galaturm ankam, stiegen der Professor und van Helsing gerade aus der Kutsche aus. Sahin Hodscha fragte besorgt, was passiert sei, ob etwas nicht mit Mehmet stimme. Lale lachte und überbrachte ihm die frohe Nachricht von Mehmets Aufwachen. Der Professor blieb stehen, holte tief Luft, schaute nach oben und bedankte sich bei Gott, dass sein Neffe wieder gesund sei. Der Arzt untersuchte Mehmet. Soweit war alles in Ordnung. Mehmet brauchte immer noch ein paar Tage Bettruhe und sollte viel feste Nahrung zu sich nehmen. Nachdem der Professor den Arzt zur Tür begleitet hatte, lief er direkt zurück in Mehmets Zimmer und umarmte ihn. Mehmet war froh, seine liebsten Menschen um sich zu haben.

»Du hast uns einen tüchtigen Schrecken eingejagt!«, sagte er.

»Kannst du dich an irgendetwas erinnern?«, fragte van Helsing.

Kamil Pascha schritt aufgeregt ein.

»Kann das denn nicht warten? Der Junge muss doch erst richtig zu sich kommen.«

»Ist schon in Ordnung!«, erwiderte Mehmet und erzählte, wie Lord Williams in seinem fast leeren Gemach, das ohne ein Bett ausgestattet war, an der Decke mit dem Kopf nach unten hing. »Als er mich bemerkte, flog er auf mich zu, ohne dass ich sein Gesicht sehen konnte, und von da an kann ich mich an nichts mehr erinnern.«

Kamil Pascha lachte wieder ungläubig.

»So, jetzt ist der Junge endgültig durchgedreht. Ich glaube, der Sturz war zu heftig. Er kann sich bei dir bedanken, großer Bruder. Du hast ihn mit deinen spinnerten Geschichten angesteckt!«

Sie fingen an zu streiten. Van Helsing ging dazwischen und schrie: »Der Junge braucht seine Ruhe!« Er brachte die beiden Streithähne aus dem Zimmer.

»Möchtest du, dass ich gehe?«, fragte Lale.

»Nein, ich will, dass du noch da bleibst, wenn es für dich in Ordnung ist.«

»Natürlich bleibe ich«, erwiderte sie und legte sich zu Mehmet ins Bett. Sie hielten sich an den Händen fest und redeten kein Wort, sondern genossen es, einfach nur zusammen dazuliegen.

Unten nahm die Diskussion kein Ende. Kamil Pascha glaubte auch nicht, was van Helsing erzählte. Er war nur froh, dass es seinem Neffen wieder gut ging.

Es klopfte an der Tür, Sahin Hodscha öffnete. Es war Hanife Hanim, die nach Lale fragte. Der Professor bat sie aus Höflichkeit hinein – die beiden konnten sich nicht ausstehen.

»Nein«, sagte Hanife Hanim in ihrer kühlen und strengen Art.

»Dann nicht!«, sagte der Professor und knallte die Tür vor ihrer Nase zu.

Von unten rief er hoch zu Lale, dass ihre Amme da sei und dass sie herunter kommen solle. Lale verabschiedete sich von Mehmet, gab ihm einen Kuss auf die Stirn und versicherte, am nächsten Tag wiederzukommen. Sie stieg die Treppe hinab und trat vor die Tür.

»Was soll das jetzt wieder? Warum bist du hergekommen?«, fragte sie Hanife Hanim.

»Auf Befehl des Prinzen. Sie haben den Mörder gefasst und die Ausgangssperre wird aufgehoben.«

»Weiß der Prinz, wo ich war?«, fragte Lale ein wenig genervt.

»Nein, zum Glück nicht. Der Herr hat andere Probleme, als sich mit deinen Liebesangelegenheiten zu beschäftigen!«

Lale lachte und umarmte sie.

»Nun sei doch nicht sauer«, sagte sie versöhnlich, denn sie hatte ein schlechtes Gewissen, weil Hanife Hanim zu Unrecht von Lale zurechtgewiesen worden war.

Zur gleichen Zeit setzten Sayids Janitscharen den Professor davon in Kenntnis, dass sie den Mörder gefangen hatten, und baten ihn, mitzukommen. Der Professor und van Helsing wussten, dass es nicht Dracula war, sondern dass ein Sündenbock für die Verbrechen verantwortlich gemacht wurde. Denn der Prinz stand mächtig unter Druck wegen der Unruhen während der Ausgangssperre. Er musste einen Achtungserfolg vorweisen, um seinem Vater, dem Sultan, zu beweisen, dass er der Nachfolge würdig war. Sahin Hodscha wollte lieber bei Mehmet bleiben. Aber er war sich auch dessen bewusst, dass sie jede Spur verfolgen mussten, um Dracula zu kriegen.

»Geht ruhig. Ich bin doch die ganze Zeit hier«, sagte Kamil Pascha.

Also machten sich Sahin Hodscha und van Helsing auf den Weg zum Gefängnis im Stadtteil Sultanahmet. Am Gefängnistor wurden sie zunächst von der Wache abgewiesen, bis Sayid erschien und die beiden abholte und hineinließ. Der angebliche Mörder saß in einer Einzelzelle – nah am Eingang, da er schon am nächsten Morgen hingerichtet werden sollte. Als sie der durchsichtigen Zelle immer näherkamen, bestätigte sich ihre Vermutung. Es war ein Herumtreiber in lumpiger, verdreckter, teils zerrissener Kleidung, die er an seinem abgemagerten Leib trug. Es war ein Dieb, der für Geld tötete. Ein Geächteter, der auf frischer Tat dabei erwischt worden war, wie er eine Frau überfiel und mit einer Axt ermordete. Sie gingen nicht einmal weiter bis zur Zelle, sondern kehrten wieder um Richtung Ausgang.

»Der Prinz hat jetzt seinen Sündenbock. Hast du uns deswegen gerufen, Sayid? Du weißt doch genau, wen wir suchen!« Sahin Hodscha war genervt.

»Es ist die Anordnung des Prinzen, dass Sie bestätigen, dass dies der Mörder ist. Selbst, wenn das nicht der Wahrheit entspricht.«

Sahin Hodscha schüttelte empört den Kopf. »Natürlich ich, wer auch sonst? Das hätte ich mir ja denken können! Aber ich werde nichts bestätigen, was nicht ist!«

Sayid und Van Helsing waren überrascht von der Antwort des Professors.

»Das war nicht klug, den Befehl des Prinzen zu ignorieren«, sagte van Helsing, als sie in der Kutsche saßen und nach Hause fuhren.

Doch das interessierte Sahin Hodscha nicht. Er blieb bei seiner sturen Haltung.

Es war schon spät, als sie ankamen. Kamil Pascha war auf dem Sofa vor dem fast erloschenen Kaminfeuer eingeschlafen. Sahin Hodscha versuchte, seinen Bruder sanft aufzuwecken. Da er aber nicht darauf reagierte, ließ er ihn weiterschlafen und stieg mit van Helsing auf leisen Sohlen die knirschenden alten Treppen hoch. Sahin Hodscha sah noch kurz nach Mehmet, der tief und fest schlief. Er war ungemein dankbar dafür, dass es seinem Neffen besser ging. Mit einem Lächeln begab er sich zu Bett.

Lord Williams hatte sich derweil mit dem Cousin des Sultans Bekir Beyzade Bey angefreundet, dem Kalifen aus Bursa, den er kurz nach dem Kennenlernen in dessen Schlafgemach tötete. Dracula schlich sich eines

Nachts in sein Zimmer und saugte dem Kalifen das Blut aus, ohne dass es irgendjemand mitbekam. Die Leiche brachte er in den Wald, wo die Wölfe den Rest erledigten. Dracula kam seinem Ziel näher; er wusste, dass der Sultan am kommenden Abend im Hafen des Bosporus eintreffen würde, und zwar ohne Ankündigung. Nicht einmal der eigene Sohn, Prinz Mustafa, hatte davon Kenntnis. Der Sultan unterbrach seinen Urlaub, nachdem er von den Unruhen und Geoffreys Todesurteil gehört hatte. Dracula hatte vor, nach Istanbul zurückzukehren, um seine Mission, wie er es nannte, zu beenden. Ihm blieb kaum Zeit, den anderen Cousin des Sultans zu töten. Vor seiner Rückkehr schickte er drei seiner Diener, um dies zu erledigen, wobei er ahnte, dass sie keinen Erfolg verzeichnen würden. Der Staatsrat wurde extrem gut bewacht. Einem Sterblichen würde es nicht gelingen, und so geschah es auch – der Auftrag war ein Selbstmordkommando.

Unterdessen erholte sich Mehmet immer mehr, und Lale besuchte ihn täglich. Ihre Zuneigung zueinander war intensiv wie am Anfang, als sich die beiden zum ersten Mal trafen. Kamil Pascha war mit seinem Umzug in sein neues Haus direkt gegenüber dem Galaturm beschäftigt. Der Professor und van Helsing schmiedeten weiter Pläne. Sie klapperten jede Stadt, jedes Dorf gemeinsam mit den Janitscharen des Sultans ab, befragten die Einwohner, ob etwas Auffälliges passiert war, ob Mädchen oder junge Männer verschwunden waren – weiterhin ohne Erfolg.

Für den nächsten Tag nahmen sie sich vor, nach Bursa zu reiten. Dracula bekam Einblick in ihre Absichten und begab sich seinerseits mit drei Dienern auf den Weg nach Istanbul. Der Sultan traf am Mittag mitsamt Gefolgschaft im Hafen des Bosporus ein. Der Prinz wurde von einer der Wachen über die Ankunft des Sultans in Kenntnis gesetzt. Es überraschte ihn, dass sein Vater vorzeitig aus seinem Urlaub auf dem Balkan zurückkehrte, und wartete am Palasteingang. Der in die Jahre gekommene Sultan sprang aus der Kutsche, ging mit energischen Schritten und bösem Blick auf seinen Sohn zu und befahl diesem, ihm ins Arbeitszimmer zu folgen.

»Wieso herrschen hier so ein Chaos und eine Unordnung? Und warum bist du nicht in der Lage, alles in Ordnung zu bringen?«, schrie der Sultan aufgebracht, bevor der Prinz etwas sagen konnte.

Der Prinz sah beschämt zu Boden und erzählte, was passiert war. »Außerdem haben wir den Mörder geschnappt«, fügte er kleinlaut hinzu.

Der Sultan blieb wütend, ihm war selbst klar, dass sein Sohn nur einen Sündenbock gefunden hatte.

»Ich will davon nichts hören! Und hol mir auf der Stelle den englischen Botschafter und Sahin Hodscha in den Palast«, sagte er.

Der Prinz befehligte seinen Männern, den Botschafter einzubestellen. Zum Professor fuhr er persönlich gemeinsam mit Sayid. Sie klopften an die Tür des Galaturms, wo der Professor, van Helsing, Kamil Pascha, Mehmet und Lale gerade zu Mittag aßen. Sie waren überrascht, den Prinzen zu sehen, und baten ihn, mitzuessen.

»Nein, danke«, erwiderte der Prinz aufgebracht. »Mein Vater, der Sultan, möchte euch sprechen bezüglich der Morde und wegen dieses englischen Gefangenen, den ihr hierher gebracht habt. Außerdem seid ihr gestern im Kerker gewesen und behauptet allen Ernstes, dass wir den Falschen ergriffen haben.«

»Ja, mein Herr«, sagte der Professor, überrascht, dass der Sultan so früh zurückgekehrt war, und stand auf. »Es ist tatsächlich nicht der, den wir suchen«, beteuerte er.

Der Prinz packte Sahin Hodscha mit voller Wut am Kragen und drückte ihn gegen die Wand.

»Vielleicht bist *du* ja der Mörder, den niemand außer euch gesehen hat, und beschuldigst irgendwelche ausländischen Bürger, die hier eine Existenz aufbauen wollen!«, schrie der Prinz.

Kamil Pascha erhob sich, ergriff den linken Arm des Prinzen und drehte ihn, sodass der Prinz vom Professor abließ und vor Schmerzen brüllte. Da zog der Oberjanitschar das Schwert. Geistesgegenwärtig hielt van Helsing Sayid eine Waffe an den Kopf.

»Na, na, na, mein Freund, ganz ruhig! Lass dein Schwert fallen!«, befahl er.

»Mach, was er verlangt!«, sagte der Prinz mit schmerzverzerrtem Gesicht zu Sayid.

Lale und Mehmet waren schockiert angesichts der Dinge, die sich vor ihren Augen abspielten. Kamil Pascha tobte.

»Was fällt dir ein, in dieses Haus zu kommen und meinen Bruder zu bedrohen? Er kümmert sich die ganze Zeit um diesen Fall. Beinahe hätten wir dabei unseren einzigen Neffen verloren. Ist das der Dank gegenüber einer Familie dafür, dass sie seit Jahrhunderten der Sultansfamilie gedient hat und weiterhin treu ergeben ist? Es ist mir egal, wer du bist. Niemand benimmt sich so zu Unrecht!«

Der Prinz war eingeschüchtert von den Worten des berüchtigten Generals Kamil Pascha, der dafür, ein Mitglied der Sultansfamilie anzufassen, geschweige denn anzupöbeln, gehängt werden könnte. Aber dem General war dies egal, wenn es sich um seine Familie handelte.

Der Professor ging dazwischen, versuchte zu schlichten.

»Wir kämpfen alle für das Gleiche, und wir müssen am selben Strang ziehen.«

Van Helsing packte die Waffe wieder ein, und Sayid steckte sein Schwert weg. Der Prinz sagte mit leiser, reuig klingender Stimme, dass der Sultan sie im Topkapipalast erwarte, und ging mit Sayid Richtung Kutsche. Sahin Hodscha setzte sich, fasste sich an die Stirn, wusste nicht, wie ihm geschah, außer, dass sie fast ihren Kopf verloren hätten. Trotzdem war er stolz auf seinen Bruder. Er bat van Helsing, mitzukommen, und riet Kamil Pascha, zu Hause zu bleiben, was dem General recht war. Sahin Hodscha bat seinen Neffen um Entschuldigung dafür, dass er kaum Zeit hatte für ihn, seitdem er aus dem Koma aufgewacht war. Doch Mehmet wusste selbst zu gut, wofür sie das machten oder machen mussten. Der Professor hatte dennoch Bedenken, ob der Vorfall mit dem Prinzen Folgen haben könnte. Sie umarmten und verabschiedeten sich.

Als Sahin Hodscha und van Helsing am Topkapipalast ankamen, erwartete man sie bereits. Der englische Botschafter Andrew Cummins und der Großwesir waren schon anwesend. Der Sultan thronte, wie gewohnt, auf einem Kissen unter einem Baldachin, und alle verbeugten sich vor ihm.

»Seid gegrüßt, mein Herr!«, sagte Sahin Hodscha.

Der Sultan erwiderte den Gruß und fragte nach dem Wohlergehen des Professors, begrüßte auch van Helsing und fügte hinzu, wie oft sie sich doch in den letzten Monaten getroffen hatten. Dann wollte er ihre Version der Vorfälle hören. Sahin Hodscha erzählte ihm, dass sie jetzt beweisen könnten, dass Lord Williams das Monster ist, nach dem sie suchen.

»Wie könnt ihr das belegen?«, wollte der Sultan wissen.

»Wir haben in Lord Williams' Garten Knochen gefunden und seinen Diener erwischt. Der hat uns dann im Wald zu weiteren Leichen geführt.«

Die Soldaten führten Geoffrey herein. Er war in Ketten gelegt und verweilte deswegen im Kerker des Palastes, weil er als Person besonderen Ranges galt.

»Es ist unmenschlich, wie man ihn behandelt! Ich werde nicht hinnehmen, dass mein Landsmann aufgrund haltloser Indizien eingesperrt bleibt«, sagte der Botschafter erbost.

»Das ist kein Mensch mehr, sondern ein Monster, das den Tod verdient«, sagte van Helsing.

Eine lautstarke Diskussion begann, bis der Sultan dazwischenging und um Ruhe bat.

»Was haben Sie dazu zu sagen als Engländer?«, fragte er van Helsing.

»Ich bin kein echter Engländer, sondern ein Holländer, der in England aufgewachsen ist. Ich befürwortete jedoch absolut den Vorschlag des Professors, mehr Soldaten die Umgebung absuchen zu lassen.«

Dann fragte der Sultan Geoffrey nach dessen Version. Der leugnete alles, will nichts von den menschlichen Knochen im Garten gewusst haben, ebenso wenig sein Herr und winselte um Gnade.

»Wir haben den Mörder doch gefasst! Was soll der Unfug von diesen zwei alten Männern?«, schrie der Prinz aufgebracht.

Der Sultan stand auf und gebot dem Prinzen vor den Anwesenden, seinen Mund zu halten, und entschied, Geoffrey für immer in einer Nervenheilanstalt unterzubringen.

Sir Andrew Cummins war nicht einverstanden mit dem Urteil und drohte mit dem Einstellen der geschäftlichen Beziehungen zwischen England und dem Osmanischen Reich.

»Willst du mir etwa drohen, Engländer? Weißt du, mit wem du hier redest? Sei froh, dass ich euch überhaupt in meinem Land dulde!«

Sir Andrew Cummins war erkennbar eingeschüchtert. Sayid packte den Botschafter am Kragen und warf ihn vor die Tür. Der Sultan stand auf und versprach Sahin Hodscha und van Helsing jede erdenkliche Hilfe. Danach erlitt er einen leichten Schwächeanfall und sollte auf die Prinzeninseln gebracht werden, wo ihn seine vielen Ärzte betreuen würden. Sayid begleitete Sahin Hodscha und van Helsing hinaus, verkündete, dass er mit nach Bursa reiten werde, und verabschiedete sich auf seine ruhige Art.

Die Sonne ging unter, die Abenddämmerung brach ein. Geoffrey wurde mit der nur von zwei Soldaten bewachten Gefängniskutsche in die Nervenheilanstalt gebracht. Niemand vermutete Dracula in Istanbul, und als die Kutsche durch den Sultanahmet Park fuhr, überfiel er sie. Er kam von überall. Das menschliche Auge konnte seinen Bewegungen nicht folgen, er war zu schnell. Er tötete die Soldaten innerhalb weniger Sekunden, indem er ihnen das Genick brach, und befreite Geoffrey. Die Gefängniskutsche versenkten sie mitsamt den Toten im Meer. Dracula befahl seinem Diener, in seiner speziellen Kutsche nach Sille zurückzufahren, um das Schiff fahrbereit zu machen und dort auf ihn zu warten. Geoffrey eilte, so schnell er konnte. Dracula machte sich auf den Weg in die Nervenheilanstalt. Er schritt langsam und voller Selbstbewusstsein nach Rache dürstend durch die Straßen Istanbuls. Er sah die Anstalt schon von Weitem. Schwarze Wolken brauten sich über dem Gebäude zusammen, als versammelte sich alles Böse an diesem Ort. Dracula klopfte dreimal energisch an die Tür. Batuhan, der Anstaltsleiter, öffnete, entdeckte aber niemanden. Wie der Blitz schlitzte Dracula mit seinen messerscharfen Nägeln die Kehle Batuhans auf. Das Blut spritzte überall hin. Der Leiter der Anstalt packte sich an den Hals, versuchte vergebens, nach Luft zu schnappen und die Blutung zu stoppen, doch bald sackte er langsam zu Boden. Als einer der Pfleger zu Hilfe eilte, erlitt dieser das gleiche Schicksal, ebenso die anderen Betreuer. Dracula metzelte alle ohne Gnade nieder. Die Kranken in der oberen Station versteckten sich unter ihren Betten; manche zogen die Decke über den Kopf, manche nässten vor Angst ein. Sie waren wie kleine, verschreckte Kinder, die Zeugen grausamer Morde wurden. Unten, im Verlies, schrien die zehn gefährlichsten Patienten inklusive Amar.

»Der Meister ist da, der Meister kommt uns holen!«, rief er.

Es war ein ohrenbetäubender Lärm. Die obere Kerkertür öffnete sich langsam und quietschend. Sämtliche Kerzen im Gang entzündeten sich allein durch Draculas Anwesenheit, und er warf einen riesigen Schatten an die Wand, während er in aller Ruhe zu Amars Tür ging.

»Meister, Meister, oh mein Meister!«, rief Amar.

Dracula trat mit einer leichten Bewegung die massive Holztür ein, als wäre sie aus Pappe. Amar freute sich unbändig, fiel direkt vor Dracula auf die Knie und umklammerte dessen Bein.

»Steh auf, Amar! Die Zeit ist gekommen, treuer Diener, wir werden uns rächen. Sie werden das bekommen, was sie verdienen – den Tod, die Trauer, die Angst! Und nun geh und hol mir den Schlüssel zu den Zellen.«

Dracula lachte laut, während er Tür für Tür öffnete, um all jene bösen Kreaturen freizulassen. Die gemeingefährlichen Patienten standen schließlich um ihn herum, himmelten ihren Befreier an und nahmen den Befehl entgegen, die Galatabrücke in Brand zu setzen, den Topkapipalast anzugreifen und jeden, der sich ihnen in die Quere stellte, zu töten. Sofort stürzten sie ins Freie. Einige hielten Fackeln in der Hand, andere hatten Messer aus der Anstaltsküche entwendet. Es sollte das pure Chaos auf den Straßen Istanbuls herrschen. Sie steckten die Anstalt in Brand, die bis auf die Grundmauern niederbrannte. Anwohner konnten alle Patienten befreien, außer einem, der sich vor Angst unter dem Bett versteckt hatte.

Dracula nutzte dieses Ablenkungsmanöver, um Lale ohne Aufsehen zu entführen. Er begab sich mit Amar auf den Weg zum Sultanspalast, wo er zwei Fliegen mit einer Klappe erledigen und den Sultan töten wollte. Doch ihm war nicht bekannt, dass der Sultan auf den Prinzeninseln weilte.

Die unberechenbaren Schwerverbrecher zündeten in der Zwischenzeit Häuser und Läden an. Als einer von ihnen an der Galatabrücke ankam, warf er eine Gaslampe in die unteren Etagen der Brücke, die binnen Sekunden Feuer fingen. Menschen sprangen panisch ins Meer, um den Flammen zu entkommen. Der Entflohene wurde daraufhin von den patrouillierenden Soldaten erschossen. Der Prinz erhielt im Sultanspalast Nachricht von den Unruhen, die sich in der Innenstadt abspielten, dass die Galatabrücke brenne und der Topkapipalast angegriffen werde. Es machte ihn sprachlos, dass schon wieder etwas passierte. Er lief nach oben, trat auf die Terrasse, wo er einen guten Blick auf die Stadt hatte, sah, dass sie lichterloh brannte. Es war wie in einem Krieg, und der Prinz suchte eilends die Prinzessin auf. Er beschwor sie, sich direkt fertigzumachen, um auf die Prinzeninseln gebracht zu werden, zu ihrer eigenen Sicherheit. Die Prinzessin wollte ohne Lale jedoch nirgendwohin gehen. Der Prinz wusste, dass sie im Galaturm bei Mehmet war, und schickte einige Soldaten, um sie abzuholen mit dem Versprechen, dass ihre Schwester nachkommen werde, und fügte hinzu, dass Hanife Hanim auch hier sei und auf sie warte. Es verblieben kaum noch Wachen im Sultanspalast, sie waren fast ungeschützt. Der Prinz eskortierte mit Sayid und einer Handvoll Janitscharen und Soldaten die Prinzessin zum Hafen, wo sie mit einem kleinen Boot zur Prinzeninsel gebracht werden sollte. Die meisten der Janitscharen waren auf der Insel, in der Nähe des Sultans. Der Prinz und sein Gefolge ritten zurück zum Topkapipalast. Die Soldaten vor Ort hatten alles im Griff, sie schossen die Angreifer nieder, die den Palast erstürmen wollten. Der Letzte wurde Opfer des Prinzen, der den Kopf des Schurken mit seinem Schwert mit einem Schlag vom Körper trennte. Jeder versuchte sodann, mit Eimern voll Wasser das Feuer zu löschen, aber ohne Erfolg. Der Prinz besah sich die Täter und war überrascht, eigene Landsleute zu erkennen. Einer der Soldaten berichtete, dass es Patienten der Nervenheilanstalt waren.

»Woher weißt du das genau?«, fragte der Prinz.

Der Soldat zeigte auf die einheitliche Kleidung: graues Gewand und das Zeichen der Anstalt auf dem Oberteil. Der Prinz schickte weitere Soldaten, um nach der Anstalt zu schauen, dann eilten sie weiter zur Galatabrücke, doch als sie eintrafen, brannte sie lichterloh. Es gab keine Hoffnung mehr, die Brücke zu retten.

Mehmet und Lale bekamen die Unruhen natürlich mit und traten vor die Tür. Kamil Pascha wartete besorgt auf seinen Bruder und van Helsing, die noch unterwegs waren, und schaute sich das Chaos an. Überall kam Rauch hervor. In dem Moment trafen auch die Soldaten des Sultans ein, um Lale mitzunehmen. Aber sie wollte nicht ohne Mehmet fort. Er sagte zu ihr, dass sie lieber gehen und sich in Sicherheit bringen solle. Lale stieg widerwillig in die Kutsche und die Soldaten eskortierten sie zum Sultanspalast, um Hanife Hanim zu holen.

Dracula verschaffte sich inzwischen problemlos Zugang zum Palast. Die zwei Wachen am Tor sowie die übrig gebliebenen Wachen im Palast wurden binnen Sekunden auf bestialische Weise getötet. Amar suchte jedes Zimmer ab. Im oberen Gang traf er auf Hanife Hanim. Sie zog ein Messer und ging auf Amar zu. Dracula kam langsam die Treppen hoch. An seinen Händen klebte Blut. Er trat hinter Hanife Hanim, die immer noch mit dem Messer auf Amar zuging. Als sie bemerkte, dass jemand hinter ihr stand, war es schon zu spät. Dracula packte sie am Hals und fragte nach des Sultans Sohn und Lale.

»Hier ist keiner. Sie werden auch nicht kommen, du Satan!«, antwortete sie voller Stolz und spuckte ihm ins Gesicht.

Dracula rammte seine scharfen Nägel in ihren Bauch. Sie sackte zusammen und fiel hin. Als die Eskorte und Lale den Palast erreichten, registrierten sie die toten Wachen am Boden. Drei der vier Soldaten gingen mit gezogenen Schwertern in den Palast hinein. Lale wartete nervös in der

Kutsche in Sorge um ihre große Schwester. Sie wollte mit hineingehen, aber der verbliebene Soldat hielt sie davon ab. Lale blieb sitzen, doch dann hörte sie ein Geräusch. Sie stieg aus und sah, wie der Soldat von Draculas Wölfen in Stücke zerfetzt wurde. Sie schrie und rannte in den Palast, um nach ihrer Schwester zu suchen. Überall befanden sich Leichen. Die drei Soldaten, die kurz zuvor hineingelaufen waren, lagen aufgeschlitzt auf dem weißen Marmorboden. Lale lief nach oben, rutschte dabei auf den Blutlachen aus. Vor ihr stand Dracula. Sie wollte schreien, doch Dracula biss ihr einmal in den Hals, sodass sie zunächst einmal nur gefügig und ohnmächtig wurde, ohne sich zu verwandeln. Nur wer bei Blutmond gebissen wurde, verwandelte sich zu einem Untoten, den Nachtwandler der verdorbenen Seelen. Einmal im Monat war es so weit, dass der Mond blutrot schien. Dracula blieben noch zwei Wochen. Er wollte Lale mit nach Transsilvanien in sein Schloss nehmen, sie verwandeln und zur Braut machen. Dracula war zwar nicht glücklich darüber, dass er die Sultansfamilie nicht hatte töten können, es genügte ihm aber, dass er Lale hatte. Das war ihm sogar noch wichtiger als seine Rachepläne. Er stieg mit der ohnmächtigen Lale aufs Pferd, befahl Amar, im Palast zu warten. Falls der Sultan auftauche, solle er diesen umbringen. Dann ritt er, so schnell er konnte, nach Sille zu seinem Schiff.

Mehmet betrat Sahin Hodschas Zimmer, durchwühlte seinen Schreibtisch, fand die Aufzeichnungen früherer Tage und las darin. An einer Stelle erwähnte er ein Zitat von einem Mönch, der ausgesagt hatte, dass dieser Dracula jeden Menschen, der nicht an das Böse glaube, manipulieren könne, indem er das Bewusstsein des Betreffenden kontrolliere. Mehmet war sich jetzt zu hundert Prozent sicher, dass auch Lale das Opfer der Kreatur geworden war. Er erinnerte sich an ihre Worte, als sie erwähnte, dass sie sich wie hypnotisiert fühlte, so leer, ohne eigene Gedanken. Mehmet sprang auf, wollte zum Sultanspalast laufen, um es Lale zu sagen.

»Wohin gehst du?«, rief Kamil Pascha ihm hinterher, aber Mehmet reagierte nicht, er rannte einfach los, durch die Straßen, die immer noch voller Rauch waren, und zur abgebrannten Galatabrücke. Mehmet bot sich ein grausamer Anblick, als er den Palast erreichte, und umso mehr fürchtete er um das Wohlergehen Lales. Er kletterte vorsichtig über die Leichen, die im Foyer lagen, rief nach Lale, schaute sich hektisch um, die Angst stand ihm ins Gesicht geschrieben. Dann nahm er sich ein Schwert von einem der toten Soldaten, lief die Treppen hoch, rief weiter nach Lale. Am Ende des Flurs lag Hanife Hanim blutend auf dem Boden. Mehmet eilte zu ihr, kniete sich neben sie und hob vorsichtig ihren Kopf an. Sie lebte noch.

»Wo ist Lale und wer ist dafür verantwortlich?«, fragte er.

»Der Engländer hat sie entführt«, antwortete sie mit ihrem letzten Atemzug und schloss für immer die Augen.

Amar schlich sich langsam von hinten an Mehmet an und versuchte, ihn mit einem Seil zu erwürgen, was ihm beinahe gelungen wäre, da er Mehmet überrascht hatte. Knapp vor dem Ersticken konnte Mehmet nach Hanife Hanims Messer greifen und rammte es auf gut Glück mitten in Amars Gesicht, der zappelte und schließlich starb. Mehmet schnappte nach Luft. Es dauerte ein paar Minuten, ehe er wieder richtig zu sich kam. Mühevoll stand er auf und lief hinaus. In diesem Moment kamen ihm der Prinz und Sayid mit den Soldaten entgegen. Der Prinz stieg vom Pferd, nahm das Ausmaß der Geschehnisse wahr, packte Mehmet am Arm und fragte, wo er hin wolle. Die Soldaten nahmen Mehmet fest, der Prinz und Sayid eilten mit gezogenen Schwertern in den Palast. Nach ein paar Minuten kamen sie zurück, und der Prinz musste sich übergeben.

»Lasst mich los! Der Engländer hat Lale entführt. Er hat alle getötet!«, schrie Mehmet.

Der Prinz packte Mehmet am Kragen.

»Wo steckt Lord Williams?«

»Ich weiß es nicht genau, aber ich vermute, er ist in Sille. Er will das Land bestimmt verlassen. Die anderen Soldaten sollen die Häfen absuchen und wir müssen nach Sille reiten, und zwar so schnell wie möglich. Doch zuvor müssen wir meinen Onkel und van Helsing abholen.«

Der Prinz war einverstanden. Sayid und drei seiner Janitscharen ritten zum Galaturm, wo der Sahin Hodscha, Kamil Pascha und van Helsing besorgt auf Mehmet warteten.

»Es ist so weit, Onkel, er hat Lale entführt!«, sagte Mehmet und stürmte ins Haus.

Der Professor packte rasch alle Sachen zusammen, verstaute die Waffen, die Dracula töten sollten. Mit neun Mann brachen sie schließlich zu Pferd auf Richtung Sille.

Dracula war fast angekommen, konnte in der Ferne schon den Hafen sichten. Lale erwachte aus ihrer Ohnmacht, öffnete langsam die Augen.

»Bald fahren wir nach Hause«, sagte Dracula und sah sie zärtlich an.

Lale lächelte und fiel wieder in tiefen Schlaf; sie befand sich in einem Trancezustand wie ein Betrunkener. Geoffrey wartete schon sehnlichst auf seinen Meister. Alles war bereit zum Losfahren. Er hatte drei zusätzliche Helfer rekrutiert. Dracula sprang vom Pferd.

»Los! Fahren wir!«, befahl er.

Die Gehilfen zogen den Anker hoch, lösten das Seil vom Poller. So trieb das Schiff langsam aufs Meer.

Mehmet und die anderen kamen anderthalb Stunden zu spät. Als sie zum Hafen gelangten, war Dracula mit Lale längst auf dem Weg nach Transsylvanien. Sahin Hodscha fragte einen der Fischer, der sein Boot säuberte, ob ein Schiff losgefahren sei.

»Ja Efendi«, antwortete er.

»Wohin?«, fragte der Prinz.

Der Fischer erkannte, wen er vor sich hatte, und kniete nieder.

»Steh auf!«, schrie der Sultanssohn, »und beantworte unsere Fragen! Weißt du, wer es war und wohin sie aufgebrochen sind?«

»Ja, mein Herr. Zwei Engländer und drei junge Helfer aus dem Dorf, die sie nach Rumänien zum Hafen Konstanza begleiten sollen. Und ich habe noch etwas von einem Schloss gehört.«

»Das ist Draculas Schloss! Er will Lale dort in seinesgleichen verwandeln. Doch das kann nur bei einem Blutmond vollzogen werden. Wir müssen also so schnell wie möglich hinterher, bevor es zu spät ist. Uns bleiben knapp zwei Wochen«, sagte van Helsing.

Der Professor bedankte sich bei dem Fischer. Mehmet kniete sich auf den Boden und schaute mit leerem, verzweifeltem Blick auf das Meer. Van Helsing legte eine Hand auf seine Schulter.

»Mach dir keine Sorgen, mein Junge, wir werden diesen Mistkerl kriegen!«

Der Prinz trat hinzu.

»Ich schlage vor, dass wir jetzt zurückreiten, ein Schiff der Sultansgarde startklar machen und Lord Williams hinterherfahren.«

Doch Sayid war mit diesem Plan nicht einverstanden.

»Zuerst muss der Sultan um Erlaubnis gebeten werden, denn einen Prinzen einfach so in ein anderes Land ziehen zu lassen, ohne eine Armee, würde die gesamte Operation gefährden. Nicht auszudenken, wenn jemand davon Wind bekäme!«

Niemand sagte etwas. Mehmet war untröstlich. Da schwang sich Kamil Pascha auf sein Pferd und rief selbstbewusst in die Runde: »Lasst uns ein Schiff nehmen und diesem Dracula den Garaus machen.

Sie ritten ohne Umwege nach Istanbul zurück. Die Sonne zeigte sich bereits am Horizont, als sie am Galaturm ankamen. Hastig packten sie zusätzliche Kleidung ein, denn vor ihnen lag ein langer Weg. Der Prinz fuhr mit Sayid auf die Prinzeninseln, um seinen Vater in Kenntnis zu setzen, der immer noch geschwächt das Bett hütete. Die beiden traten ein und erstatteten Bericht, wohin und mit wem sie vorhatten zu reisen. Daraufhin schickte der Sultan seinen Sohn und die Bediensteten hinaus, um mit Sayid unter vier Augen zu reden.

»Was sagst du dazu, mein alter Freund?«

Sayid verbeugte sich und hob an: »Mein Herr!«

»Lass diese Verbeugungen, das Förmliche!«, unterbrach ihn der Sultan mit letzter Kraft. »Ich werde sterben, meine Zeit ist gekommen. Du warst und bist wie mein leiblicher Sohn. Als kleines Kind habe ich dich in den Trümmern des Krieges, umgeben von Leichen, gefunden. Dein Mut hat mir imponiert. In dem Alter zeigten deine Kinderaugen keine einzige Träne, keine Furcht, sie zeigten nur Hass, und Hass und Wut kann einem Mann das Leben verlängern, ihm Kraft und Macht geben. Wärst du von meinem Blut, fände ich in dir einen würdigen Nachfolger, doch das geht leider nicht. Du weißt, Mustafa wird meinen Platz einnehmen. Er ist ein guter Junge, ein guter Anführer und Redner, aber er ist kein Krieger.«

»Ich weiß«, erwiderte Sayid mit gesenktem Kopf, traurig über die Aussage des Sultans, dass dieser seinen Tod kommen sah.

»Wenn ich nicht mehr da bin, musst du den Prinzen beschützen, so wie du mich über Jahrzehnte beschützt hast. Ich selber darf ihm die Operation nicht verweigern, sonst würde ich ihn in seiner Ehre kränken«, sagte der Sultan.

Sayid wusste, was zu tun war.

Während der Prinz im Foyer wartete, kam Prinzessin Aysenur panisch auf ihn zugelaufen.

»Wo ist Lale? Sie ist nicht nachgekommen. Wo ist meine Schwester?«, fragte sie in immer lauter werdendem Tonfall.

Der Prinz hielt ihr den Mund zu.

»Schrei nicht so, bitte, meine Prinzessin! Mein Vater liegt krank in seinem Gemach. Lale wurde nach Rumänien entführt von diesem Engländer. Im Grunde weiß ich gar nicht viel mehr. Lord Williams soll dieses Hirngespinst Dracula sein, aber wir werden sie wieder zurückbringen, mach dir keine Sorgen«, sagte der Prinz ohne jegliches Taktgefühl.

Die Prinzessin verdrehte die Augen und fiel in Ohnmacht; der Schock war zu viel für sie. Der Prinz konnte sie gerade noch auffangen und legte sie behutsam auf ein Sofa, das im Foyer stand. Er gab ihr einen leichten Klaps ins Gesicht, aber sie kam nicht zu sich. Er befehligte zwei Wächtern, die vor dem Sultansgemach Wache hielten, sie auf ihr Zimmer zu bringen.

Die Tür öffnete sich und Sayid kam geknickt heraus. Der Prinz betrat das Zimmer, doch der Sultan schickte ihn direkt wieder weg mit der Begründung, dass es ihm nicht gut gehe und dass er die Bediensteten holen solle. Sayid wartete im Foyer, und als Prinz Mustafa auf ihn zuging, zog er ihm mit dem Griff seines Schwerts eins über den Kopf. Der Prinz sollte die gefährliche Reise nicht antreten, und für Sayid schien dies die einzige Lösung zu sein. Die Wachen im Raum waren erstaunt, zugleich erschrocken. Sie fragten sich, wieso der Oberjanitschar, der rechte Arm des Sultans, den Prinzen niedergeschlagen hatte. Sayid befahl den Wachen, den Prinzen hoch in sein Gemach zu bringen und die Tür abzuschließen. Zunächst weigerten sie sich, doch dann kam der Sultan, der von seinen Dienern gestützt werden musste, hinzu. Er erteilte den Wachen denselben Befehl. Sayid und der Sultan verabschiedeten sich voneinander, was beiden extrem schwerfiel.

Sayid packte seine Sachen und machte sich zuerst mit der Fähre, dann mit dem Pferd auf den Weg zum Galaturm – dem vereinbarten Treffpunkt, wo Sahin Hodscha, Kamil Pascha und Mehmet schon abreisefertig warteten.

»Wir haben das Einverständnis des Sultans! Jetzt schnell zum Hafen! Dort ankert ein Schiff der Sultansflotte, das uns nach Rumänien bringt«, sagte Sayid.

»Wir können nicht einfach mit der Sultansflotte durch die Meere schippern! Wir haben so viele Feinde, wir brauchen ein ganz normales Schiff, ohne Embleme des Osmanischen Reiches«, warf Kamil Pascha ein.

Sahin Hodscha und van Helsing nickten zustimmend.

»Was sollen wir eurer Meinung nach machen? Wo bekommen wir auf die Schnelle ein Schiff her?«, fragte Sayid.

»Ich weiß, wo wir ein Schiff und einen geeigneten Kapitän finden«, erwiderte Sahin Hodscha.

Er dachte dabei an seinen alten Freund Ahmet Kaptan, dessen Schiff so weit fahrtüchtig war. Alle waren damit einverstanden und so machten sie sich auf den Weg zu dem Kapitän. Kamil Pascha fragte Sayid unterwegs, wo der Prinz geblieben sei. Sayid schaute ihn an und sagte schmunzelnd mit seiner tiefen Stimme: »Der Prinz schläft.« Kamil Pascha musste auch schmunzeln.

Der Kapitän war überrascht, Sahin Hodscha und die anderen zu sehen. Der Professor erklärte sogleich ihr Anliegen.

»Du musst uns zur Hafenstadt Konstanza in Rumänien bringen, alter Freund«, sagte er.

Ahmet Kaptan zögerte keine Sekunde.

»Welch eine willkommene Abwechslung! Ich bin bereit und stehe zu Diensten, mein Freund!«

Alle halfen, das mittelgroße Schiff langsam über die Flussläufe ins Meer hineinzuführen. Es war Mitte September, das Wetter bescherte milde Temperaturen und der Wind blies kräftig genug, um die Segel zu hissen. Ahmet Kaptan suchte das Schiff noch einmal nach einem möglichen Leck ab, kontrollierte, ob der Kompass geeicht war und ob die Rudereinstellungen stimmten. Es war alles so, wie es sein sollte, und so stachen sie ins Meer, ins Ungewisse, ohne zu ahnen, was sie erwartete. Unter Deck befanden sich eine kleine provisorische Küche und eine einzige Schlafkoje mit Hängematten für vier Personen. Da sich zwei von ihnen immer auf dem Deck aufhielten und sie sich abwechselten, entsprach die Ausstattung ihren Vorstellungen. Jeder konnte einmal schlafen, denn die Reise vom Bosporus zum Hafen Konstanza dauerte drei bis vier Tage – je nach Windstärke.

Dracula hatte unterdessen einen Tag Vorsprung gewonnen. Sein Schiff fuhr schneller, war größer und verfügte über kräftigere Segel, die für die nötige Schnelligkeit sorgten. Lale ruhte auf dem Bett in Draculas Kajüte, die luxuriöser ausgestattet war als die gewöhnlichen Schiffe normaler Menschen. Sie konnte die Augen nicht vollständig öffnen, sah alles vernebelt und fasste sich an den Hals, an die Stelle, wo sie gebissen wurde.

Dracula nahm ihre Hand und schob sie nach unten. Er setzte sich zu ihr ins Bett, zog ihren Kopf an seine Brust und küsste sie.

»Wir werden bald zu Hause sein«, sagte er.

Lale seufzte, schloss die Augen und verfiel wieder in Tiefschlaf. Sie bekam nichts von den Geschehnissen um sie herum mit. Dracula stieg aufs Deck, der Vollmond schien ihm ins Gesicht. Er ließ seine zwei Wölfe aus dem Käfig frei, und die Arbeiter erschraken beim wahren Anblick Draculas. Sie wichen zurück, als würden sie jeden Augenblick ins Meer springen. Dracula lief auf sie zu, streckte seine Hand aus und zeigte mit den Fingern auf die verängstigten Seeleute, um sie zu hypnotisieren. Bei zweien gelang es, doch der, bei dem es nicht funktionierte, wurde von Dracula und den Wölfen verspeist. Während die anderen hypnotisiert weiter ihrer Arbeit nachgingen, als sei nichts passiert, kam Geoffrey nach oben.

»Wir liegen gut in der Zeit, Meister«, verkündete er.

»Das geht mir aber nicht schnell genug«, sagte Dracula, denn er wusste, dass er gejagt wurde. Dafür benötigte er keine übernatürlichen Kräfte.

Zur selben Zeit saß Mehmet auf dem Vorderdeck des Schiffes und schaute auf das scheinbar unendliche Meer, beobachtete mit leerem Blick die leuchtenden Sterne am Himmel und schien in sich gekehrt. Seine Mitstreiter schliefen längst, außer Ahmet Kaptan, dem auffiel, dass es ihm nicht gut ging. Er rief ihn zu sich ans Steuer.

»Kennst du die Namen der Sterne und weißt du, was sie bedeuteten?«, fragte er Mehmet.

»Nein, hab mich nie dafür interessiert«, antwortete Mehmet widerwillig.

Ahmet Kaptan versuchte ihn aufzumuntern und erzählte von seinen Abenteuern auf dem einsamen Meer und wie er von arabischen Sterndeutern aus Persien gelernt hatte, nach den Sternen zu navigieren, falls der Kompass nicht funktionierte. Er zeigte ihm das Sternbild Schütze, dann den Stier und Skorpion. Anfangs bereitete es Mehmet Schwierigkeiten, doch Ahmet Kaptan war ein geduldiger Lehrer. Mehmet war erstaunt, und ein flüchtiges Lächeln kehrte in sein Gesicht zurück dank der kurzweiligen Ablenkung. Der Kapitän überließ ihm sogar das Steuer und erklärte, dass er dem Schützen folgen müsse, immer gen Westen. Mehmet genoss die Fahrt, fühlte die Freiheit, die frische Brise im Haar – die Sterne stets im Blick. Er steuerte das Schiff bis zum Morgengrauen. Es waren nur noch wenige Seemeilen bis zum Hafen Achtopol in Bulgarien, wo sie einen Tag anlegen mussten. Die anderen wachten auf und verspürten großen Hunger. Sie konnten es kaum erwarten, an Land zu gehen, um etwas zu essen. Ahmet Kaptan erzählte, nicht ohne Stolz, dass Mehmet das Schiff gesteuert hatte.

»Es liegt eben in der Familie. Durch unsere Adern fließt Seemansblut!«, rief Kamil.

Alle lachten. Sogar Sayid, der sonst nie eine fröhliche Miene zeigte, stimmte mit ein. Dann gingen sie von Bord und Sahin Hodscha steckte einem der herumstehenden Seeleute zwei Silbermünzen zu, damit jener auf das Schiff aufpasste.

»Kann man diesen Männern überhaupt trauen?«, wollte van Helsing wissen.

»Ja natürlich. Ich spreche da aus eigener Erfahrung«, antwortete Ahmet Kaptan.

»Das kann ich bestätigen«, sagte Kamil Pascha.

Der Hafen von Achtopol war voller Marktverkäufer, die von Fisch über Gemüse bis hin zu Gewürzen eine reiche Vielfalt anboten. Gelassen stürzten sie sich ins Getümmel, um eine Taverne aufzusuchen, wo sie etwas essen wollten. Sie zogen alle Blicke auf sich, denn auch wenn sich sehr viele Seeleute im belebten Hafen aufhielten, erkannten die Einheimischen sofort, wer fremd war: Sahin Hodscha mit ergrauten Haaren, dürr und gebeugte Körperhaltung, van Helsing mit langen, grauen Haaren und schwarzer, großer Mütze sowie einem bis zum Boden reichenden hellgrauen Mantel oder Kamil Pascha mit dickem Schnurrbart, wie ihn nur Osmanen trugen. Sayid stach hervor aufgrund seiner Körpergröße und seines orientalischen Aussehens; nur Mehmet schien nicht besonders aufzufallen in seiner westlichen, modernen Kleidung. Nach kurzem Suchen betraten sie ein heruntergekommenes Kellerrestaurant und setzten sich an einen Tisch am Ende des Innenraumes. Sie besprachen die weiteren Schritte, während sie auf die Bestellung warteten.

»Wir können zusätzliche Hilfe brauchen und ich denke da an jemand Bestimmten«, sagte van Helsing und erzählte von seiner Reise nach Deutschland, die er mit Mehmet unternommen hatte. »Wir mussten wegen des unruhigen Meeres mit der Kutsche über die Grenze in die Türkei fahren. Wir stießen plötzlich auf den Urenkel Atillas, der im Übrigen denselben Namen trägt. Wir waren seine Gäste.« Van Helsing legte eine kurze Pause ein. »Und, naja, er schuldet mir noch einen Gefallen.«

»Wieso hast du mir nie davon erzählt?«, fragte Sahin Hodscha schockiert an Mehmet gewandt.

Van Helsing ging dazwischen. »Wir haben jetzt keine Zeit für Erklärungen, sondern müssen jede Hilfe annehmen, die wir bekommen können! Außerdem sind Atilla und seine Krieger sehr gute Kämpfer.«

»Und wie willst du sie finden?«, fragte Kamil Pascha.

»Ich weiß ungefähr, wo sie sich aufhalten. In der Nähe der Grenze in Rezovo, nicht weit von hier. Ich werde sie suchen, und wenn ich sie bis Sonnenuntergang nicht gefunden habe, kehre ich zu euch zurück.«

Nach kurzem Zögern waren alle einverstanden. Sayid beschloss, mitzukommen. Die beiden organisierten sich Pferde und ritten kurzerhand los Richtung bulgarisch-türkische Grenze, wo sich Atilla und seine Gefolgschaft aufhalten sollten. Die anderen drei kehrten mit Proviant zurück zum Schiff.

»Wo sind denn van Helsing und Sayid?«, fragte Ahmet Kaptan. »Hilfe holen«, antwortete Sahin Hodscha.

»Wofür Hilfe holen für einen Mann, der eine Adlige entführt hat?«

»Ja, für einen einzigen Mann brauchen wir viel Hilfe, mein alter Freund«, bemerkte Sahin Hodscha grinsend.

Kamil Pascha war der Meinung des Kapitäns. Er konnte ebenfalls nicht recht glauben, dass dieser Lord Williams gefährlich war. Sie unterhielten sich eine Weile und warteten währenddessen geduldig auf van Helsing und Sayid.

Die beiden hatten nach zwei Stunden die Wälder im Grenzgebiet Rezovo erreicht, wo sich Atilla vermutlich aufhielt. Van Helsing ritt exakt die Route, die er ein paar Monate zuvor mit Mehmet genommen hatte. Sie drangen immer tiefer in den Wald hinein. Es herrschte eine unheimliche Ruhe, und auch wenn die Sonne schien, hatte das Licht keine Chance, durch das dichte Blätterdach zu dringen. Man vernahm lediglich das Zwitschern der Vögel. Die Pferde wurden unruhig, Sayids Pferd bäumte sich nervös auf. Sie hörten plötzlich Pfeifgeräusche, die aus den Bäumen kamen. Große Äste fielen auf den Weg, hunnische Kämpfer traten hervor und umzingelten sie, die Bogen auf die beiden gerichtet. Sayid zog das Schwert, doch van Helsing rief: »Stopp, ich bin ein Freund Atillas, Eures

Herrn. Ich war vor ein paar Monaten hier, kann sich keiner an mich erinnern? Ich sollte ihn aufsuchen, wenn ich seine Hilfe brauche.«

In diesem Moment kam Atilla auf seinem Pferd dazu, stieg ab und ging auf van Helsing und Sayid zu.

»Du steckst dein Schwert am besten sofort zurück«, sagte Atilla zu Sayid, doch dieser blieb von diesen Worten unbeeindruckt. Den mutigen, ehrenhaften Mann interessierte nicht, was ein Hunne kundtat.

»Bitte steck es weg. Wir sind Freunde«, sagte van Helsing.

»Ich lasse mir doch nicht von Plünderern und Dieben sagen, was ich zu tun habe! Sie werden uns umbringen!«

Van Helsing bat ihn nochmals und versicherte, dass sie ihnen nichts tun werden. Sayid steckte widerwillig sein Schwert ein. Atilla begrüßte van Helsing herzlich und umarmte ihn.

»Mein guter Freund, der Zauberer, wie geht es dir? Wie kann ich dir helfen? Und was sucht der Janitschar hier?«

Van Helsing erwiderte seine Frage mit einer Gegenfrage.

»Wie ist es dir und deinem Sohn, dem kleinen Prinzen Kaan ergangen? Und sei versichert, der Janitschar ist kein Feind, sondern ein Freund, der deine Hilfe ebenso benötigt wie ich.«

Sayid blieb trotzdem angespannt. Die Hunnen richteten immer noch die Waffen gegen ihn, weil sie ihm nicht trauten. Ein Krieger, der geschickt worden war, um nach möglichen Feinden Ausschau zu halten, kam zurück und berichtete, dass alles in Ordnung sei. Van Helsing erklärte in der Zwischenzeit sein Anliegen und dass sie sich umgehend auf den Weg machen müssten. Atilla willigte ohne zu Zögern ein.

»Ich bin ein Ehrenmann und halte mein Wort. Selbstverständlich komme ich mit!«

Die anderen Hunnen waren damit nicht einverstanden, sie hielten es für eine Falle, weil ein Janitschar dabei war – ihr ärgster Feind. Aber Atilla vertraute van Helsing, verabschiedete sich von seiner Frau und seinen Kindern und nahm zwei seiner besten Krieger mit. Sie ritten erst nach Sonnenuntergang zum Hafen Rezovo, damit die Bulgaren keine Angst bekamen, denn die Hunnen waren immer noch gefürchtete Krieger. Sayid und Atilla beäugten sich die ganze Zeit über kritisch auf ihrer Reise.

Die anderen warteten unterdessen ungeduldig und in Sorge, dass van Helsing und Sayid vielleicht nicht wiederkehrten. Kamil Pascha und Sahin Hodscha legten sich schließlich schlafen, Ahmet Kaptan beschäftigte sich mit dem Schiff. Mehmet saß auf dem Deck und beobachtete das Treiben der Leute, als er eine beruhigende Melodie hörte, gespielt auf einem Instrument, das er nicht zuordnen konnte. Er schaute in die Menge, versuchte zu orten, woher die Musik kam und entdeckte mitten in der Menschenmenge einen etwa zwölf Jahre alten Straßenjungen, der Geige spielte. Er beherrschte sein Instrument tadellos, und Mehmet war davon angetan. Die Melodie und der Klang beruhigten ihn, er vergaß jeden Kummer und jedes Leid und hatte das Gefühl, die Engel öffneten ihre Pforten und sängen. Er ging zu dem Jungen hin und gab ihm eine Silbermünze.

»Ich heiße Mehmet«, sagte er und fragte mit Handzeichen nach seinem Namen. Der Junge zeigte auf sich und sagte: »Ma numesc Leopold.« Der Kleine bedankte sich und spielte eine traurige Melodie. Mehmet dachte an Lale und kehrte mit einem Lächeln und dennoch trübselig zum Schiff zurück.

Es war kurz vor Mitternacht. Kamil Pascha und Sahin Hodscha waren wach und warteten immer noch besorgt.

»Die unberechenbaren Hunnen haben sie bestimmt geköpft. Es war eine irrsinnige Idee, die beiden gehen zu lassen!«, sagte Kamil Pascha.

»Sie kehren gewiss zurück. Van Helsing hat Atillas Sohn das Leben gerettet. Auch wenn die Hunnen unberechenbar sind, sind es dennoch Ehrenmänner, die zu ihrem Wort stehen«, sagte Mehmet.

Sahin Hodscha stimmte nickend zu.

Plötzlich hörten sie Wiehern und Hufgetrappel. Van Helsing, Sayid und die drei hunnischen Krieger trafen ein, stiegen von den Pferden ab und liefen rasch zum Schiff. Kamil Pascha nahm eine kritische Haltung gegenüber Atilla und seinen Männern an, er streckte die Brust raus, kniff die Augenbrauen zusammen. Mehmet und Atilla begrüßten sich herzlich. Dann stellte sich der weltoffene Sahin Hodscha vor und zuletzt der ein wenig verschreckte, mit dem rechten Auge blinzelnde Ahmet Kaptan, der zögerlich die Hand reichte. Van Helsing hielt eine knappe Rede und bedankte sich mehrmals bei Atilla und seinen Leuten für ihr Kommen, was nicht selbstverständlich war.

Unerwartet bekamen sie Besuch von Polizisten der bulgarischen Armee, die am frühen Morgen von Einheimischen in Kenntnis gesetzt worden waren, dass Fremde am Hafen angelegt hatten. Der Oberkommissar Christo erschien mit zehn Mann auf Pferden. Sie waren bewaffnet, betraten mit Gewehren das Schiff. Sayid zog sein Schwert heraus, das so scharf war, dass es Steine in zwei Hälften teilen konnte, und die Hunnen spannten ihre Bogen mit ihren spitzen Pfeilen. Die Krieger waren in der Lage, drei Pfeile in zwei Sekunden abzuschießen, bevor ein normaler Soldat überhaupt einen Schuss abgab. Kommissar Christo fragte nach ihrem Vorhaben und was die Hunnen in der Stadt zu suchen hätten. Van Helsing versuchte, die Lage zu beruhigen, indem er alle bat, die Waffen wegzustecken, auch den Kommissar, doch dieser weigerte sich.

»Wir sind im Namen des Sultans auf der Durchreise«, sagte Sayid mit ruhiger Stimme und stellte sich dem Kommissar in den Weg.

»Wir sind nicht über so eine Durchreise in Kenntnis gesetzt worden«, sagte Christo.

Sayid zeigte ihm daraufhin auf seinem Schwert das Emblem des Sultans, ein Abzeichen der osmanischen Armee, welches nur vom Sultan selbst vergeben werden konnte.

»Es eine Geheimoperation und die hunnischen Krieger sind Freunde, die uns helfen. Wenn Sie damit ein Problem haben, können Sie gerne zum bulgarischen König reiten und ihn darüber informieren, dass die Geheimoperation des mächtigen Sultans aufgrund haltloser Vermutungen und sinnloser Behauptungen verhindert wird.«

Der Kommissar schluckte schwer und errötete. Es passte ihm nicht, dass seine Autorität vor seinen Männern untergraben wurde. Aber er wusste auch genau, dass er nichts dagegen unternehmen konnte. Er befahl seinen Männern, die Waffen wegzustecken, bat um Entschuldigung und zog wieder davon. Alle, die Sayid ein wenig kannten, waren überrascht, denn sie hatten ihn noch nie so viele Wörter auf einmal sagen hören. Kamil Pascha lachte, schlug auf Sayids Rücken.

»Das hast du sehr gut gemacht! Du kannst ja doch reden und das erste Mal hat keiner einen Mucks von sich gegeben!«

Dann fing Sayid an zu lachen und schließlich konnte sich keiner mehr halten. Das Eis zwischen allen war gebrochen und es herrschte eine entspanntere Atmosphäre. Bevor sie ins Meer Richtung Konstanza stachen, schickten Atilla und seine Männer ihre Pferde, die ihnen heilig und wertvoll waren, alleine wieder zurück ins Lager. Sie fanden ihren Weg nach Hause auch Tausende Kilometer entfernt.

Dracula war bereits in Konstanza angekommen. Das Wetter zeigte sich von seiner unangenehmen Seite. Es regnete oft und es war sehr windig. Die Seeleute beluden die Kutsche, die Geoffrey organisiert hatte. Dracula verließ als Letzter das Schiff, seine beiden Wölfe gingen neben ihm her, in den Armen trug er die immer noch fest schlafende Lale. Jeder Rumäne wusste, wer dieser Mann war: Dracul, der Teufel, das Böse. Zigeuner, die sich im Hafen aufhielten, liefen panisch weg und suchten nach einem Versteck. Dracula blickte sich um, dann sah er zum Himmel.
»Endlich bin ich wieder zu Hause!«, rief er.
Er fühlte sich immer noch wie der König, der Herrscher über Siebenbürgen, über das ganze Land und seine Menschen. Jeder wich vor Angst zur Seite, als die Kutsche samt Besatzung – Geoffrey und die zwei Seeleute als neue Diener Draculas – Richtung Transsilvanien fuhr.

Derweil waren die anderen am Hafen von Varna vorbeigefahren. Sie benötigten einen weiteren Tag bis zur Ankunft in Konstanza. An Bord herrschte eine entspannte Atmosphäre, alle hatten verstanden, dass sie für dieselbe Sache kämpften und dass jeder jeden brauchte. Mehmet, der sich zu einem kompetenten Seemann entwickelt hatte, und Ahmet Kaptan wechselten sich ab mit dem Steuern des Schiffes. Sayid und Atilla hatten sich schon längst angefreundet – zwei große Krieger, die sich respektieren. Sie begutachteten gegenseitig ihre Waffen. Kamil Pascha holte Schlaf nach; er war es nur gewohnt, auf dem Schiff zu schlummern. An Land war es für ihn wesentlich schwieriger und ungemütlicher in weichen Betten zu übernachten als auf dem bewegten Meer in Hängematten.
Mit der Zeit verdichteten sich die Wolken. Das Wetter wurde immer unbeständiger, das Meer unruhiger, die Wellen schlugen mit voller Wucht an den Bug. Direkt über ihnen braute sich ein Gewitter zusammen. Es blitzte und donnerte. Alle halfen mit und holten die Segel ein. Als Mehmet zu den grauen Wolken am Himmel blickte, sah er Draculas Gesicht, wie er lachte, sich amüsierte angesichts ihrer gefährlichen Lage, als wäre er für das Unwetter verantwortlich. Mehmet schüttelte den Kopf, rieb sich die Augen

und sah nochmals nach oben, doch das Trugbild war verschwunden. Kamil Pascha schrie ihn an, er solle sich bewegen, nicht verträumt gucken. In diesem Moment erwischte Mehmet eine gewaltige Welle, aber er konnte sich eben noch an der Reling festhalten. Er hatte sehr viel Wasser geschluckt, lag auf dem Boden und schnappte nach Luft. Einige Sekunden später würgte er das Wasser heraus, sodass er wieder frei atmen konnte. Kamil Pascha brachte den geschwächten, unter Schock stehenden Mehmet unter Deck, in die Schlafkoje. Von hinten, auf seine Schulter klopfend, fragte er seinen Neffen, ob alles in Ordnung sei. Mehmet nickte, zeigte mit dem Daumen nach oben und legte sich mit letzter Kraft auf eine Hängematte nahe dem heißen Ofen. Sahin Hodscha stieg hinunter, um auch nach seinem Neffen zu sehen. Kamil Pascha sagte, dass es ihm gut gehe und sie ihn ein bisschen schlafen lassen sollen. Sie begaben sich zurück nach oben, denn jeder Mann wurde benötigt.

Sechs Stunden später beruhigte sich das Wetter wieder, die Sonne kam hervor. Mehmet betrat ausgeschlafen das Deck. Er fühlte sich schuldig, da statt seiner die zwei alten Herren Sahin Hodscha und van Helsing helfen mussten, das Schiff durch das Unwetter zu steuern. Er fragte alle nach deren Wohlbefinden und stellte Wasser auf, um wenigstens Tee vorzubereiten. Jeder kam einzeln nacheinander herunter, um die nassen Kleider zu wechseln und um sich aufzuwärmen. Mehmet stieg hoch, um das Steuer zu übernehmen, damit sich die anderen ausruhen konnten, was Ahmet Kaptan dankend annahm. Kamil Pascha blieb oben mit Mehmet, denn einen harten Marinegeneral konnte so etwas nicht erschüttern. Er war topfit, hatte noch ein Lächeln im Gesicht.

»Du liebst dieses Mädchen wohl sehr, kleiner Neffe. Wozu doch ein Mann fähig ist, wenn es um die Frau geht, die man liebt. Viele große Herrscher und Weltmächte sind der Liebe wegen untergegangen.«

»Wieso hast du eigentlich nie geheiratet Onkel?«

Kamil Pascha lachte.

»Ich bin mit dem Meer verheiratet und die Armee ist meine Familie. Meine große Liebe ist mein Land, und dafür habe ich mich geopfert. Wir werden Lale heil zurück nach Hause bringen, das verspreche ich dir!«

Mehmet umarmte seinen Onkel und fing an zu weinen, ließ seiner Trauer freien Lauf.

»Wein ruhig, Mehmet. Ein Mann, der seine Gefühle nicht zeigen kann, ist kein ehrlicher Mann.«

Sie stellten die Segel wieder auf, um schneller voranzukommen. Es war nicht mehr weit, und alle hatten sich erholt von den Strapazen der letzten Nacht – außer van Helsing, der Beschwerden mit dem Herzen hatte, aber es nicht zeigte. Er tat so, als wäre alles in Ordnung. Derweil unterhielt Kamil Pascha auf dem Deck die Leute. Er erzählte von seinen Abenteuern auf See. Mehmet steuerte das Schiff und flüsterte leise vor sich hin: »Ich komme, Lale, wir sind bald da. Halte durch, meine Prinzessin!«

Einer der hunnischen Soldaten rief, dass Land in Sicht sei. Es war der Hafen von Konstanza. Die Sonne ging bereits unter, als sie andockten.

Der Stadtpolizist empfing sie und fragte nach ihrem Vorhaben. Da nur van Helsing rumänisch sprach, antwortete er.

»Wir jagen eine bösartige Kreatur namens Dracula, und wir wissen, dass er sich in der Nähe aufhält.«

Der Stadtpolizist war etwas überrascht, gleichwohl erleichtert, dass jemand dem Bösen die Stirn bot. Er trug ihnen Hilfe an und berichtete, dass Dracula mit seinen Männern und einer jungen Frau in einer Kutsche nach Transsilvanien unterwegs sei. Der Stadtpolizist befahl seinen Leuten, beim Verladen zu helfen und stellte eine Kutsche sowie vier Pferde zur Verfügung. Er riet noch dazu, die Nacht auf dem Schiff zu verbringen, da es schon zu dunkel war. In der Nacht konnte man nicht durch Siebenbürgen reiten. Es gab etliche Schlaglöcher und ungesicherte Berghänge, die Hunderte Meter in die Tiefe reichten. Sahin Hodscha und van Helsing kannten den Hafen und die Wege aus früheren Zeiten. Sie und die anderen stimmten der Meinung des Polizisten zu. Nur Mehmet konnte es nicht schnell genug gehen.

Die Bewohner der Hafenstadt erfuhren inzwischen von dem Vorhaben der Fremden und brachten ihnen Proviant, da jeder auf seine Art helfen wollte. Neben dem Schiff entzündeten sie ein Lagerfeuer. Unter den Einheimischen befand sich die Dorfälteste, eine groß gewachsene Zigeunerhexe namens Ramona. Sie erzählte Geschichten über Dracula, die ihre Vorfahren ihr schon zugetragen hatten. »Dracula versteckte sich damals mit nur einer Handvoll Anhänger vor den Osmanen in den tiefsten Wäldern und wartete auf sein unrühmliches Ende. Aber dann schloss er einen Pakt mit dem Bösen, der ihm ewige Jugend und ewiges Leben schenkte. Dafür musste er das Gute bekämpfen, und Trauer, Leid und Angst über die Menschen bringen. Seine Wölfe löschten meine Familie und sämtliche Einwohner des Dorfes aus. Meine Geschwister und ich überlebten nur, weil wir Erdbeeren sammeln waren und wir uns verlaufen hatten. Als wir zurückkamen, lagen überall verstümmelte Leichenteile, sogar von Säuglingen und Kindern. Wir sind Gefangene im eigenen Land, und jetzt ist er wieder da, nach dreißig Jahren!« Sie spuckte ins Feuer.

Kamil Pascha grinste.

»Ihr kennt aber viele Legenden in diesem Land von blutsaugenden Kreaturen in Menschengestalt und alten Hexen. Das sind nette Gutenachtgeschichten.«

»Das sind keine Märchen, sondern entspricht der Wahrheit! Im Wald lebt eine weitere Hexe, die dasselbe zu berichten weiß«, zischte Ramona.

Atilla und seine Männer hörten gespannt, was van Helsing ihnen Wort für Wort übersetzte. Sie glaubten an das Böse, an die Dämonen, die auf der Erde wandelten und sich in Menschengestalt zeigten. Mehmet war auch sehr interessiert. Sayid hingegen schliff gelangweilt sein Schwert.

»Von dieser Hexe habe ich auch schon gehört«, sagte van Helsing.

Sahin Hodscha stand auf, holte seine Taschenuhr aus der Innentasche seiner Weste. Es war bereits nach Mitternacht.

»Steht auf Männer!«, sagte er laut. »Wir müssen uns morgen früh auf den Weg machen. Geht jetzt schlafen! Vor uns liegt eine fünf- bis sechstägige Reise.«

Die alte Hexe stand auf und ging zu Mehmet, der etwas erschrocken wirkte. Sie nahm seine Hand.

»Ich sehe viele Tote, viele Leichenteile, ich sehe, wie sich der Boden rot färbt, aber du musst die Gunst der Stunde nutzen«, sagte sie.

Obwohl Mehmet kein Rumänisch sprach, hatte er sie verstanden, Wort für Wort. Sie ließ seine Hand nicht mehr los und verdrehte die Augen, redete in einer anderen Sprache. Als Kamil Pascha dazwischen gehen wollte, veränderte sich das Wesen der Hexe Ramona. Aus einer alten Dame wurde eine noch ältere, fast verweste Kreatur, das Gesicht übersät mit Warzen. Sie hatte eine lange, spitze Nase, die Augen waren weiß und sie lachte laut mit einer quietschenden hellen Stimme. Es war Angst einflößend, alle griffen nach ihren Waffen und Schwertern. Plötzlich verwandelte sich Ramona in schwebenden schwarzen Staub und verschwand wie ein

Blitz im Feuer – ebenso wie eine andere Zigeunerin, die kurz zuvor noch neben ihnen gesessen hatte. Jeder fasste sich an den Kopf, alle Krieger verspürten Angst. So etwas Unerklärliches hatten sie vorher noch nie gesehen. Mehmet stand wie erstarrt an der gleichen Stelle. Kamil Pascha konnte nichts recht zuordnen, wusste nicht mehr, was er sagen sollte. Sahin Hodscha klopfte rechthaberisch und ein wenig stolz auf dessen Rücken.

»Na, kleiner Bruder, glaubst du immer noch, das sind nur Märchen?«

Kamil Pascha schaute ihn verwirrt und mit offenem Mund an.

»Das fängt ja vielversprechend an!«, sagte van Helsing.

Sie legten sich alle schlafen, doch die Hälfte von ihnen konnte kein Auge zumachen. Sie dachten immer noch an das, was eben passiert war, wollten lieber wachsam bleiben.

Am nächsten Morgen kam der Polizeichef vorbei mit den vier versprochenen Pferden für Atilla und seine Männer sowie für Sayid. Für Krieger, wie sie es waren, kam das Fahren in einer Kutsche nicht infrage. Ein einheimischer Kutscher sollte sie nach Transsilvanien bringen.

Sahin Hodscha rief seine Mitstreiter zu sich.

»Freunde, wir begeben uns auf eine extrem gefährliche Reise. So etwas wie gestern Nacht ist nur ein kleiner Vorgeschmack. Wer nicht mitkommen, sondern zurückfahren will, wird ganz gewiss nicht für einen Feigling gehalten.«

Alle schauten sich an, doch niemand machte einen Rückzieher. Sahin Hodscha trat an Ahmet Kaptan heran, legte seine Hand auf dessen linke Schulter.

»Ich danke dir, alter Freund, für deine Mühe! Fahr wieder nach Hause. Du brauchst nicht auf uns zu warten.«

»Selbstverständlich warte ich auf euch, selbst wenn es Wochen dauert!«, sagte Ahmet Kaptan entrüstet.

Sahin Hodscha lächelte. »In Ordnung, aber höchstens vierzehn Tage! Dann fährst du wirklich nach Hause.«

Die beiden umarmten sich.

»Es ist doch kein Abschied für immer. Und nun gebt gut aufeinander Acht!«

Jeder verabschiedete sich einzeln vom Kapitän.

Die Kutsche war abfahrbereit. Mehmet setzte sich als Beifahrer auf den Kutschbock, Kamil Pascha und Sahin Hodscha nahmen innen Platz, und die anderen ritten neben ihnen her. Die Bürger von Konstanza kamen und verabschiedeten die sieben tapferen Männer mit großem Jubel, in der Hoffnung, dass sie dem Bösen endlich ein Ende setzen würden. Sie starteten in Richtung der Wälder Siebenbürgens. Das Wetter war angenehm. Zwar schien die Sonne, aber es war nicht zu warm, sondern eher kühl und windig.

Dracula war naturgemäß rascher unterwegs mit seiner Kutsche. Er hatte nur wenig Ballast dabei, im Gegensatz zu den anderen, die schwere Silberwaffen und viel Gepäck mit sich führten. Lale schlief noch in ihrem Trancezustand. Somit gewann Dracula einen weiteren Tag hinzu; sein Abstand betrug zwei Tage. Sie legten selten eine Pause ein, und die Pferde liefen bis zur Erschöpfung. Dracula war das Leben dieser bedauernswerten Tiere egal, wie auch ein Menschenleben für ihn keinen Wert hatte.

Sahin Hodscha und die anderen rasteten gegen Mittag, auch, um die Pferde ausruhen zu lassen. Einer der Hunnen – ausgezeichnete Jäger allesamt – ging in Wald und kam nach kurzer Zeit mit vier erlegten Hasen zurück. Mehmet entfachte wie immer das Feuer. Sahin Hodscha war fürs Kochen zuständig. Der Kutscher sammelte Holz, Sayid trainierte mit dem Schwert und Atilla stellte seine Bogenkünste unter Beweis. Beide Krieger waren beeindruckt vom Können und Geschick des anderen. Kamil Pascha reinigte seine Schusswaffe, ansonsten schlief er. Sie ließen sich Sahin Hodschas Haseneintopf schmecken und legten sich danach kurz hin, um das Essen zu verdauen. Sahin Hodscha genoss den Wind und schaute zu den Bäumen und den Wolken, die über ihm hinwegzogen.

»Was machst du da?«, fragte Kamil Pascha und lachte in seiner für ihn typischen lauten Art.

»Ich genieße die Natur, die uns Gott geschenkt hat. Die Bäume reden miteinander, man muss nur zuhören. Wer weiß, ob es das letzte Mal ist«, antwortete Sahin Hodscha nachdenklich.

Kamil Pascha entgegnete, wieder laut lachend: »Ich weiß auch, was die Bäume sagen. Du sollst dich hinlegen und sie in Ruhe lassen.«

Nun fingen alle an zu lachen, sogar der nicht gut gelaunte Mehmet konnte nicht mehr an sich halten.

Die ersten drei Tage verliefen im gleichen Rhythmus, ohne Probleme. Alle waren bester Laune, alles lief nach Plan. Am vierten Tag begann es zu regnen, so dass sie erst abends aufbrechen konnten, als der Regen nachließ. Sie wollten keine Zeit verlieren, fuhren und ritten nachts durch Pitesti, den Nebelwald. Sie sahen im Nebel Schemen, hörten unheimliche Stimmen. Gestalten schwebten in der Luft, und wenn man lange genug darauf blickte, formten sie sich zu Geistern mit menschlichem Aussehen. Die Dorfbewohner nannten das Waldstück *Nebelwald der gefangenen, toten Seelen*. Seelen, die verflucht waren. Auch das andauernde Heulen der Wölfe, die Dracula warnten, machte Mehmet und die anderen wahnsinnig. Er wusste, es gab jetzt kein Zurück mehr, und ihm waren die Gefahren egal. Er wollte um jeden Preis Lale zurückholen. Van Helsing und Sahin Hodscha blieben gelassen. Sie kannten die Strecke und die Umstände aus früheren Zeiten. Die beiden trösteten Mehmet.

»Es dauert noch lange bis zum Blutmond. Wir sind nur wenige Tagesritte entfernt, daher mach dir keine Sorgen! Alles ist in Ordnung!«, sagte Sahin Hodscha.

Erleichtert, aber ungläubig nickte Mehmet. Sayid, Atilla und die zwei Hunnenkrieger ritten im Schritttempo mit gezogenen Waffen achtsam neben der Kutsche her. Sie würdigten den Wald keines Blickes und versuchten, die unheimlichen Laute zu ignorieren. Durch den immer stärker werdenden Nebel konnten sie kaum noch etwas erkennen, die Sicht lag unter einem Meter. Da nützten auch die zwei großen Kutschenlaternen nichts. Sie entschieden zu kampieren, bis sich der Dunst verzogen hatte. Ein Feuer zu entzünden, war unmöglich, da das Holz feucht war wegen des ganztägigen Regens. Sie banden die Pferde an die Kutsche und brachten die Laternen hinten und vorne an, um sich wenigstens gegenseitig sehen zu können. Es wurde auch spürbar kühler und jeder zog sich seine Schlafdecke über den Körper. Die lauten, stöhnenden Stimmen aus dem Wald hörten nicht auf, als kämen sie immer näher. Das Jaulen der Wölfe verstärkte sich ebenfalls. Sayid verlangte, dass Sahin Hodscha, van Helsing, Mehmet und Kamil Pascha sich gemeinsam mit dem Kutscher in die Droschke setzen sollten. Aber sie blieben bei den anderen, zogen auch ihre Waffen und bildeten eine Art Viereck, indem sie Rücken an Rücken standen. Sie sahen zahlreiche rote Punkte aus dem Wald herausblitzen und vernahmen lautes Knurren. Die Wölfe hatten sie umzingelt. Einer von ihnen kam immer näher. Er zeigte seine großen, spitzen Zähne. Die Pferde wurden unruhig, scharrten mit den Hufen und schnauften.

»Auf keinen Fall schießen!«, flüsterte Kamil Pascha.

Nach einer Weile verzogen sich die Wölfe und das Jaulen hörte auf. Es war eine Warnung gewesen. Wenn sie weiterreisten, würden die Tiere angreifen.

Der Nebel löste sich auf, und sie setzten sich langsam wieder in Bewegung. Mehmet bemerkte, wie die Hände des Kutschers, der eine Rosenkranzkette umklammerte, ununterbrochen zitterten, sodass er die Zügel nicht richtig halten konnte. Mehmet klopfte ihm auf die Schulter und wollte ihn beruhigen. Der Kutscher sah ihn mit verschreckten, aufgerissenen Augen an und fing an zu beten.

Nach einer Weile verließen sie den Nebelwald, es wurde hell, die Sonne über Siebenbürgen ging langsam auf. Die Müdigkeit stand ihnen ins Gesicht geschrieben und sie legten eine Pause ein. Van Helsing war gesundheitlich angeschlagen, wirkte blass und seine Haut schimmerte gelblich. Mehmet machte Feuer, setzte Wasser auf. Sie trockneten ihre durchnässte Kleidung. Sahin Hodscha kümmerte sich um van Helsing, brachte ihm warmen Tee und seine Medizin. Er erholte sich und kam allmählich zu Kräften. Alle legten sich hin, außer Mehmet, der sehr angespannt war, da sie einen weiteren Tag verloren hatten. Nach vier Stunden Schlaf machten sie sich erneut auf den Weg in der angenehm wärmenden Mittagssonne. Immer tiefer drangen sie in den Wald. Auf einmal hörten sie einen lauten Knall. Die Kutsche wackelte hin und her, Bäume fielen auf die Straße, die Pferde scheuten und Sayid stürzte. Sie konnten nicht mehr weiter. Die Äste waren zu wuchtig, um sie wegzutragen.

»Gibt es noch einen anderen Weg nach Transsilvanien und wie lange dauert die Reise noch?«, fragte van Helsing den Kutscher.

»Es gibt nur diesen Weg. Mit der Kutsche fährt man zwei Tage, aber in der jetzigen Situation ist es unmöglich, durch die engen Wege im Wald. Das Gepäck macht die Reise extrem beschwerlich.«

Es blieb ihnen nichts anderes übrig, als die vier Pferde mit ihrer Ausrüstung zu beladen. Van Helsing sagte zum Kutscher, dass er zurückfahren könne, was er auch dankend annahm.

Sahin Hodscha war nicht damit einverstanden.

»Wie sollen wir den Weg denn alleine finden?«, fragte er entsetzt.

»Es ist doch nicht mehr weit. Wir müssen nur der Waldstraße folgen. Außerdem habe ich noch meine alte Landkarte von Siebenbürgen dabei«, antwortete van Helsing.

»Und was ist mit den Wölfen, die hier überall rumlungern und nur auf uns warten?«, wollte Kamil Pascha wissen.

»Das Risiko müssen wir leider in Kauf nehmen. Das war uns von Anfang an bewusst«, konterte van Helsing.

Sie setzten ihre Reise zu Fuß fort. Das eine Pferd, das nicht bepackt war, blieb für denjenigen reserviert, der vor Erschöpfung nicht mehr laufen konnte. Van Helsing und Sahin Hodscha nahmen die Möglichkeit in Anspruch, vor allem aber war es der angeschlagene van Helsing. Sahin Hodscha war für sein Alter sehr vital. Je weiter sie gingen, umso verlassener fühlten sie sich von der Welt, von der Zivilisation abgeschnitten. Sie hörten die üblichen Geräusche eines Waldgebietes, alles schien ruhig zu sein, und sie sahen weder Wölfe noch andere Gestalten. Trotzdem empfanden sie das furchterregende Gefühl, von Bäumen beobachtet zu werden. Sie blieben stets wachsam, hielten die Waffen im Anschlag, wollten kein Risiko eingehen. Nach fast sechsstündigem Marsch machten sie wieder Rast. Sie aßen, tranken, schliefen ein wenig und gingen weiter, bis es dunkelte.

Dracula war von seinem Ziel nur noch einen Tagesritt entfernt. Mit höchster Geschwindigkeit fuhren er und seine Gefolgsleute fast ohne Pausen wie geplant Richtung Transsilvanien. Er befahl seinen Wölfen, die Eindringlinge zu töten. Das Wolfsheulen hörte man kurz darauf in ganz Siebenbürgen. Mehmet und den anderen stockte der Atem, als sie das Jaulen vernahmen, und die Pferde spielten verrückt. Die Angst packte alle.

»Wir müssen uns aus Ästen Fackeln basteln. Wickelt Kleiderfetzen darum, damit das Feuer länger brennt. Feuer erschreckt die Wölfe und hält sie wenigstens für eine Weile zurück«, erklärte van Helsing.

Jeder hielt eine Fackel in der einen Hand und in der anderen einen Waffe. Die vier Pferde wurden wieder an einen Baum gebunden und sie bildeten erneut ein Viereck, standen Rücken an Rücken. Es dauerte nicht lange, und eine Schar von etwa dreißig hungrigen, blutrünstigen Wölfen umzingelte sie. Einer von ihnen riss eines der Pferde, woraufhin sich ein Dutzend Wölfe über das Tier hermachten und es binnen Minuten zerfleischten. Ein Hunnenkrieger eröffnete die absonderliche Schlacht, tötete mit einem Pfeil einen der Wölfe. Danach schoss und schlug jeder mit dem, was er an Waffen bei sich trug. Sayid alleine erlegte mit seinem Riesenschwert vier auf einmal, Atilla schaffte drei und die anderen feuerten Myriaden von Pfeilen. Einer der Hunnenkrieger wurde von hinten in den Hals gebissen. Die Arterie wurde dabei getroffen. Dieser Wolf wurde von Atilla getötet, der direkt zu seinem auf dem Boden liegenden Krieger eilte. Kamil Pascha gab Atilla Schutz und tötete zwei der Bestien; eine mit seiner Waffe und eine mit seinem maßgefertigtem Säbelschwert. Sie konnten die Wölfe schließlich abwehren. Viele von ihnen wurden getötet, allerdings hatten sie einen Krieger verloren, der seiner Bissverletzung erlag, sowie zwei der Pferde. Sayid und die anderen trösteten Atilla. Sie vergruben den Hunnen, legten die Wölfe auf einen Haufen und verbrannten die Kadaver. Man hörte, wie die anderen Wölfe ihre toten Artgenossen beweinten.

Sie zogen erschöpft weiter und entdeckten unvermittelt eine kleine Holzhütte mitten im Wald. Auf dem Dach versammelte sich eine Schar Raben und davor stand eine Frau. Sie trug ein altes, vermodertes schwarzes Hochzeitskleid und einen schwarzen Schleier über dem Gesicht. Langsam nährten sie sich der Frau.

»Wie heißen Sie?«, fragte van Helsing, aber sie zeigte keine Reaktion. Sie stand wie versteinert da.

»Wir suchen Draculas Schloss. Sind wir auf dem richtigen Weg?«, fragte er weiter.

Nach dieser Frage drehte sie ihren Kopf zu van Helsing, der ihr Gesicht nicht erkennen konnte wegen des Schleiers. Dann schaute sie sich jeden Einzelnen an.

»Wer seid ihr?«, fragte sie in jugendlichem Tonfall, sehr zur Überraschung der anderen, die eine ältere Stimme erwartet hatten.

»Wir jagen Dracula, weil er eine Freundin von uns entführt hat«, erklärte van Helsing.

Sie fing an zu lachen. Ihr Gelächter hörte man überall, wie ein Echo, das sich wiederholte. Sayid und Atilla griffen nach ihren Waffen.

»Halt! Steckt die Waffen ein! Es ist die Hexe Cadulas, über die jeder redet«, sagte van Helsing.

Sie lachte wieder und raunte scheinbar jedem einzelnen ins Ohr: »Ihr wollt Dracula töten? Wie wollt ihr Normal sterblichen das anstellen? Er ist euch tausend Mal überlegen und stärker. Ihr werdet nicht einmal den Weg zum Schloss überleben. Aber dennoch, ich werde euch helfen.« Sie wandte sich an und sprach mit der Stimme Lales: »Mehmet, hilf mir! Hilf mir, bitte!« Sie lachte wieder laut. Mehmet stand wie erstarrt, seine Augen füllten sich mit Tränen, die über seine Wange liefen.

»Was soll das Ganze hier? Hilfst du uns oder nicht? Ich weiß nicht einmal, wer oder was du bist!«, schrie Kamil Pascha.

»Ich bin Cadulas, das weißt du doch«, erwiderte sie.

Cadulas war eine mächtige und gefürchtete Hexe in den tiefsten Wäldern Südrumäniens, nahe Transsilvanien. Es hatten sich viele Legenden um sie gebildet. Man sagt, sie wäre schon über vierhundert Jahre alt – so alt wie Dracula. Man erzählt sich, dass sie die erste Geliebte nach Draculas Verwandlung war. Sie bewohnte ein in die Jahre gekommenes Haus im Wald, stets umgeben von einer Schar Raben. Cadulas wuchs als normales Bauernmädchen auf, ihre Eltern bewirtschafteten einen kleinen Bauernhof am Rande des Dorfes. Sie gehörten einer okkulten alten Hexensekte an, was Cadulas jedoch nicht ahnte. Sie beteten nicht das Böse an, wie es bei den meisten Hexen der Fall war, im Gegenteil. Als Naturheiler, die aus Pflanzen Medizin herstellten, bekämpften sie das Böse. Wenn Cadulas schlief, kam ihre Mutter jeden Abend in ihr Zimmer und belegte sie mit Zaubersprüchen. Daher war sie immun gegen den Biss Draculas; es hat ihr aber ewiges Leben gegeben. Als die Dorfgemeinschaft mitbekam, dass die Eltern Hexen waren, verbrannte sie sie bei lebendigem Leibe auf dem Scheiterhaufen vor den Augen der kleinen Cadulas. Sie machten die Hexe für die missliche Ernte und das katastrophale Wetter verantwortlich. Man überließ die achtjährige Cadulas ihrem Schicksal. Tagelang lief sie im Wald umher, verirrte sich, wäre fast verhungert und verdurstet. Mit letzter Kraft schleppte sie sich zum Hügel hoch, fiel geschwächt von den ganzen Strapazen vor der Burg in Ohnmacht. Als sie aufwachte, fand sie sich in einem schönen Zimmer wieder, lag in einem Riesenbett, überall hingen Bilder und Porträts an den Wänden. Der Raum war nur spärlich beleuchtet mit Kerzen. Dracula kam mit einem Tablett voller reichhaltiger Nahrung herein. Cadulas zuckte ängstlich.

»Du brauchst keine Angst zu haben, Kleines! Hier bist du in Sicherheit. Wo sind denn deine Eltern?«, fragte Dracula.

»Sie sind tot«, antwortete Cadulas weinend.

Dracula setzte sich neben sie auf das Bett und streichelte über ihren Kopf.

»Du kannst hier bei mir bleiben und du wirst nie wieder hungern oder frieren, und keiner kann dir etwas antun.«

Cadulas wohnte bis zu ihrem 18. Lebensjahr bei Dracula. Sie wurde verwöhnt, lebte das Leben einer Prinzessin, es fehlte ihr an nichts, aber sie wusste nie, wer Dracula wirklich war. Sie sah ihn als Vaterfigur an, schaute zu ihm hoch.

Zwei Tage vor ihrem 18. Geburtstag organisierte er eine Feier. Wegen des Blutmondes wurde das Fest vorverlegt – es sollte Cadulas Verwandlungsfeier werden. Dracula wollte sie heiraten, und so lud er Teufelsanbeter, Hexenmeister, alle Größen, die mit dunkler Magie hantierten, auf das Schloss ein. Raben überbrachten die Post.

An jenem Abend trug Cadulas ein schwarzes Hochzeitskleid. Alle waren begeistert, als sie den Saal betrat.

»Heute ist ein besonderer Tag«, sagte Dracula. »Danke, dass ihr zu meiner Vermählung gekommen seid. Wir werden von Tag zu Tag immer mehr. Das Böse, die Dunkelheit wird siegen, wir werden weiter wachsen, und ihr müsst euer Bestes geben!«

Er bat Cadulas zu sich und reichte ihr die Hand. Das Orchester spielte einen Walzer, und die beiden eröffneten den Tanz. Dann formatierten sich auch die anderen Gäste, um zu tanzen. Plötzlich verzogen sich die Wolken und der rote Mond am sternenklaren Himmel erschien in all seiner Pracht. Das war das Zeichen. Die Musik hörte auf zu spielen, jeder im Saal hielt inne, so wie Dracula und Cadulas. Sie lachte und fragte unwissend, was los sei und wieso sie jeder so bemitleidend anschaute. In diesem Moment biss Dracula ihr in den Hals – ohne jegliches Gefühl. Dennoch versuchte er, sanft zu sein, indem er sie umklammerte, ihren Kopf vorsichtig auf die Seite drehte, als würde er sie küssen. Aber sie verwandelte sich nicht und alle im Saal waren schockiert. Normalerweise wirkte der Biss wie ein Gift, als würde man von einer Schlange gebissen. Cadulas war überrascht, fasste sich verängstigt an den Hals. Als sie auf ihre Hände schaute, sah sie das Blut. Cadulas zitterte am ganzen Körper, sah verzweifelt zu Dracula, bevor sie schrie und zur Terrasse lief. Sie stürzte sich dreißig Meter tief den Abhang in den Fluss hinunter. Ihre Leiche wurde nie gefunden. Dracula war außer sich vor Wut und biss die Gäste, die nicht verwandelt waren, auf bestialische Art. Er zerfleischte sie förmlich, veranstaltete ein exorbitantes Blutbad, niemand konnte entrinnen. Über die Hälfte war tot und die andere Hälfte war zu Vampiren geworden, zu seelenlosen Wesen. Viele verstarben auf dem Heimweg, einige schafften es und überlebten. Heute sind sie auf der ganzen Welt verteilt, die meisten in Europa und Venedig. Dracula hatte ihnen auch nicht erzählt, wovor sie sich in acht nehmen mussten. Manche fielen den Sonnenstrahlen zum Opfer, andere fanden kein Blut zum Trinken. Dracula wollte alleine herrschen.

Dracula war diesem Traum dank Lale, die er zu seiner Braut machen wollte, näher gekommen. Er war nach Hause zurückgekehrt in sein Schloss. Die Diener entluden die Kutsche und Dracula ging durch das Tor mit Lale in den Armen. Überall hingen Spinnweben. Das Mobiliar war vor über dreißig Jahren mit Tüchern bedeckt worden. Er schwebte durch das Foyer zu den geräumigen Schlafgemächern im oberen Teil und legte Lale behutsam auf das Bett. Danach rief er Geoffrey und die anderen Diener und befahl ihnen, alles in Ordnung zu bringen. »Ja, Meister!«, antworteten sie. Dracula schwebte stolz durch sein Schloss, begutachtete seine fast vierhundert Jahre alten Gemälde an der Wand, auf denen er als junger Fürst abgebildet war. Dann betrat er seinen Folterkerker, hob die Handschellen vom Boden auf, die verkrustete Blutspuren aufwiesen, und fing herzlich an zu lachen.

Zur selben Zeit verhandelten die anderen mit der Hexe Cadulas, inwieweit sie ihnen helfen konnte. Dazu bat sie alle in ihr Haus, dessen Innenleben sich dunkel und bizarr gestaltete. Mitten im Raum befand sich ein Kessel, der von der Decke herabhing, festgehalten von einer Eisenkette. Überall lagen Kräuter, standen Reagenzgläser auf alten Holzablagen, daneben ein Zerhacker aus Holz und eine Handmühle. Vor der Wand lehnte ein riesiges Regal mit Tellern und weiteren Küchenutensilien wie Löffel, Gabel, Messer, dazwischen lagerten Bücher, auch viele Zauberbücher. Am Ende der winzigen Hütte stand ein schmales Bett, auf dem sechs schwarzen Katzen lagen. Neben der Küche war ein alter Sessel direkt am Fenster platziert. Sahin Hodscha und den anderen erschien die Einrichtung widersprüchlich. Zwar wirkte alles bizarr wegen der Katzen und Raben, die mit ihr hausten, dennoch war die Behausung sauber und ordentlich gehalten, wies keine schwarze Magie, keine zerstückelten Tiere oder abgetrennten Glieder auf.

Sie war offensichtlich eine Hexe der weißen Magie, die mit Kräutern arbeitete, eine Heilerin, die weder Blut vergoss noch Tiere oder Menschen opferte – im Vergleich zu den bösartigen Hexen, die mit allen Mitteln das Böse anbeteten. Sahin Hodscha und die anderen waren innerlich erleichtert.

Cadulas mixte einen Zaubertrank aus Kräutern, sprach dabei einen Zauberspruch und rührte im Kessel. Natürlich verstand niemand ihre Worte. Van Helsing fragte ungläubig, was sie vorhabe, was das Ganze bringen solle. Sie antwortete, dass dieser Trank sie vor den Wölfen schütze, und zwar dank einem Ring, der ihn umhülle.

»Für das menschliche Auge ist der Ring nicht sichtbar, aber für die Wölfe ist ein Blick darauf unerträglich, und sie greifen euch nicht an«, erklärte sie und van Helsing übersetzte.

Kamil Pascha musste lachen, in seinen Ohren klang es absurd.

»Glaubt ihr allen Ernstes diesen Schwachsinn von einer alten, kranken Frau, die etwas in einem Kessel anrührt und dabei Kauderwelsch quasselt? Sollen wir ihr etwa vertrauen?«, fragte er aufgebracht.

»Hast du eine bessere Idee? Wir müssen so oder so den Weg gehen, ob mit Zauberei oder ohne! Was haben wir denn noch zu verlieren?«, konterte Sahin Hodscha.

»Der Zauber wirkt aber nur bis vor die Tore Draculas. Danach seid ihr euch selbst überlassen«, fügte Cadulas hinzu.

»Wir müssen es einfach probieren!«, sagte Sahin Hodscha kämpferisch.

Sie traten vor die Tür.

»Bildet nun einen kleinen Kreis«, sagte Cadulas und träufelte den Trank aus dem Reagenzglas ringförmig um die Männer.

Sie verabschiedeten sich von der Hexe und bedankten sich für ihre Hilfe. Cadulas rief ihnen noch mit ihrer mädchenhaften Stimme hinterher: »Erledigt dieses Monster!«

So machten sie sich wieder zu Fuß mit den zwei übrig gebliebenen Pferden auf den mühsamen Weg. Nachdem sie sich entfernt hatten, lüftete Cadulas ihren Schleier. Sie hatte immer noch das Gesicht einer Achtzehnjährigen. Sie lächelte und wünschte ihnen in Gedanken Glück. Dass sie einst die Geliebte Draculas gewesen war, wussten die anderen immer noch nicht.

Zwei Tage waren sie bereits zu Fuß unterwegs, kamen gut und zügig voran, ohne dass sie von den Wölfen angegriffen wurden, obwohl die Tiere sie die gesamte Zeit im Verborgenen begleiteten. Auch die, die daran gezweifelt hatten, glaubten inzwischen an Cadulas' Zauber. Van Helsing ging vor, blieb stehen und entdeckte das vor Jahren abgebrannte Kloster, das damals ihr Leben gerettet hatte. Er rief Sahin Hodscha zu sich, und als dieser es ebenfalls sah, stimmte er ihn traurig. Dafür hatten sie nun Gewissheit, dass sie auf dem richtigen Weg waren und einen Tag später das von Dracula ausgelöschte Dorf Burkavik erreichten. Von da aus hatten sie bis zur Burg Bran nur noch zwei Stunden Gehweg vor sich. Je näher sie der Burg kamen, umso unheimlicher wurde es. Sahin Hodscha blieb stehen.

»Hört ihr das?«, fragte er.

»Was sollen wir hören? Ich höre gar nichts«, sagte Sayid.

»Genau das meine ich«, sagte Sahin Hodscha. »Man hört nichts. Nicht einmal das Zwitschern der Vögel, nicht einmal die Bäume reden miteinander. Das bedeutet, wir kommen dem Bösen immer näher, denn das Gute kann nicht neben dem Bösen existieren.«

Die Pferde scheuten wieder, als sie aus dem Wald heraustraten und den Weg sahen, der nach Burkavik führte. Von Weitem nahmen sie das verlassene Dorf wahr, das übersät war mit Gräbern, auf denen Kreuze aus weißem Holz standen. Sahin Hodscha und van Helsing fühlten sich an das Massaker von vor dreißig Jahren erinnert. Van Helsings rechte Hand zitterte, er steckte sie in die Tasche, was Sahin Hodscha jedoch nicht entging. Besorgt fragte er seinen alten Freund flüsternd nach dessen Gesundheit. Van Helsing zwinkerte nur mit dem Auge, signalisierte, dass alles in Ordnung sei. Er mochte die anderen nicht beunruhigen. Kamil Pascha konnte nicht fassen, wie ein komplettes Dorf ausgelöscht werden konnte und wer zu so etwas fähig war.

Sie betraten das größte Haus, um sich ein letztes Mal zu sammeln und vorzubereiten. Sie ahnten nicht, dass Geoffrey sie aus der Ferne beobachtete. Einem der hunnischen Krieger, der vor der Tür Wache hielt, blieb es nicht verborgen, dass sich jemand im Gebüsch versteckte, und rief die anderen zu sich. Als Geoffrey dies bemerkte, sprang er auf sein Pferd und ritt zur Burg, um Dracula davon zu berichten.

»Das war Geoffrey! Jetzt wissen sie, dass wir da sind!«, sagte van Helsing aufgebracht. »Wir müssen aufpassen und uns beeilen!«

Die Sonne ging mittlerweile unter. Sie rüsteten sich, kontrollierten ihre Waffen. Mehmet, Sahin Hodscha und van Helsing wählten einen Speer und einen Dolch aus Silber. Atilla und seine Krieger schworen auf ihre Bogen und Pfeile, Sayid ergriff sein Schwert. Einen Silberspeer schmolzen sie im Feuer und formten daraus Kugeln. Kamil Pascha, der darin als Spezialist galt, benutzte die Kugeln für seine Waffe.

»Sollten wir nicht lieber bis zum Morgen warten und im Hellen agieren?«, fragte er.

»Nein«, erwiderte Van Helsing. »Dracula weiß, dass wir da sind. Er wusste es zwar die ganze Zeit durch die Wölfe, aber jetzt ist er sich sicher, dass wir uns in unmittelbarer Nähe aufhalten. Bei Tageslicht würde er uns angreifen, und im offenen Feld hätten wir keine Chance, das haben wir vor dreißig Jahren am eigenen Leib erfahren.«

Sie fertigten sich ein zweites Mal Fackeln aus Kleiderfetzen an. Jedem war bewusst, dass es jetzt losging, und sie sprachen sich gegenseitig Mut zu. Atilla reichte Sayid die Hand und vertraute ihm an, dass es eine Ehre sei, an seiner Seite zu kämpfen. Sayid war gerührt und erwiderte, das gelte für ihn gleichermaßen. Er, der sich nie etwas aus Freundschaften gemacht hatte, fand in Atilla einen guten Freund. Alle verabschiedeten sich voneinander, als glaubten sie, dass es vielleicht ihr letzter Tag sein könnte.

Kamil Pascha lachte. »Warum nehmt ihr Abschied voneinander? Wir werden diesem Monster den Kopf abschlagen und mit seinen Wölfen machen wir das gleiche!«, sagte er und trat an Mehmet heran, der die Fahrt über eher in sich gekehrt war.

»Bleib immer dicht hinter mir«, riet er ihm.

Doch Mehmet war voller Tatendrang, fühlte keine Angst und nickte nur. Sahin Hodscha küsste seinen Neffen auf die Stirn.

»Ich bin stolz auf dich, mein Junge! So einen Neffen wie dich gibt es nur einmal.«

Mehmet umarmte seinen Onkel.

»Danke für alles! Du warst wie ein Vater für mich.«

Sie stiegen jeweils zu zweit auf ein Pferd Sayid und Atilla gingen nebenher und setzten sich so in Bewegung, gefolgt von über vierzig Wölfen, die sie nicht aus den Augen ließen. Atilla und Sayid feuerten Pfeile auf die Wölfe ab und töteten einige Tiere. Die Wölfe ihrerseits konnten nicht angreifen wegen des Schutzschildes von Cadulas, der die mutigen Männer bis zur Burg beschützte. Die Wölfe verteilten sich und liefen quer durch den Wald, damit sie vor Atillas Pfeilen in Sicherheit waren.

Die zwei Diener Draculas verbarrikadierten das Tor. Er und Geoffrey warteten schon gespannt auf die Ankunft Sahin Hodschas und seiner Gefährten. Dracula schaute nach Lale in ihrem Gelass und sah sie wach, die Augen starr auf den Boden gerichtet. Als Dracula ihren Namen rief, stand sie auf.

»Was mache ich hier und wohin hast du mich entführt? Bist du ein Sadist, der mich töten wird?«, schrie sie panisch. »Doch sei versichert, man wird mich suchen und nach Hause bringen.«

Lales Worte verletzten Dracula, obwohl ihm, der ein schwarzes Herz besaß, eigentlich nichts anhaben konnte. Er ging auf sie zu, redete auf sie ein, doch Lale entfernte sich langsamen Schrittes, und Dracula verlor allmählich die Geduld. Es klopfte an der Tür und Geoffrey trat ein.

»Meister, sie sind fast da«, sagte er.

Das verärgerte Dracula umso mehr.

»Hinaus mit dir, du Tölpel, ich komme ja gleich!«, schrie er.

Geoffrey schluckte schwer und verließ das Zimmer rasch.

»Wer kommt gleich?«, fragte Lale.

Dracula lachte nur vor sich hin, obgleich er nicht verstand, wieso Lale nicht mehr im Trancezustand war, in dem sie eigentlich sein sollte, aber letzten Endes war es ihm egal. Er würde sie verwandeln, wenn sich der Blutmond zeigte, um sie für immer zu zügeln, unter seine Kontrolle zu bringen.

»Dein Mehmet und seine Kumpanen sind auf dem Weg hierher. Aber jetzt sei du dir sicher, meine Teure, ich werde sie alle noch heute umbringen.«

Lale flüsterte verwirrt Mehmets Namen und lief direkt zum Fenster, um zu nachzusehen, ob Mehmet und die anderen wirklich kamen. Dracula stellte sich wie ein Blitz vor Lale, um sie vom Fenster fernzuhalten. Er rief nach Geoffrey und befahl ihm, Lale in den Kerker zu sperren, bis die Angelegenheit erledigt war. Als Geoffrey sie am Arm packen wollte, setzte sich Lale zur Wehr, schlug ihm mit der Faust ins Gesicht und rannte so schnell sie konnte aus dem Zimmer und die Treppen hinunter. Fast hatte sie die Tür erreicht, doch Dracula kam ihr erneut zuvor. Als sie auch ihn schlagen wollte, stolperte sie über den Teppich und schlug mit dem Kopf auf dem Boden auf und wurde ohnmächtig. Geoffrey kam mit gesenktem Haupt herunter und bat um Entschuldigung.

»Du bist ein Nichtsnutz! Unfähig, eine Frau in den Kerker zu bringen!«, fauchte Dracula wütend.

Mehmet und die anderen erahnten bereits die Umrisse der Burg vor sich. Atilla und seine Krieger feuerten weiterhin Pfeile auf die Wölfe, obwohl man sie nicht richtig sehen konnte. Die Lautstärke ihres Geheuls nahm deutlich zu. Dracula postierte sich auf dem Burgturm, von wo aus er einen guten Blick auf seine Gegner hatte. Er riss seine Arme hoch, schaute zum Himmel und lachte hämisch.

»Da oben ist Dracula!«, schrie Mehmet aufgeregt.

Unvermittelt scheuten die Pferde und warfen Atilla und seinen Krieger ab. Sie waren nun ohne Schutz, da sie den Ring durch den Sturz durchbrochen hatten. Die Wölfe schmissen sich direkt auf die beiden. Atilla gelang es, mit seinem Dolch einer der Bestien den Hals aufzuschlitzen und sich in den Schutz des Ringes zu flüchten. Für einen der Krieger war es zu spät. Er wurde binnen Sekunden in Tausend Stücke zerfleischt. Kamil Pascha schoss etliche Kugeln auf die Wölfe, konnte auch einige töten.

Aus dem Nichts blitzte und donnerte es über der Burg und das Gelächter wurde lauter. Ein kräftiger Wind peitschte über Mehmet und die anderen hinweg. Sie stiegen von ihren Pferden, die sofort das Weite suchten, und standen Rücken an Rücken.

Geoffrey eilte unterdessen zu Dracula, nachdem er Lale in den Kerker gesperrt hatte.

»Was machen wir jetzt, Meister?«, fragte er.

»Öffne das Tor, damit sie hineingelangen. Ich will sie in meinem Schloss töten, einen nach dem anderen!«

Die Wölfe waren nur noch ein paar Schritte entfernt, zeigten knurrend ihre spitzen Zähne. Atilla feuerte seine letzten Pfeile ab, aber die Biester wurden nicht weniger.

»Wir müssen schnell zum Tor laufen. Der Schutz löst sich nach ein paar Metern auf, und wir befinden uns nicht länger in der geschützten Natur, sondern auf dem verfluchten Grundstück des Bösen«, rief Sahin Hodscha den anderen zu.

Das Tor öffnete sich. Sie liefen so schnell sie konnten hinein und verbarrikadierten sich, setzten sich außer Atem auf den Boden und holten tief Luft. Sie schauten sich im Innenhof um und bemerkten einen kleinen Tunnel, der zum Haupteingang führte.

»Kommt! Steht auf! Wir müssen weiter!«

Sahin Hodscha mahnte zur Eile und alle erhoben sich. Alle, außer van Helsing, der da saß, als schliefe er, die rechte Hand auf der linken Brustpartie. Er hatte einen Herzinfarkt erlitten. Ohne dass es jemand bemerkt hatte, verstarb van Helsing still und leise, wie er es vorhergesehen hatte. Sahin Hodscha fühlte keinen Puls mehr, und als er begriff, dass sein langjähriger Freund von ihnen gegangen war, gab er sich die Schuld an dessen Tod. Jeder trauerte, besonders Mehmet, aber es blieb ihnen keine Zeit zu klagen. Kamil Pascha packte den niedergeschlagenen Sahin Hodscha am Arm und rüttelte ihn. Für van Helsing konnte man nichts mehr tun und sie mussten weiter.

Fast hatten sie den Eingang zum großen Saal erreicht, als zwei von Draculas Wölfen durch den Tunnel auf sie zu rannten. Sayid blieb in Kampfstellung stehen, wartete auf den richtigen Moment. Die Wölfe liefen knurrend, seibernd, durstig nach Blut auf Sayid zu, und als sie zum Sprung ansetzten, drehte sich der groß gewachsene Janitschar auf die Seite, sodass er sein scharfes Schwert genau durchziehen konnte und die Köpfe der beiden Bestien gleichzeitig trennte. Doch die anderen Wölfe hatten sich zwischenzeitlich ebenfalls Zutritt zur Burg verschafft.

»Geht alleine weiter. Tötet das Monster und befreit die Prinzessin! Ich werde die Wölfe aufhalten«, sagte Sayid.

»Das geht nicht. Wir können dich nicht alleine lassen«, entgegnete Kamil Pascha.

Sayid wiederholte sein Angebot eindringlich. »Geht, bevor es zu spät ist! Geht schon!«

»Ich werde mit dir hier bleiben, mein Freund«, sagte Atilla.

Sayid nickte, hocherfreut über die Geste und begeistert von Atillas Mut. Mehmet, Sahin Hodscha und Kamil Pascha liefen schweren Herzens Richtung Haupteingang, betraten das Foyer der Burg und schlossen die Tür hinter sich zu. Sie schauten sich vorsichtig um, öffneten jedes Zimmer im unteren Geschoss, begaben sich zur Bibliothek mit ihrem reichhaltigen Bestand an Jahrhunderte alten Büchern. Dann gingen sie mit vorsichtigen Schritten Richtung Küche. Mehmet nahm eine Kerze von der Wand, um den Raum zu erhellen. Hinter einer ausladenden Arbeitsplatte bewegte sich etwas. Kamil Pascha ging mit entsicherter Waffe darauf zu. Plötzlich sprang einer der Diener Draculas auf ihn drauf, und beide fielen zu Boden. Die hypnotisierten Lakaien besaßen immense Kraft, sodass sogar ein kräftiger Mann wie Kamil Pascha Probleme bekam. Der Diener versuchte, Kamil Pascha zu würgen, doch Sahin Hodscha rammte rechtzeitig sein Messer in den Rücken des Angreifers, der auf der Stelle tot war. Kamil Pascha schob den leblosen Körper auf Seite. Nun vernahmen sie Geräusche, die aus dem Foyer drangen. Sie liefen hinaus und gewahrten den zweiten Diener Draculas, der die Treppe hochlief zum oberen Stockwerk. Als sie ihm nachstellen wollten, hörten sie wiederum Geräusche, diesmal aus dem Kerker. Mehmet wollte nach unten laufen, doch Sahin Hodscha hielt ihn ab.

»Halt! Nicht weiterlaufen! Wir müssen zusammenbleiben. Das ist eine Falle. Er will uns trennen«, sagte er.

»Was sollen wir jetzt tun?«, fragte Mehmet ratlos.

Sie einigten sich darauf, zuerst unten nachzusehen. Sie öffneten langsam die quietschende Eisentür des Kerkers. Kamil Pascha ging wieder vor. Mehmet sah immer wieder nach hinten, für den Fall, dass sie erneut überrascht wurden, denn sie wussten nicht, wie viele Feinde außer Dracula auf sie lauerten.

»Wir kommen jetzt runter und wir sind bewaffnet!«, rief Sahin Hodscha drohend, als sie hinabstiegen.

Lale erkannte die Stimme des Professors, lief zu der verschlossenen Tür und zerrte fest daran.

»Ich bin hier unten!«, schrie sie.

Mehmet konnte es kaum glauben, folgte voller Euphorie Lales Stimme und brüllte: »Lale, wo bist du?«

Lale erwiderte voller Freude: »Mehmet, ich bin hier, am Ende des Ganges.«

Sahin Hodscha wollte Mehmet aufhalten, doch der lief bereits zum Ende des Ganges. In diesem Moment griff Geoffrey, der sich versteckt hatte, Mehmet mit einer Axt an und verfehlte ihn nur knapp. Der wachsame

Kamil Pascha zog Geoffrey eins mit dem Griff seines Schwertes über den Kopf, sodass jener ohnmächtig wurde.

»Holt mich hier raus! Holt mich endlich raus!«, schrie Lale mit zitternder Stimme.

Sie versuchten mit den eisernen Kerzenhaltern, die Tür aufzubrechen, doch die wuchtige Eisentür ließ sich nur mit dem Schlüssel öffnen, den Dracula bei sich trug.

»Lale ist hier in Sicherheit. Wir müssen zuerst Dracula finden, bevor wir sie befreien«, sagte Sahin Hodscha.

Mehmet war damit nicht einverstanden.

»Wenn wir hier blieben, sterben wir alle!«, sagte Sahin Hodscha.

»Bitte lasst mich nicht alleine!«, rief Lale und brach in Tränen aus.

Mehmet lehnte seinen Kopf gegen die Tür und versprach, rasch wiederzukommen.

Vorsichtig schlichen sich die Drei aus dem Kerker hinaus Richtung Foyer. Hier waren das Jaulen der Wölfe die Kampfschreie der tapferen Krieger Sayid und Atilla zu hören, die mit aller Kraft, Seite an Seite, ihre blutgetränkten Schwerter gegen die Meute todbringender Monster einsetzten. Immer wieder wurden die beiden gebissen. Der Oberjanitschar Sayid kämpfte trotz schwerer Verletzungen an Armen und Beinen tapfer weiter.

Mehmet blickte zur Tür und hätte den beiden am liebsten geholfen, doch Sahin Hodscha drängte ihn zu den oberen Zimmern, wohin der Diener zuvor verschwunden war. Langsam schlichen sie an der Wand entlang die Stufen hoch, schauten in jedes Zimmer, entdeckten aber niemanden. Am Ende des Ganges stand eine Tür offen, die zum Turm führte. Der Wind schlug die Tür auf und zu. Die Drei stiegen nach oben und standen endlich Dracula gegenüber, der schon sehnlichst auf sie wartete.

»Deine Zeit ist gekommen! Du hast lange genug dein Unwesen auf dieser Erde getrieben. Jetzt gehst du wieder dahin zurück, wo du hergekommen bist. In die Hölle, du Monster!«, schrie Sahin Hodscha.

Die Wolken zogen sich zusammen, der Wind blies kräftig. Dracula schwebte und lachte laut auf.

»Ihr Menschen seid Ameisen, die ich mit bloßer Hand zerquetsche. Ihr seid wie leblose Hüllen und gehört zu meiner Nahrungskette und ihr Narren wollt meinem Dasein ein Ende setzen? Besonders du, Sahin Hodscha, du alter, klappriger Mann, denkst du, ich hätte dich damals nicht töten können? Dachtest du wirklich, dass mich das Sonnenlicht abschrecken kann? Ich habe dich nur am Leben gelassen, damit du der Nachwelt von mir und meinen Grausamkeiten erzählst.« Er legte eine Pause ein und setzte einen verträumten Blick auf. »Transsilvanien war immer mein Rückzugsort, auch wenn ich die Hälfte meines Lebens in Europa verbracht habe. In London habe ich mit Queen Victoria getanzt, in Wien hörte ich den kleinen Mozart spielen. Seine Musik war das Beste für mein Gemüt. Ich besuchte all seine Aufführungen, beschützte ihn vor Dieben, die ihn oft in seinem betrunkenen Zustand ausrauben und töten wollten. Mit dem kleinen Napoleon dinierte ich in Paris in seinem Elysee Palast, in Florenz diskutierte ich mit Galilei über Sterne und Physik. Ich hätte allen mühelos den Hals umdrehen können, aber ich überließ sie ihrem Schicksal. Ihr Menschen seid schwache Kreaturen, die sich sowieso irgendwann selbst die Kehle durchschneiden. Ihr kleinen Maden!«

»Wen interessiert es, wen du gesehen oder was du gemacht hast?«, fragte Kamil Pascha herablassend und feuerte einen Schuss aus seiner Waffe ab, doch Dracula entwischte problemlos der Kugel. Darauf zog Kamil Pascha sein Schwert und lief auf Dracula zu, der verschwand und blitzschnell hinter Kamil Pascha wieder auftauchte. Als dieser sich umdrehte, packte Dracula ihn am Hals und hob ihn hoch. Mehmet stach mit dem Dolch auf Dracula ein, dessen Herz er knapp verfehlte. Mit letzter Kraft schleuderte Dracula Kamil Pascha wie ein nasses Tuch gegen die Turmmauer, drehte er sich dann zu Mehmet und verpasste ihm einen Schlag mit der Rückhand. Mehmet fiel die Treppe hinunter. Dracula zog sichtlich verletzt den Silberdolch aus seinem Rücken. Das Silber verletzte ihn zwar auf die gleiche Weise wie einen Menschen mit einer normalen Waffe, doch war seine Regenerationszeit viel kürzer als bei Normalsterblichen. Bei ihm dauerte es nur Minuten, bis seine Wunden heilten. Es sei denn, man traf sein Herz oder enthauptete ihn.

Sahin Hodscha nutzte diesen Moment und rannte auf ihn zu mit dem Silberspeer in der Hand. Dracula duckte sich, und der Professor lief gegen die Mauer. Dracula lachte selbstbewusst.

»Und? Was jetzt, alter Mann?«, fragte er den Professor.

Sahin Hodscha warf den Speer nach ihm, wieder ohne Erfolg. Dracula kam mit langsamen Schritten auf den Professor zu, während sich Mehmet mit letzter Kraft anschlich.

»Komm her, du hässliche Kreatur!«, rief er.

Dracula drehte sich um, wütend über die Worte Mehmets.

»Lebst du immer noch, du nichtsnutzige Made?«, fragte er.

»Ja, ich lebe noch. Was hast du denn gedacht, du Blutsauger?« Dracula änderte seine Gestalt, verwandelte sich in ein Monster mit verzerrter Fratze und schritt kreischend auf Mehmet zu. Blind vor Wut übersah er, dass Sahin Hodscha hinter ihm lauerte. Todesmutig stellte er sich vor seinen Neffen und rammte seinen Speer in Draculas Brust. Doch auch er verfehlte dessen schwarzes Herz. Erzürnt packte Dracula den Professor am Hals, hob ihn hoch, schwebte mit ihm bis zur Turmspitze und warf ihn über die Mauer in die Tiefe. Er glitt zurück zu Mehmet, der erstarrt dastand, um auch ihm den Garaus zu machen. Mehmet sah plötzlich Lale vor sich, begriff, was soeben geschehen war, und hob das Silberschwert Kamil Paschas vom Boden auf. Er lief mit einem Kampfschrei auf Dracula zu, rüttelte und zerrte an dem Speer, der noch in ihm steckte. Dracula schrie vor Schmerzen. Ein ohrenbetäubendes Kreischen hob an, Mehmet verlor fast die Besinnung. Aus dem Nichts drang plötzlich Cadulas Stimme an sein Ohr: »Töte das Monster! Töte es jetzt!« Mehmet umklammerte das Silberschwert, holte weit aus und enthauptete Dracula. Binnen Sekunden verbrannte das untote Fleisch. Zurück blieb nur sein Schädel mit den scharfen Zähnen.

Mehmet rannte zum Abhang, schaute hinunter, konnte jedoch nichts sehen. Es war zu dunkel, aber er rief nach seinem Onkel in der Hoffnung, dass dieser noch lebte.

Die Wölfe verzogen sich währenddessen und ließen von dem schwer verletzten Janitscharen und Atilla ab. Sayid sackte zusammen, fiel auf die Knie, stützte sich mit letzter Kraft auf seinem Schwert auf. Atilla, der auch verletzt war, packte ihn und lehnte ihn an die Mauer. Atilla war sich über das Ausmaß von Sayids Verletzungen im Klaren, ahnte, dass er es nicht schaffen würde, versuchte dennoch, seinem Freund Mut zuzusprechen. Aber Sayid wusste selbst, dass seine letzte Stunde geschlagen hatte. Er hielt Atillas Hand. Mit letzter Kraft und Blut spuckend sprach er zu ihm.

»Es war mir eine Ehre, mit dir Seite an Seite zu kämpfen, mein Freund.«

»Mir war es auch eine Ehre, mit so einem tapferen und großen Krieger Seite an Seite zu kämpfen, mein Freund«, erwiderte Atilla traurig.

Sayid schnappte ein letztes Mal nach Luft, schaute zufrieden zu Atilla und schloss für immer die Augen. Atilla hob Sayids Janitscharenumhang vom Boden auf und bedeckte seinen leblosen Körper.

Kamil Pascha kam langsam zu sich, packte sich an den Kopf, rappelte sich stöhnend vor Schmerzen hoch. Er sah alles verschwommen, hörte zunächst nur das Geschrei seines Neffen und sah ihn schließlich weinend und zusammengekauert auf dem Boden. Kamil Pascha sah das Gewand Draculas und die Asche, aber nirgends seinen älteren Bruder Sahin Hodscha. Schnell war ihm klar, was geschehen war. Er lief zu Mehmet und half ihm hoch. Sie umarmten sich unter Tränen.

»Wo finde ich die Leiche meines Bruders?«, fragte Kamil Pascha.

Mehmet wies mit dem Finger zum Abhang.

Atilla kam zu ihnen. Auf die Frage nach Sayid schüttelte er traurig den Kopf.

»Nur wir Drei sind übrig«, bemerkte Kamil Pascha.

»Lale ist noch im Kerker!«, sagte Mehmet und durchsuchte hektisch die Kleidung Draculas und nahm den Schlüssel an sich.

Sie liefen zum Kerker und befreiten Lale. Sie war verstört, zugleich auch froh, Mehmet zu sehen. Sie sprang ihm in die Arme und fragte nach Sahin Hodscha. Mehmet sagte unter Tränen, dass alle tot seien, außer denen, die vor ihr standen. Plötzlich hörten sie ein Stöhnen. Es war Geoffrey, der zu sich kam. Kamil Pascha packte ihn am Kragen, stellte ihn auf die Beine, schubste ihn in die Zelle und schloss die Tür ab.

»Bitte, lasst mich hier raus! Ich kann nichts dafür!«, schrie er.

Aber niemanden interessierte sein Gejammer und verließen den Kerker.

Atillas Schmerzen wurden stärker und er humpelte. Kamil Pascha legte den Arm um ihn, um ihn zu stützen. Alle wollten diese verfluchte Burg schnellstmöglich hinter sich lassen. Draußen lagen neben toten Wölfen auch Freunde, die sie zu beklagen hatten. Van Helsings Leiche war nicht wiederzuerkennen, sie war von den Wölfen regelrecht zerstückelt worden. Lale verdeckte ihre Augen und mit der rechten Hand hielt sie Mehmets Hand fest umschlossen. Als sie vor der Burg standen, forderte Kamil Pascha die anderen auf, zu warten, da er nach der Leiche seines Bruders suchen wollte. Mehmet kam mit und Lale blieb bei dem angeschlagenen Atilla. Die beiden suchten die Stelle gründlich ab, aber Sahin Hodschas Leiche war nicht zu finden. Mehmet suchte wie wild unter Tränen weiter.

Kamil Pascha meinte, dass es sinnlos sei, und dass Sahin Hodscha den Wölfen zum Opfer gefallen war. Mehmet kniete weinend am Boden, Kamil Pascha versuchte, ihn zu trösten. Widerwillig kehrten sie zu Lale und Atilla zurück. Lale hatte mit ihren Kleiderfetzen die Wunden Atillas verbunden und die Blutungen gestoppt.

»Habt ihr ihn gefunden?«, fragte sie.

»Nein«, sagte Mehmet mit weinerlicher Stimme.

Lale umarmte ihn.

»Wir müssen hier so schnell wie möglich verschwinden, bevor die Wölfe zurückkommen. Die Leichen von Sayid, van Helsing und den Kriegern müssen wir auch noch begraben. Außerdem werden wir Draculas Schädel mitnehmen, damit jeder sehen kann, dass wir dieses teuflische Monstrum getötet haben«, sagte Kamil Pascha.

Mehmet lief los, und als er den Schädel aufheben wollte, sah er an der Mauer das Tuch seines Onkels hängen, das sich im Wind bewegte. Er nahm es an sich und trat noch einmal an den Abhang. Als er hinunterblickte, entdeckte er eine Gestalt in einem Anzug, die durch den Wald lief.

»Onkel, Onkel!«, rief Mehmet.

Er packte den Schädel in die Tasche zu den Waffen und lief hektisch zum Abhang, suchte und rief weiter nach seinem Onkel Sahin Hodscha. Kamil Pascha fragte, was los sei.

»Ich habe Onkel Sahin gesehen, als ich oben war. Er lief hier herum.«

Kamil Pascha schloss Mehmet in die Arme.

»Du musst loslassen, Neffe. Er ist jetzt an einem besseren Ort.«

»Nein, nein«, erwiderte Mehmet trotzig, »ich habe ihn gesehen. Er war da!« Er weinte wieder.

»Komm jetzt! Wir müssen uns beeilen«, sagte Kamil Pascha.

Widerwillig ging Mehmet mit, den Blick immer wieder nach hinten gerichtet, falls sein Onkel vielleicht doch noch auftauchte.

Atilla wollte mithelfen, die Leichenteile aufzusammeln, aber er konnte sich kaum vor Schmerzen bewegen.

»Nein, lass das!«, sagte Kamil Pascha. »Mehmet und ich, wir machen das, und Lale soll auch bei dir bleiben.«

Als sie die sterblichen Überreste van Helsings aus der Burg trugen, hörten sie das Wiehern vieler Pferde. Ahmet Kaptan tauchte mit der halben rumänischen Garde auf, die sich auf Befehl des rumänischen Fürsten auf den Weg gemacht hatte. Der Fürst hatte mitbekommen, dass Ausländer das wiedergekehrte Monster Dracula zur Strecke bringen wollten. Der Fürst leistete seinen Beitrag, indem er fast vierzig seiner besten Männer und zwei Kutschen sowie Proviant und Ärzte zur Verfügung stellte. Mehmet und die anderen waren erleichtert, sie zu sehen.

Ahmet Kaptan wollte von den Geschehnissen erfahren und Kamil Pascha erzählte ihm alles. Auch Ahmet Kaptan war am Boden zerstört, da sein langjähriger Freund ums Leben gekommen war. Die Soldaten bargen und vergruben unterdessen die Leichen, holten auch den eingesperrten Geoffrey und Ärzte versorgten den verletzten Atilla. Zum Schluss wurde die Burg in Brand gesteckt.

Mehmet, Kamil Pascha, Lale und Ahmet Kaptan fuhren in einer Kutsche zurück nach Konstanza zum Hafen. Mehmet war untröstlich wegen des Verlustes seines Onkels, hielt die ganze Zeit über sein Halstuch in der Hand. Als Mehmet einmal flüchtig aus dem Fenster der Kutsche schaute, sah er im Wald Cadulas in ihrem schwarzen Hochzeitskleid mit einem Raben auf ihrer Schulter. Sie winkte Mehmet zu, und er schmunzelte.

Der Rückweg verlief ruhig, man sah keinen einzigen Wolf, es schien, als wären sie mit dem Tod Draculas fortgegangen. Nach einigen Tagen ohne besondere Vorkommnisse trafen sie im Hafen von Konstanza ein. Der rumänische Fürst wartete mit seiner Gefolgschaft auf die Ankunft der Helden. Kamil Pascha zeigte dem Fürsten den Schädel, dieser hielt ihn hoch und alle Dorfbewohner jubelten. Der Fürst bedankte sich und bedauerte den Tod der anderen tapferen Gefährten.

»Was habt ihr mit dem Schädel vor?«, fragte der Fürst.

»Wir nehmen ihn mit nach Istanbul und übergeben ihn dem Sultan. Dieses Monster hat dem Osmanischen Reich viel Kummer gebracht«, antwortete Kamil Pascha.

Der Fürst war damit einverstanden und lud sie als ihre Gäste ein, doch Kamil Pascha winkte ab.

Ahmet Kaptan und Mehmet hissten die Segel, und sie machten sich auf den Weg nach Istanbul. Obwohl alle erleichtert waren, dass sie Dracula getötet hatten, kam bei niemandem Freude auf angesichts der Verluste, die sie hinnehmen mussten. Mehmet stand hinter dem Steuer, und Lale wich keine Sekunde von seiner Seite. Auch Kamil Pascha verbrachte die Zeit an Deck, schaute in die Weite des Meeres, lehnte sich über die Reling. Er realisierte erst jetzt, dass er seinen großen Bruder verloren hatte, ohne seinen Leichnam zu finden. Der harte General weinte, doch als Ahmet Kaptan sich zu ihm gesellte, wischte er sich unauffällig die Tränen weg.

»Es ist keine Schande, wenn ein Mann weint und seine Tränen zeigt. Wir werden ihn alle vermissen!«, sagte Ahmet Kaptan.

»Es war meine Schuld. Ich hätte es nie zulassen dürfen, dass dieses Monster meinen Bruder tötet!«, sagte Kamil Pascha und stieg unter Deck, wo Atilla auf seine Weise trauerte.

Das Meer lag ruhig da, die Sonne ging unter, und Lale war neben Mehmet eingeschlafen. Ahmet Kaptan weckte sie sanft und begleitete sie zu einer Schlafkoje. Doch keiner von ihnen dachte an Schlaf. Ahmet Kaptan wollte Mehmet ablösen, damit er sich ein wenig ausruhen konnte. Er stand bereits seit Stunden hinter dem Steuerruder. Aber Mehmet wollte es nicht, für ihn war das Steuern des Schiffes eine willkommene Abwechslung. Er war einfach untröstlich. Ahmet Kaptan redete nicht weiter auf ihn ein, blieb aber mit ihm oben. Mehmet schaute zu den Sternen, dabei hielt er das Halstuch seines Onkels in der Hand.

»Leb wohl, Onkel! Ich werde vermissen, wie du mich angeschrien, mich immer wieder zurechtgerückt hast. Ruhe in Frieden!«

Kaum hatte er die Worte ausgesprochen, funkelte ein Stern ganz besonders am Sternenhimmel.

»Ich weiß, dass du das bist, Onkel«, flüsterte Mehmet und lächelte.

Es war nach Mitternacht, Mehmet konnte seine Augen nicht mehr offen halten, die Müdigkeit hatte gewonnen. Ahmet Kaptan nahm das Ruder an sich. Mehmet stieg zu den Schlafkojen hinab. Lale und Atilla schliefen fest in ihren Hängematten, nur Kamil Pascha wachte noch. Zu groß war seine Trauer. Mehmet setzte sich zu ihm und legte seinen Arm um Kamil Pascha, der daraufhin wieder anfing zu weinen. Mehmet versicherte, dass sie alles getan hatten und sie keine Schuld traf.

Als der Morgen graute, erreichten sie den Hafen von Rezovo, wo mehrere Schiffe des Sultans angelegt hatten. Es war Prinz Mustafa mit seinen Soldaten, die sich auf den Weg nach Transsilvanien machen wollten. Ahmet Kaptan rief alle nach oben. Der Prinz und seine Leibgarde fuhren mit einem kleinen Beiboot auf sie zu, sie dockten am Schiff an und kamen an Bord. Als sie Atilla erkannten, zogen die Soldaten die Schwerter.

»Lasst die Schwerter runter! Er gehört zu uns, er ist ein Freund!«, sagte Kamil Pascha.

Lale stieg nach oben und war wenig erfreut, den Prinzen zu sehen, da sie sich mitverantwortlich fühlte für all die Toten, doch Prinz Mustafa fragte voller Freude, ob es ihr gut ginge. »Deine Schwester und Familie sterben vor Sorge«, sagte er.

»Ja, Eure Hoheit, mir geht es gut, dank dieser wundervollen Menschen, die mich gerettet haben.« Dabei hielt Lale Mehmets Hand fest und zeigte auf diese Weise ihre Liebe und dass sie zu ihm stand. Im ersten Moment war der Prinz verwirrt, aber dann tat er so, als hätte er es nicht gesehen, und ging auf Mehmet zu. Mehmet nickte mit dem Kopf. Der Prinz erwiderte den Gruß, was nicht üblich war für einen Adligen. Er wiederholte es auch bei Kamil Pascha und den anderen.

»Wir konnten übrigens nicht eher kommen. Der Sultan wollte aus irgendeinem Grund nicht, dass ich euch folge. Sayid hat mir sogar eins über den Schädel gebraten. Erst vor zwei Tagen hat mein Vater sein Einverständnis gegeben. Hat Sayid es auch nicht geschafft?«, fragte er, wohl wissend, dass der Oberjanitschar tot war.

»Ja, Euer Hoheit, leider hat er sein Leben lassen müssen, so wie mein Bruder Sahin Hodscha, unser guter Freund van Helsing und zwei tapfere Krieger«, antwortete Kamil Pascha.

»Mein herzliches Beileid, ich weiß nicht, wie schwer es sein muss für euch, eure geliebten Menschen zu verlieren. Wir werden euch nun begleiten. Der Sultan erwartet uns. Lale, möchtest du auf unser Schiff kommen?«, fragte der Prinz.

»Nein«, antwortete Lale, »mir wäre es lieber, hier zu bleiben, wenn Ihr nichts dagegen habt, Hoheit.«

»Nein, natürlich nicht«, erwiderte der Prinz und stieg wieder in das Beiboot, um zu seinem Schiff zu gelangen.

Sie fuhren nach einer kurzen Pause mit vier Schiffen Richtung Istanbul. Am nächsten Tag trafen sie am späten Mittag im Sultan Ahmet Hafen ein, wo sie der Großwesir und die Soldaten des Sultans bereits erwarteten. Brieftauben hatten die ungefähre Ankunft angekündigt. Nachdem der Großwesir alle begrüßt hatte, fuhren sie in Kutschen zum Topkapipalast.

Der Sultan hielt sich im zweiten Hof auf, thronte auf Kissen unter einem Baldachin, umgeben von Dienern und Leibärzten. Er war noch angeschlagen infolge seiner Krankheit. Prinz Mustafa ging vor, Mehmet und die anderen folgten ihm. Sie verbeugten sich vor dem Sultan, der mit geschwächter Stimme sagte: »Seid herzlich willkommen! Gott sei Dank geht es dir gut, Lale, mein Kind.«

Dann hielt der Sultan Ausschau nach Sayid und dem Professor. Atilla nickte kurz und reichte einem der Leibwächter das in einem Tuch eingewickelte Schwert von Sayid, der es dem Sultan zeigte. Für einige Sekunden herrschte Totenstille in der Halle des Topkapipalastes. Der Sultan konnte sich gerade noch beherrschen und seine Tränen verbergen.

»Gott sei seiner Seele gnädig, auch Sahin Hodschas und den Seelen der anderen«, sprach er mit schwacher, trauriger Stimme.

Kamil Pascha trat vor und erzählte, was sie erlebt hatten, holte anschließend den Schädel Draculas aus der Tasche. Ein Raunen ging durch die Halle, jeder im Raum wollte einen Blick auf den Schädel erhaschen. Der Sultan stand mithilfe seiner Diener auf, schaute sich den Schädel aus der Nähe an.

»Bringt dieses teuflische Etwas hier raus!«, schrie er. »Der alte Professor hatte all die Jahre recht. Sagt, wie habt ihr ihn getötet?«

Kamil Pascha antwortete, indem er voller Stolz auf seinen Neffen zeigte. Der Sultan rief Mehmet zu sich, um ihn zu loben, ihm zu danken.

»Ohne die anderen hätte ich dieses Monster nie erledigen können, Eure Hoheit. Nicht ohne meinen Onkel, Sahin Hodscha, seinen Mut, sein Wissen, nicht ohne van Helsing, der alles wusste über diese Kreatur. Nicht ohne Sayids Schwert, das uns vor den Bestien beschützte, und nicht ohne die hunnischen Krieger, die uns ihre Schwerter und Bogen zur Seite stellten. Ich habe nur in dem Moment versucht, meinen Onkel zu retten – ohne Erfolg.«

Der Sultan war beeindruckt von Mehmets Bescheidenheit und dessen Sprachgewandtheit. Er bedankte sich bei allen für ihre Tapferkeit und veranlasste, dass eine Trauerfeier in der blauen Moschee stattfand.

Unzählige Menschen kamen, um sich zu verabschieden. Sahin Hodschas Tod verbreitete sich wie ein Lauffeuer, und so erwiesen Hunderte seiner Studenten, die er über Jahrzehnte gelehrt hatte, dem beliebten Professor die letzte Ehre. Auch die Großprinzessin Zeynep, Sahin Hodschas große

Liebe, erfuhr von dessen Tod. Sie trauerte ein Jahr, legte ein Schweigegelübde ab, aß kaum noch und war nicht mehr dieselbe danach. Van Helsing wurde ebenfalls geehrt wie ein Ehrenbürger. Die Janitscharen gingen hinter dem leeren Sarg, in den nur Sayids Schwert gelegt worden war, und verabschiedeten ihren Kommandanten mit ihrem Siegschrei *Frei im Paradies du großer Krieger.*

Atilla erlaubte man, sich im Osmanischen Reich frei zu bewegen. Der Sultan bot ihm ein Stück Land an, wo er sich mit seiner Familie niederlassen konnte, aber er lehnte dankend ab, kehrte zurück in die Mongolei, wo er in Frieden mit vielen Enkelkindern bis zu seinem Tode lebte. Ahmet Kaptan wurde nach der Trauerfeier nicht mehr gesehen. Man sagt, dass er einfach davon gesegelt war, um die Welt, wie er es früher gemacht hatte. Der Sultan starb ein Jahr später im Sommer friedlich in seinem Bett. Prinz Mustafa wurde sein Nachfolger und galt als moderner Weltoffener, guter Herrscher. Er trug den Beinamen *der Barmherzige,* da er immer ein offenes Ohr für sein Volk hatte. Während seiner Regentschaft gab es die wenigsten Kriege. Er und die Prinzessin bekamen zwei Söhne und eine Tochter und lebten bis zu ihrem Tod in Frieden. Kamil Pascha wurde zum Ehren-Pascha ernannt, wohnte neben dem Galaturm, direkt neben seinem Neffen. Nach der Trauerfeier begab er sich wieder nach Transsilvanien, um die Leiche Sahin Hodschas zu finden, aber ohne Erfolg. Als er zurückkehrte, verliebte er sich in eine Witwe, mit der er glücklich bis zu seinem Tod lebte. Mehmet und Lale heirateten nach einem halben Jahr und zogen in den Galaturm. Obwohl er kein Adliger war, erhielt Mehmet sämtliche Privilegien und wurde der angesehenste Architekt der Türkei nach Sinan Mimar. Seine Bauweise veränderte das Gesicht der Stadt. Er wurde auch ein enger Freund des Sultans Mustafa, der in allen Baufragen Mehmet zurate zog. Mehmet und Lale bekamen zwei Kinder, waren glücklich bis ans Ende ihrer Tage. Mehmet brauchte jedoch lange, um über den Tod seines Onkels hinwegzukommen. Er trug dessen Halstuch immer bei sich.

Legenden erzählen übrigens von einem dürren, alten Mann mit grauweißem Haar, der in den Wäldern Transsilvaniens lebt, und jedem zu Hilfe eilt, der sich verlaufen hat.

ENDE